Stefan Valentin Müller wurde 1962 in Aschaffenburg geboren. Studium der Veterinärmedizin und Studium der angewandten Literatur am Deutschen Literaturinstitut Leipzig, Veröffentlichung von Kurzgeschichten, Sachbuch, Kinderbuch. Von ihm erschien »Ich erkläre meine Stadt. Aschaffenburg für Kinder«. »Schlachthofsymphonie« ist sein erster Kriminalroman im Emons Verlag.

STEFAN VALENTIN MÜLLER

SCHLACHTHOF SYMPHONIE

MAIN KRIMI

Emons Verlag

Umschlagzeichnung: Heribert Stragholz
Druck und Bindung: CPI – Clausen & Bosse, Leck
Printed in Germany 2009
Erstausgabe 2008
ISBN 978-3-89705-604-6
Main Krimi 2
Originalausgabe

Zwä Bube angele am Mä,
Am erste Brückebouge,
Da, wo das Schlachthausblut reinlääft,
da wern viel Fisch gezouge.
(aus den Ascheberger Sprüch)

Bubis Welt

Bubi saß am Fenster. Er sah die Morgensonne über den Altstadtdächern aufgehen und am Abend die Schatten wachsen. Nachts sah er die Katzen, unterwegs zu geheimen Verrichtungen, an den Hauswänden entlangschnüren. Von seinem Platz am Fenster aus wohnte er den Hochzeiten bei, die in der Muttergottespfarrkirche begangen wurden, und verabschiedete sich von den Toten, deren Hinterbliebene aus den Kirchentüren traten. Bubi sah die Passanten vorübergehen, die Einheimischen und die Fremden, die Theaterbesucher und die Marktgänger. Er sah die Bierfässer in die Gaststätten rollen und den Journalisten der Regionalzeitung zum Schlafzimmerfenster seiner Ex-Frau hinaufspähen. Er sah den Pfarrer am frühen Morgen einer Frau die Kirchentore öffnen und den kleinen Jungen verträumt in die Wolken blicken, als gäbe es dort Unerhörtes zu entdecken. Auch die schwarze Limousine, die nachts, nachdem das letzte Kneipenlicht verloschen war, beinahe lautlos vorbeirollte und ein Stück weiter zum Stehen kam, war ihm nicht entgangen. Er sah den Mann aus dem Haus schräg gegenüber ein Bündel in den Kofferraum legen und sah den dunklen Wagen, kaum hörbar, davonfahren.

Bubi schien seinen Platz nie zu verlassen, dick und bewegungslos wie eine Buddhafigur thronte er an seinem Fenster. Für die Bewohner der Altstadt gehörte er zur Schlossgasse wie die goldene Portikusfigur der Pfarrkirche, die in der Abendsonne strahlend aufleuchtete. Die Kirche bildete die östliche Begrenzung seines Blickfeldes. Gegenüber das Theater, links davon Altstadthäuser, Kneipen: der Falstaff, Fegerer, die Schlossgass' 16, weiter unten, zum Schloss hin, der Schlappeseppel. Das Kopfsteinpflaster als Bühnenboden, ein Streifen Himmel, das war Bubis Welt, nicht mehr und nicht weniger.

»Na Bubi, hältst wieder die Wacht am Rhein.« Bernhard, ein hartnäckiger Trinker, wankte heran.

»Zum Schlappeseppel geht's annersrum«, rief Bubi mit hoher Stimme.

»Des Arschloch gibt mir nichts mehr.« Bernhard spuckte aus und sein Speichel blieb ihm kurz am Kinn hängen, tropfte dann auf seine verschlissene Lederjacke. Resigniert winkte er ab und ging weiter. »Du bist doch auch … scheiße«, hörte Bubi noch.

Blechschaden

Ludwig Bartoldy, der Dienststellenleiter des Landeskriminalamtes in München, betrachtete sein Gegenüber. Der Mann auf der anderen Seite des Schreibtisches war in sich zusammengesackt, der Blick zum Boden gerichtet. Seine Gedanken schienen weit weg zu sein, seine Anwesenheit rein physischer Natur. Bartoldy unterdrückte den Impuls, aufzuspringen und den Mann zu schütteln, ihn aufzuwecken, wie man ein störrisches Kind im Affekt schüttelt, um seine Aufmerksamkeit zu erzwingen, wenn alle Zuredungen und Argumente gescheitert sind. Doch ihm gegenüber saß kein Kind, sondern Richard Rose, ein Mann von neununddreißig Jahren.

»Rik, mein Junge, wie lange arbeiten wir schon zusammen?« Bartoldy stand mühsam auf und bewegte sich zum Fenster. Vor der Dienststelle stockte der Verkehrsfluss. Blechgerinnsel, dachte Bartoldy, in jedem Wagen sitzt nur einer, so viel Metall für so wenig Mensch, und was sie alles dafür tun. Das ganze Land hängt am Tropf der Autoindustrie. Er schüttelte kurz den Kopf. Bartoldy hatte sich vor Jahren entschlossen, auf sein Dienstfahrzeug zu verzichten und mit dem Fahrrad zu fahren. Mit der Zeit, in der er die Pedale trat, waren ihm die Autos, ihre Abgase, ihr vermeintlicher Anspruch auf Parkplatz und Straßen, ihr Hunger nach menschlichem Lebensraum, wie Bartoldy es nannte, immer unverständlicher geworden. Wie bei ehemaligen Rauchern schlug seine Abneigung mehr und mehr in eine militante Haltung um, die alles, was mit Autos zusammenhing, betraf. Möglicherweise, gestand er sich ein, hatte er diesen Mann im Besuchersessel in sein Herz geschlossen, weil der weder einen Wagen hatte noch ein Aufhebens von dieser Tatsache machte. Er fragte sich, ob er Rose überhaupt schon einmal hinter dem Lenkrad eines Autos, ob privat oder dienstlich, gesehen hatte. Wie dem auch sei, es war nicht leicht, einen Menschen zu mögen, der einem das Büro – und Bartoldy war ein reinlicher

Mensch, der Zigarettenrauch mit der gleichen Leidenschaft wie Autoabgase verabscheute – vollstank mit den Ausdünstungen von Alkohol und Nikotin.

Er drehte sich zu Rose um. Wieder fiel ihm dessen graue Gesichtsfarbe auf, er schien um Jahre gealtert. »Du erscheinst nicht zur Arbeit, ignorierst unsere Anrufe, schlägst den Kollegen von der Streife bei der Ausübung seines Dienstes und verschmutzt die Ausnüchterungszelle. Ich weiß, du hast es schwer im Moment, aber das gibt dir kein Recht, auf unsere Prinzipien zu spucken. Rik, du bist in erster Linie Polizist, vergiss das nicht, du hast es geschworen und bist mit deinem Beruf, na ja, verheiratet. Es bricht mir das Herz, wenn ich dich so sehe. Du hast viel durchgemacht in letzter Zeit, aber du musst dich zusammenreißen! Wenn Ines dich so sehen würde, dann …«, Bartoldy suchte nach den richtigen Worten, »… dann würde sie noch mal weglaufen.«

Rose hatte die ganze Zeit seine Schuhe betrachtet, als stünden dort Antworten. Er blickte Bartoldy ins Gesicht, die Worte hatte er gehört, aber ihren Sinn nicht verstanden.

Er hatte nicht damit gerechnet, dass seine Frau ihn verlassen würde. Er hätte sie nie verlassen, deshalb hatte er auch nicht daran gedacht, dass sie es tun könnte. Aus heiterem Himmel. Nach neun Jahren Ehe.

Rose war Hauptkommissar des Landeskriminalamtes in München. Während der Ermittlungsphasen gab es keine feste Dienstzeit. So war das nun einmal. Und Ines hatte sich selten beschwert, wenn er spät nach Hause kam. Immer wieder hatte er versucht, sich zu erinnern, wann seine Frau ihm entglitten war. Du bist mit deinem Job verheiratet, diesen Spruch hörten seine Kollegen beinahe täglich, und sie machten ihre Witze darüber. Ines hatte so etwas nie gesagt. Plötzlich war sie weg gewesen und hatte die gemeinsame Tochter mitgenommen. Kürzlich war Lisa drei Jahre alt geworden. An Lisas Geburtstag hatte Ines die Wohnung geschmückt, überall Lampions aufgehängt. Später hatten sie Streit gehabt. Ihm war nicht nach Feiern gewesen, er hatte an diesem Tag einen jungen Selbstmörder abgehängt. Querelen gab es doch in jeder Ehe, sagte er sich, deshalb ging man doch nicht weg. Er konnte es sich nicht erklären.

»Ich halte es nicht mehr aus, Rik«, hatte Ines auf dem Anrufbeantworter hinterlassen, »such mich nicht, ich melde mich, wenn die Zeit reif ist.« Nach einer Pause hatte sie hinzugefügt, dass es ihr leidtue.

Er hatte sie gesucht, dann die Dienststelle eingeschaltet. Vergebens. Drei Wochen hatte er gewartet, war nicht zum Dienst gekommen, hatte in seinen Kleidern auf dem Sofa geschlafen. Er war durch die Stadt gestreift, ziellos, stundenlang war er die Straßen abgelaufen. Am Abend hatte er in irgendwelchen Kneipen gesucht, obwohl er wusste, dass er sie an solchen Orten nicht finden würde. Was er fand, war Betäubung, keine Antwort.

»Jetzt bekomm das nicht in den falschen Hals, aber du siehst wie ausgekotzt aus. Ich weiß nicht, was ich mit dir machen soll. Möchtest du eine Zeit lang weg? Du kannst in mein Haus in der Toskana fahren. Mach mal Urlaub, verlass München für eine Weile.«

»Was soll ich denn in der Toskana?«

»Kannst du arbeiten, einen Fall übernehmen?« Bartoldy bekam jetzt eine weiche Stimme, er sprach wie mit einem kranken Kind.

»Ich muss mich zusammenreißen, sonst ...« Rose wusste plötzlich nicht mehr, was er sagen sollte. Am liebsten würde er schlafen, seine Kopfschmerzen verzerrten ihm die Gedanken. Er dachte an Kameraaufnahmen von japanischen Hochhäusern im Moment eines Erdbebens und wusste nicht, wie er darauf kam. Er wusste aber, dass er am Ende war, und etwas in ihm wollte nicht am Ende sein, etwas wollte wieder Rose sein und die Sache in den Griff bekommen.

»Es ist ein Fall in der Provinz, Aschaffenburg. Gehört noch in unseren Zuständigkeitsbereich. Beutebayern. Weit weg von hier. Eine unschöne Sache, sieht aus wie ein Ritualmord. Der Direktor des Schlachthofes ist auf eine ziemlich grausige Art zugerichtet worden. Er wurde in zwei Teile gehackt und an den Haken gehängt.«

»Wann ist es passiert?«

Bartoldy holte tief Luft. »Ich wusste, dass dich der Fall interessiert.« Er reichte ihm einen Schnellhefter aus grauer Pappe. »Vor drei Tagen wurde der Mann getötet. Am besten du fängst Montag an, dann hast du noch das Wochenende zur Wiederherstellung. Die Kollegen vor Ort bilden eine Soko, wenn dich jemand fragt, sagst du, du seist dazu abgeordnet. Ich drehe das mit dem Dienststellenleiter.«

Rose ging zur Tür.

»Rik?« Bartoldy sah wieder auf die Straße. »Mach mir keine Schande in der Provinz.«

Abfahrt und Ankunft

Rose duschte lange, schrubbte sich, als müsste er eine alte Haut loswerden. Ines hatte sämtliche Koffer mitgenommen. Er riss die Türen des Einbauschranks auf. Oben, zwischen Kisten mit vergessenen Dingen, fand er noch einen alten, rotbraunen Koffer. Vulkanisierte Pappe, wo kam der denn her? Ein dreieckiges Schild klebte auf dem Deckel: Baby an Bord. Der Koffer war vollgestopft mit Kinderkleidung. Er nahm einen rosafarbenen Strampler heraus, der nach Waschmittel roch. Er konnte sich kaum daran erinnern, dass Lisa einst so winzig gewesen war. Er versuchte sie sich als Baby vorzustellen. Wie in einem Film, den man vor vielen Jahren gesehen hat, sah er sich seine Tochter windeln und füttern. Er streckte die Arme aus und ließ sie kurz los, um sie sofort wieder aufzufangen. Lisa lachte. Ines stand in der Tür und schüttelte mit gespielter Missbilligung den Kopf. Die Erinnerung verschwamm. Er kippte die Babysachen auf das Bett. Nachdem er ein paar eigene Kleidungsstücke in den Koffer geworfen hatte, fuhr er zum Bahnhof.

Bis zur Abfahrt des Zuges war noch eine Stunde Zeit. Im Bahnhofs-Buchladen sah er sich die Bilder auf den Zeitschriften an, die in langen Regalen angeordnet waren. Auf einer Zeitschrift für Inneneinrichtung saß eine Familie an einer festlich gedeckten Tafel. Vater, Mutter und zwei Kinder. Alle lächelten erwartungsvoll in die Kamera. Roses Augen brannten. Das Bild wurde unscharf. Er ging zu einem Drehstand mit amerikanischen Paperbacks und griff wahllos ein Buch heraus. Auf dem Umschlag war ein schwarzes Rechteck, aus dem der ebenfalls schwarze Schatten eines Mannes fiel. Eine Tür und ein Schatten, dachte er, eigentlich nur die Idee einer Tür und ein Schatten ohne dazugehörigen Besitzer, völlig losgelöst. Natürlich soll der Schatten zu einem Mann gehören, der in der Tür steht und wartet, aber der Schatten verrät ihn. Auf wen wartet der Mann? »William Wilson« stand über der schwarzen Türöffnung in goldenen Lettern, die Schrift war etwas erhaben. Er schloss die Augen und fuhr mit den Fingerkuppen über die geprägten Buchstaben. Unter dem Namen des Autors stand der Titel: »Max Work's Hardest Gig«. Ein hoher Ton fiepte in seinem Ohr und bereitete ihm Kopfschmerzen. Er stellte das Buch zurück und ging zu den Bahnsteigen, wo er sich auf eine Bank setzte und auf die Ankunft des Zuges wartete. Passanten hetzten vorüber. Nur der hohe Ton in seinem Ohr wartete mit ihm.

Während der Fahrt hielt er die Augen geschlossen. Er versuchte sich vorzustellen, wie er mit Ines und Lisa beim Essen saß. In seiner Vorstellung saßen sie wie die Familie in der Zeitschrift an einem nett gedeckten Tisch. Doch die Gesichter blieben unscharf. Er fühlte sich leer, wie einer dieser Halloween-Kürbisse. Die Verzweiflung hatte ihn drei Wochen lang ausgehöhlt.

In den ersten Tagen, nachdem Ines ihn mit Lisa verlassen hatte, hörte er das Band ab. Immer und immer wieder drückte er die Starttaste des Anrufbeantworters. Noch und noch spulte er zum Anfang zurück.

»Ich halte es nicht mehr aus, Rik, such mich nicht, ich melde mich, wenn die Zeit reif ist.« Ines' Stimme immer wieder und dann: »Es tut mir leid.« Die Worte wollten nicht in seinen Kopf vordringen. Nur langsam, wie in ein aufgequollenes Holzgewinde, schraubten sich die Silben in sein Bewusstsein. Er wollte nicht glauben, dass seine Frau ihn überstürzt verlassen hatte. Überstürzt? Frauen überstürzen nichts, dachte er, es muss geplant gewesen sein. Er wünschte sich, dass sie einer Entführung zum Opfer gefallen wäre, dann hätte er handeln können, analytisch vorgehen. Er versuchte die Hintergrundgeräusche herauszufiltern, um den Ort zu identifizieren, von wo sie angerufen hatte. Doch er hörte hinter ihren Worten nur ein leises Rauschen. Seine Gedanken waren ein Rauschen. Er hielt sich die Ohren zu, doch das Rauschen war in ihm und formte sich zu einem kleinen, harten, klaren Satz: Sie hat mich verlassen.

Der Zug hielt. Rose öffnete die Augen und betrachtete die Menschen auf dem Bahnsteig aus weiter Ferne. Er las das Stationsschild. »Aschaffenburg«. Kurz bevor der Zug anfuhr, sprang er von seinem Platz hoch und rannte zum Ausstieg. Auf dem Bahnsteig pfiff der Schaffner in sein Ohr und kletterte in den Zug.

Der ICE fuhr surrend an und verschwand nach einer Gleisbiegung im blauen Abenddunst. Die ausgestiegenen Mitreisenden strömten zur Unterführung. Er stieg die Treppe hinab. Der Geruch von Teer und Urin lag schwer in der feuchten Luft. Wasser stand in Pfützen auf dem Betonboden. Zigarettenstummel trieben wie Ertrunkene darin herum. An den fleckigen Wänden hingen Plakate in Glaskästen. Der Rücken eines blonden Jungen, der angelt. »Fischers Fritz braucht keine Drogen.« Rose erreichte am Ende der Unterführung die Treppe, die nach oben führte. Auf den Stufen sah er einen Schlüsselbund liegen. Er bückte sich und hielt einen silbernen Ring mit drei Schlüsseln in der Hand.

»Das ist meiner. Der ist mir gerade aus der Tasche gefallen.« Ein Mann lächelte ihn an. Rose gab ihm die Schlüssel und stieg weiter die Treppe hinauf.

Er dachte an jene Nacht zurück. Und wieder pochte die Schuld an seine Brust. Wie viele Jahre waren seitdem vergangen? Sie hatten im Büro seine Beförderung zum Kriminalhauptkommissar gefeiert. Später war er mit einem befreundeten Kollegen durch die Kneipen gezogen. Er konnte nicht sagen, wie er in sein Auto gekommen war. Ein junger Streifenpolizist, den er flüchtig von der Dienststelle kannte, klopfte an die Scheibe. Rose saß hinter dem Steuer. Er war auf ein parkendes Fahrzeug aufgefahren. Mit dem Führerschein reichte er den Dienstausweis durch das Wagenfenster.

»Ich muss Sie zur Blutuntersuchung bringen, Herr Hauptkommissar«, sagte der Polizist.

»Tun Sie, was Sie für richtig halten«, sagte Rose.

»Würden Sie bitte aussteigen.«

»Was denken Sie, was passiert, wenn Sie einen Polizisten ausliefern?«

»Verlassen Sie bitte den Wagen.«

»Wissen Sie, mein Freund, einen Verräter dulden wir nicht in unseren Reihen. Nur wenn wir zusammenhalten, sind wir stark. Vergessen Sie die Sache. Es sei denn, Sie wollen mit Ihrer Überpflichterfüllung auffallen und sich der Rache Ihrer Kollegen aussetzen.«

»Bitte, Herr Hauptkommissar. Sie haben einen Unfall verursacht und sind offensichtlich alkoholisiert. Ich müsste Sie zur Blutuntersuchung bringen.«

»Sie wollen sich also zerfleischen lassen. Seien Sie vernünftig. Sie bringen keinen Fuß mehr auf den Boden.«

»Ich kann Sie doch nicht einfach weiterfahren lassen.«

»Nur Sie und ich wissen von der Sache.« Rose deutete auf den Wagen, auf den er aufgefahren war. »Ich kümmere mich gleich morgen um den Schaden.«

Der Polizist blickte sich um. »Na gut. Geben Sie mir Ihren Wagenschlüssel und versprechen Sie mir, kein Fahrzeug mehr zu fahren, bis ich Ihnen den Schlüssel zurückgegeben habe. Sie wissen, wo Sie mich finden.«

Rose hob die Hand und spreizte Mittel- und Zeigefinger auseinander. »Ich schwöre es, bei allem, was mir heilig ist. Zufrieden?« Er reichte dem Polizisten die Schlüssel.

»Gehen Sie heim«, sagte der Polizist und stieg in seinen Dienstwagen.

Rose war nach Hause gewankt. Am nächsten Tag hatte er erfahren, dass man den Streifenbeamten kurz nach ihrem Zusammentreffen zu einer Kneipenschlägerei gerufen hatte. Ein Randalierer hatte ihn mit einer abgeschlagenen Bierflasche am Hals erwischt. Er verblutete, bevor der Krankenwagen eintraf. Hätte er, sagte Rose sich oft, den Kollegen nicht zur Strafvereitelung genötigt und ihn zur Blutentnahme begleitet, wäre ein anderer zu der Kneipenschlägerei gerufen worden. Er hatte es nicht getan, und so wartete er noch immer auf seine Wagenschlüssel.

In der Bahnhofshalle saßen ein paar Betrunkene auf einer Bank und schrien etwas, was er nicht verstand. Eine leere Bierflasche kollerte vor Roses Fuß. Der Boden war übersät mit festgetretenen Kaugummiplacken, die ein zufälliges Muster bildeten. Vor dem Bahnhofsgebäude umfing ihn die Sommerabendluft auspuffwarm. Ein groß gewachsener Junge kam mit schlenkernden Armen an ihm vorbei, streifte ihn. »Eh, echt geilen Koffer hast du da«, er deutete auf den Aufkleber. »Is 'n Baby drin?« Rockmusik röhrte aus dem Inneren eines Wagens. Vier türkische Jungen fuhren in ihrem 3er-BMW am Bahnhof vorüber und riefen einer Gruppe Jugendlicher etwas zu, sie lachten. Auf der linken Seite des Bahnhofsgebäudes standen die Taxen. Rose ging langsam auf die Wagenreihe zu. Es war Samstagabend, und er wusste nicht, wohin. Ein kahlköpfiger Mann passierte ihn und öffnete den Wagenschlag des ersten Taxis. Er versuchte einen kleinen, semmelblonden Jungen neben sich auf die Rücksitzbank zu ziehen. Der wehrte sich. Der Mann packte den Jungen fest am Oberarm, die Tür wurde zugeschlagen, das Auto fuhr an. Arschloch, dachte Rose und öffnete die Wagentür des nachrückenden Taxis.

Im Innenraum roch es nach künstlicher Vanille. Der Fahrer war untersetzt und hatte wirres, lockiges Haar.

»Fahren Sie mich bitte zu einem Restaurant.«

»Haben Sie an etwas Bestimmtes gedacht?« Der Mann am Steuer musterte ihn im Rückspiegel.

»Gutes Essen, bezahlbar.«

»Wollen Sie gutbürgerlich oder lieber italienisch?«

»Wenn Sie unter gutbürgerlich Fertigsoße und Krautsalat aus der Dose meinen, dann lieber italienisch.«

»Wir haben auch gute Griechen und ein leckeres türkisches Restaurant in der Hanauer Straße.«

»Fahren Sie mich in irgendein Lokal, wo man einfach etwas Gutes zum Essen bekommt und einen freundlichen Service hat.«

»Wie wäre es mit einem argentinischen Steakhouse?«

»Keine Fleischfladen, die rechts und links über den Teller hängen.«

»Wir hatten ein vegetarisches Restaurant in der Glattbacher, das hat leider zugemacht, ist jetzt ein Inder drin.«

»Sagen Sie, wo fahren Sie denn überhaupt hin, wenn Sie nicht wissen, wohin wir fahren?«

»Altstadt! Da haben Sie mehrere Lokale in einer Reihe.«

Der Wagen hielt. »Gehen Sie hier rein, das ist das Richtige für Sie! Fünf Euro.«

»Fünf Euro? Hören Sie, ich hätte hier noch Drachmen oder Schilling. Oder wollen Sie vielleicht Pfund oder Reichsmark?«

Als das Taxi davonfuhr, sah Rose sich um. Er stand auf dem Kopfsteinpflaster einer schmalen Straße, an deren Ende ein mächtiges Schloss aus rotem Sandstein zu sehen war. Vor ihm, auf dem geschwungenen Metallschild über dem Eingang eines Fachwerkhauses, las er: »Schlossgass' 16«. Rose warf einen Blick auf die Tageskarte, dann betrat er das Lokal. Ein weißhaariger Mann mit Schnauzer und Schürze über dem gespannten Bauch verschränkte die Arme auf dem Rücken und deutete eine Verbeugung an.

»Guten Abend. Eine Person?«

Er wies auf einen freien Tisch.

»Kurt, du weißt doch, dass der Tisch besetzt ist!« Eine weibliche Stimme rief durch das Lokal.

»Aber erst ab neun Uhr, Anita«, und zu Rose gewandt, »wir haben heute Rehkoteletts aus heimischen Wäldern mit Zuckererbsen und Rösti. Wird sehr gelobt.«

Eine Gruppe älterer Frauen und Männer kam herein und besetzte einen großen, runden Tisch, ohne das Gespräch zu unterbrechen. Anita, eine Frau mit rotbraunem Haar, brachte sein Bier, dann setzte sie sich ebenfalls an den runden Tisch.

»Habt ihr schon gehört, dass der Biberkopf wieder heiraten will?« Anita schaute in die Runde.

»Was? Wo hat er die denn her? Das ist doch dann die Vierte!«

Eine dicke Frau lachte. »Recht hat er, wenn die Weiber so blöd sind!«

Kurt, der Mann, der Rose begrüßt hatte, rief von der Theke, während er Getränke einschenkte: »Anita, Tisch drei will bezahlen.«

Die Frau nahm ihr Tablett und ging zu einem der vorderen Tische, setzte sich dazu und begann ein Gespräch, während sie abkassierte. Kurt brachte Roses Essen. Kaum hatte er den ersten

Bissen im Mund, fragte der Wirt etwas. Er verstand nicht und blickte ihn an.

»Sind Sie zufrieden?«, wiederholte Kurt seine Frage.

Nicken. Er kaute langsam, es schmeckte ihm. Danke, dachte Rose, ohne deinen Spruch hätte ich gar nicht gemerkt, dass ich esse. Kurt stand nahe seinem Tisch, die Hände auf dem Rücken, und wiegte seinen Körper leicht auf den Fersen.

»Kurt, machst du die Getränke für Tisch zwei?«

Lachen vom hintersten Tisch.

»Kurt, du musst noch jemand einstellen, der dir alle zehn Minuten auf den Kopf haut, damit du nicht einschläfst«, rief ein Mann mit krächzender Stimme.

Kurt ging zum Tresen. »Und du brauchst einen, der dich beim Pimpern weckt.« Die Gäste am hintersten Tisch lachten.

»Du bist doch ein Arschloch«, der Mann meldete sich zurück. »Bei dir müsste man deine Frau wecken, wenn ihr pimpert, weil die außer deinem dicken Bauch nichts mehr merkt!«

Drei Frauen standen unschlüssig am Eingang und sahen sich im Raum um.

»Wir hatten einen Tisch bestellt!«

»Kurt, ich hab dir doch gesagt, dass der Tisch reserviert ist.«

»Würde es Ihnen etwas ausmachen, wenn Sie sich mit an den Stammtisch setzen?«

Bevor Rose antworten konnte, nahm Kurt sein Bierglas und blickte ihn freundlich an. Also stand er auf, nahm Sakko und Koffer und ging zu dem Tisch am Tresen, wo sein Bierglas bereits stand. Die fünf Gäste am Stammtisch musterten ihn und seinen Koffer.

»Sie sind auf der Durchreise?«

»Nein, ich bleibe eine Zeit lang hier.« Er antwortete zögerlich, um nicht in ein Gespräch verwickelt zu werden, doch er wusste, dass er keine Chance hatte.

»Geschäftlich oder mehr privat?«

»Lass doch den Mann in Ruhe!« Eine Frau mit Zigarettenspitze und kurz geschorenem rot gefärbten Haar blies ihm lasziv ihren Rauch ins Gesicht.

»Man wird doch mal fragen dürfen.«

»Ich bin bei der Münchner Polizei und habe hier etwas zu tun.«

Er bestellte ein zweites Bier, ärgerte sich sofort darauf, dass er nicht gleich bezahlt hatte und gegangen war.

»Ach, dann sind Sie sicher wegen dem Dr. Junker hier, das ist ja eine schreckliche Geschichte. Der wurde ja förmlich hingerichtet!«

»Es tut mir leid, ich kann keine Auskunft geben.«

»Klar, Dienstgeheimnis. Ich stehe auch unter Dienstgeheimnis«, sagte die krächzende Stimme.

»Du?« Die Frau mit der Zigarettenspitze lachte auf. »Wo hast du denn ein Dienstgeheimnis?«

Der Mann atmete tief ein und rollte die Augen. »Wenn ich auspacken würde, was ich schon alles in den Wohnungen, die ich streiche, gesehen und gehört habe! Aber das ist Ehrensache, dass ich da nichts verlauten lasse.«

»Gesetzlich ist das aber nicht verankert, prinzipiell könntest du erzählen, was du gesehen oder gehört hast«, sagte ein untersetzter Mann in einem abgetragenen grauen Anzug und nahm einen tiefen Schluck aus seinem Weinglas.

»Gesetzlich! Gesetzlich ist mir scheißegal! Ich habe als Handwerker einen Ehrenkodex, und den halte ich ein, wie ein Doktor oder ein Pfarrer.«

»Die Sache mit dem Dr. Junker war doch sogar in den Nachrichten. Die haben den ganz und gar verstümmelt, das war wahrscheinlich ein Mord aus Rache. Aber glaubst du, die hätten Bilder gezeigt? Nichts, nur den leeren Schlachthof von innen und von außen.«

Ein kleiner, kräftiger Mann bestellte mit schwerer Stimme noch einen Whisky. »Ich wette eine Kiste Ballantine's, dass das ein Eifersuchtsdelikt war.«

»Der hat doch allein gelebt.« Die Frau mit der Zigarettenspitze sah Rose mit halb geschlossenen Lidern an.

»Der war doch schwul!« Der Mann mit der Papageienstimme hielt sein Glas zum Ausschank. »Noch ein Bier.«

Rose bestellte sich auch noch eins.

»Wer sagt denn, dass der schwul war?«

»Na ich!« Der Mann mit der krächzenden Stimme rollte die Augen und schwieg einen Moment. »Ich habe ihn in Frankfurt gesehen, wie er in eine Schwulenbar gegangen ist.«

»Und wie war die Bar?« Der kleine dicke Mann nippte an seinem Glas.

»Ganz gut, nur wie ich dich mit einer Flasche Whisky im Arm gesehen habe, bin ich rückwärts wieder raus!«

Die Zigarettenspitzendame sah Rose eine Weile an. »Wissen Sie schon, wo Sie heute Nacht bleiben?«

Rose verneinte zögerlich.

»Anita, der Herr von der Kriminalpolizei hat keine Bleibe. Du hast doch in deiner Wohnung sicher noch ein Zimmer frei. Das könnte er doch nehmen«, und zu Rose gewandt, »wissen Sie, Herr Polizist, unsere Anita hat in der Cornelienstraße eine Wohnung. Voll möbliert. Aber wohnen tut sie hier. Natürlich nicht direkt hier im Lokal, sondern oben drüber. Sozusagen steht die Wohnung in der Cornelienstraße leer. So ist das nämlich.«

Die Wirtin kam mit einem Glas Rotwein in der Hand an den Tisch und setzte sich. »Ich wollte eigentlich nicht mehr vermieten. Es wird ja alles so verwohnt. Wie lange, sagten Sie, wollen Sie hierbleiben? Wenn es nur für ein paar Wochen ist, können Sie sie haben.«

Nach dem fünften Bier brachte ihn ein Taxi zu seiner gemieteten Wohnung. Der Fahrer schwieg auf der Fahrt beharrlich. Hin und wieder seufzte er und schüttelte den Kopf. Plötzlich bremste er, sprang aus dem Wagen und lief zum Kofferraum. Er stellte Roses Koffer an den Straßenrand vor einem älteren, dreistöckigen Haus, nahm das Geld und brauste wortlos davon. Die Rollläden im Erdgeschoss waren heruntergelassen. Blaues Fernsehlicht flackerte durch die zugezogenen Vorhänge im ersten Stock.

»Sind Sie der Polizist aus München?« Eine Stimme in der Nacht. Rose blickte sich um.

Aus einem erleuchteten Fenster der Dachwohnung rief eine alte Frau. »Warten Sie, ich komme herunter.«

Er stellte seinen Koffer neben die Eingangstür und setzte

sich auf die Steinstufe. Die kühle Luft erfrischte, der Alkohol hatte ihn schläfrig gemacht. Nach einigen Minuten wurde die Haustür von innen aufgeschlossen. Rose hatte beinahe vergessen, dass er darauf wartete. Die Frau aus der Dachwohnung stand vor ihm.

»Meine Tochter hat mir Bescheid gesagt, wie lange wollen Sie denn hier bleiben?«

»Kommt darauf an. Mein Name ist Rose.«

»Nein, von einer Hose hat Anita nichts gesagt. Vielleicht der Oskar im ersten Stock, aber der geht kaum noch aus. Nur wenn die Polimpelscha hier ist, seine Frau. Die ist aus Polen und fährt immer mal wieder heim. Die hat den nur wegen seiner Rente geheiratet. Aber tauschen möchte ich mit der nicht, denen geht es ja auch nicht gut da drüben.« Die alte Frau schloss die Tür zur Erdgeschosswohnung auf und gab ihm ein paar Schlüssel. Mit einem gekrümmten Zeigefinger zeigte sie auf die einzelnen Türen in der Wohnung. »Hier ist das Wohnzimmer, Esszimmer, Küche, Bad, Schlafzimmer. Wenn es Ihnen nichts ausmacht, machen Sie die Läden morgens auf und abends zu. Ich wohne unter dem Dach, wenn Sie was brauchen. Die oberste Klingel. Schröder.« Sie wandte sich zum Gehen.

»Wer wohnt denn noch hier?«

Die alte Frau reagierte nicht. Er wiederholte seine Frage lauter.

»Auf dem Balkon ist der gelbe Sack für Plastik. Die schwarze Tonne kann ja keiner mehr bezahlen.« Sie reckte, beinahe drohend, ihren Zeigefinger nach oben. »Kommen Sie zum Frühstück hoch, Sie haben sicher noch nichts eingekauft.«

Frau Schröder ging zur Haustür und drehte den Schlüssel mehrmals im Schloss. Dann stieg sie langsam die Treppe hinauf, Rose stand noch immer in der Wohnungstür.

»Schließen Sie abends die Haustür ab, man ist sich seines Lebens ja nicht mehr sicher. Am Dienstag haben sie den Schlachthausdirektor umgebracht. Eine schreckliche Sache. So was hätte es früher nicht gegeben«, sagte sie und drehte sich zu ihm um. »Ich bin ja froh, dass Sie von der Polizei sind, da weiß man wenigstens, wen man im Haus hat.«

Die Wohnung war vollständig eingerichtet. Parkett und weiß verputzte Wände. Es roch unbewohnt und ungelüftet. Die Wände strahlten eine klamme Kühle aus. Er zog den Rollladen nach oben und öffnete das Fenster. In den Häusern gegenüber waren alle Läden heruntergelassen. Abgeriegelt von der Welt, dachte er.

Im Badezimmerspiegel sah er sein Gesicht. Ein aufgedunsenes, erschöpftes Gesicht. Das Spiegelbild schien zu altern, je länger er es betrachtete. Sinnlos. Alles ist von Anbeginn sinnlos, dachte er und verließ das Bad. Er legte sich aufs Bett und schlief auf der Stelle ein.

Ein Sonntag wie ein leerer Rummelplatz

»Ich habe die Läden schon hochgemacht. Wenn Sie noch frühstücken wollen, kommen Sie hoch.« Schlüsselklappern und schlurfende Schritte drangen von weit her an sein Ohr. Frau Schröder schlug die Wohnungstür hinter sich zu. Ein Hantieren im Treppenhaus, Wortfetzen aus einem Selbstgespräch, ihre Schritte, gedämpft durch zwei Türen, dann wieder Ruhe. Es war bereits später Vormittag. Die Sonne schien ihm auf die heiße Gesichtshaut. Seine Wangen glühten. Total vergiftet. Ich vertrage nichts mehr, dachte er und nahm sich vor, an diesem Tag weder zu rauchen noch Alkohol zu trinken.

Der Kaffee war lauwarm und bitter. Neben Roses Gesicht hing eine Obstampel aus Drahtgeflecht. Die braunen Druckstellen des einsamen Apfels und die überreifen Bananen verströmten einen süßlichen Geruch. Seine Übelkeit verstärkte sich. Frau Schröder zog eine dünne, lange Zigarette aus einer Packung mit Blumenornamentik. Sie zündete die Zigarette an und blies hörbar den Rauch in seine Richtung. Im Nu hatte sich die kleine Küche mit Qualm gefüllt.

»Die Träume in der ersten Nacht im neuen Bett gehen in Erfüllung«, sagte sie, »hoffentlich haben Sie etwas Schönes geträumt.«

Er erinnerte sich fast nie an seine Träume. Doch der heutige Traum war ihm noch im Bewusstsein. Vage stieg ein Bild aus der Nacht auf. Er saß mit Ines und Lisa am Frühstückstisch, er erzählte, aber keiner hörte ihm zu. Er stand auf und gestikulierte, sie nahmen ihn nicht wahr.

»Ich habe nichts geträumt«, sagte er.

Die alte Frau stand auf und öffnete eine Schublade.

»Was ist, wenn man in der ersten Nacht nicht träumt?« Er sprach jetzt lauter.

Sie kam an den Tisch zurück und legte etwas neben seine Kaffeetasse.

»Können Sie mir die Batterie wechseln?«

Er nahm ihr Hörgerät in die Hand und versuchte das wulstige Endstück nicht zu berühren, das gelblich verklebt war. Dann öffnete er die kleine Klappe für das Batteriefach.

»Wo geht es zur Innenstadt? Ich möchte mich ein wenig umschauen?«

»Ja, es ist schlimm, wenn man allein ist, ich kenne das. Nach mir guckt auch niemand. Wenn Sie morgen wieder frühstücken wollen …«

Als er aufstand, deutete sie auf einen Stadtplan, der auf dem Kühlschrank lag.

»Den habe ich Ihnen rausgesucht. Sie können ihn behalten, falls Sie in die Stadt wollen. Meine Bank hat ihn mir geschenkt. Da bin ich schon sechzig Jahre Kunde. Es ist zwar ziemlich weit bis in die Luitpoldstraße, aber ich war da halt schon immer.«

Sonntägliche Fußgängerzone. Ein Gefühl der Leere, wie ein Rummelplatz an einem verregneten Morgen. Er ging an den Schaufenstern vorüber. Was die Leute wohl hierher zieht, dachte er. Früher stand man sonntags an Schaufenstern und wunderte sich oder begehrte die Dinge, mit denen die Auslagen dekoriert waren. Im Grunde, sagte er sich, kann man heute alles überall kaufen. Es gibt nichts Unauffindbares mehr, keine Sehnsucht. Es gibt keinen Zauber mehr, die Waren haben ihre Magie verloren. Und der Mensch irrt in den Einheitszonen umher, verbringt seine Zeit hier und verliert seine Zeit hier. Wie viel sinnlose Zeit hat sich hier aufgestaut, fragte er sich. Er dachte an Ines und lächelte. Sie hatte stets über seine kulturpessimistischen Anmerkungen zur Lage der Welt, wie sie seine Äußerungen nannte, gelacht. Ines hatte ihm gutgetan. Ohne sie und ihren Witz schien ihm die Welt unbehaust und wertlos. Er fragte sich, wann sie sich endlich melden würde. Die Ungewissheit schabte ihn aus. Er lief dagegen an. Stundenlang streifte er durch die Stadt, zog seine Kreise wie ein Flugzeug ohne Landeerlaubnis. Er ging durch die belebteren Straßen der Fußgängerzone, kam in die Altstadt mit ihren Kneipen und ihren ewigen Kneipengängern, durchquerte verlassene Wohngebiete, schnürte durch die unbekannten Straßen, betrat schließlich einen Park, dessen Wiesen voller Musik und Menschen war, über denen Frisbeescheiben flogen und schwer der Grillrauch hing. Auf einem Teich trieben träge Enten, die sich kaum noch für das Brot interessierten, das ihnen die Kinder zuwarfen. Rose fühlte sich fremd und einsam. Am Abend ging er wieder die Cornelienstraße hoch. In einer Querstraße sah er eine Pizzeria und verspürte plötzlich Hunger. Er öffnete die schwer gängige Tür. Ein großer Saal, menschenleer. Dunkle, pseudorustikale Brauereibestuhlung. Leere Weinflaschen dienten als Dekoration. Er bestellte Bier und Pizza bei einer trägen Bedienung in schwarzem Rock und weißer Bluse. In ihren großen dunklen Augen glaubte er eine tiefe Verzweiflung zu erkennen. Alles schien verstaubt, vernachlässigt, vergessen.

Waisenhaus Juri Gagarin

Das Waisenhaus Juri Gagarin stand in einem Vorort im Norden von Moskau. Der Kosmonaut Juri Alexejewitsch Gagarin hatte es 1967 eingeweiht, ein Jahr bevor er mit einem Flugzeug abstürzte. Nadja Wladimirowna konnte sich nicht erinnern, dass seit diesem Tag irgendetwas im oder am Gebäude erneuert worden wäre. Trotzdem war ihr das Haus an ihr weiches, nicht mehr junges Herz gewachsen. Es stand am Ende einer grauen Plattenbausiedlung, isoliert auf einer Anhöhe. Der braune Putz rieselte fein wie Mehl auf das Gras. Ein paar fleckige Platanen umstanden das Gebäude. Ihre Blätter waren jetzt im frühen Sommer noch hellgrün und warfen ein beinahe heiteres Licht auf die zerkratzten Fensterscheiben. Nadja war gelernte Krankenschwester, eingestellt, um die Kranken unter den Kindern zu betreuen.

Ihr Dienst begann um sieben Uhr. Sie hatte Glück und musste nicht mit dem überfüllten Bus zur Arbeit, sondern konnte den kurzen Weg aus der Siedlung zu Fuß zurücklegen. Sie schloss die vergitterte Tür zum Waisenhaus auf und verriegelte sie wieder hinter sich. Die Eingangstüren waren nur von den Angestellten des Hauses zu öffnen. Nadja ging den langen, fleckigen Flur, in dem es nach Sauerkraut roch, zum Schwesternzimmer entlang.

»Elena, mein Täubchen, bitte geh und zieh dich an, du wirst noch krank, wenn du hier herumsitzt.« Sie zog das Kind auf die Beine und gab ihm einen Stups, wie man ein Dreirad anstößt. Elena saß jeden Morgen hier im Flur und kratzte mit ihren Zeigefingern eine Vertiefung in den rauen Estrich. Das war ihre Beschäftigung. Elena spielte nicht. Elena sprach nicht. Wenn man sie daran hinderte, den Estrich aufzukratzen, schwenkte sie ihren Oberkörper hin und her, manchmal schlug sie den Kopf an die Wand. Dann musste sie an ihr Bett gebunden werden. Einige der Kinder hatten diese Angewohnheit. Hospitalismus, hatte Nadja in ihrer Ausbildung gelernt, war ein Sammelbegriff für stereotype Körperbewegungen oder Neigung zur Selbstverstümmelung aufgrund fehlender Zuwendung. Nadja hatte Definitionen. Was Nadja fehlte, waren Kolleginnen. Sie waren einfach zu wenige. Es fehlte an allem. An Geld, Essen, Medikamenten, Kleidung. An Zuwendung. Aber was sollte sie machen. Sie konnte froh sein, dass die Regierung überhaupt noch Geld schickte. Heute war ein Glückstag für das Waisenhaus Juri Gagarin. Heute würde das Haus einen Geldsegen erhalten. Oleg, der semmelblonde, aufgeweckte Junge, sollte neue Eltern bekommen. In Deutschland. Im reichen Deutschland, dachte Nadja. Oleg war kein Waisenkind, so wie andere im Haus. Er war das Kind von harten Säufern, die alles in sich schütteten, was Alkohol enthielt, und denen man ihre verwahrlosten Kinder abgenommen hatte. Olegs Schwester war kurz nach ihrer Ankunft im Gagarin-Heim an einer Hirnhautentzündung gestorben. Danach hatte er die ersten Monate mit niemandem geredet. Er war da gesessen und hatte in eine Ecke gestarrt. Tagelang. Nur allmählich konnte Nadja sein Vertrauen gewinnen. Sie holte ihn behutsam aus seiner Ecke ins Leben zurück. Später freundete er sich mit Sveta an, einem kleinen, kränklichen Mädchen, das sich ständig kratzte und kaum noch Haare auf ihrem verkrusteten Kopf hatte.

Alle beneideten Oleg. Er sollte ein gutes Zuhause bekommen und das Heim eine dringend benötigte Geldspende. Viktor, Olegs Vermittler, war Nadja zuwider, aber die Heimleitung arbeitete gern mit ihm zusammen. Er hatte schon letztes Jahr ein Kind vermittelt und Geld in die leeren Kassen gebracht. Nadja und den Erzieherinnen war nahegelegt worden, nicht über die Vermittlung zu reden. Obst, Medikamente, eine Waschmaschine hatte die Heimleitung versprochen, und Nadja dachte an die Ansprache von Juri Alexejewitsch, als er das Waisenhaus einweihte. »Manchmal«, hatte er gesagt, »muss man einen Bauern opfern. Das geht ans Herz, aber man darf nie das ganze Spiel aus den Augen verlieren.«

Alle beneideten Oleg. Andrej, ein älterer Junge, schlug ihn mit einem Nachttopf aus emailliertem Blech. Als Nadja die blutende Kopfwunde auf der Krankenstation versorgte, weinte Oleg und sagte, dass er das Haus nicht verlassen würde.

»Du wirst ein eigenes Zimmer bekommen«, hatte ihm Nadja gesagt, »und ein Fahrrad.«

»Ich möchte kein eigenes Zimmer, ich möchte bei Sveta bleiben.«

Nach einer Weile hatte er gefragt: »Stimmt das mit dem Fahrrad?«

»Na sicher. Die Deutschen sind reiche Menschen.«

»Alle Deutschen?«

»Alle.«

Am Nachmittag hielt ein Wagen mit getönten Scheiben vor dem Heim. Viktor stellte einen deutschen Mann vor, der den Jungen zu seinen neuen Eltern bringen sollte. Der Mann trug sein langes Haar zu einem Pferdeschwanz gebunden und schien seine Aufgabe nur mit Widerwillen auszuführen.

Nadja fragte sich, warum die Eltern nicht selbst gekommen waren, es war ohnehin schwer genug für Oleg. Der Deutsche übergab der Heimleiterin einen dicken, braunen Umschlag. Valentina, eine junge Erzieherin, die erst seit Kurzem im Gagarin-Heim war, flüsterte der Leiterin etwas ins Ohr.

»Dann trennt sie«, sagte sie barsch. Valentina verdrehte ihre Augen und verschwand im Haus. Nadja folgte ihr. Im kleinen Schlafsaal sah sie, wie zwei Erzieherinnen auf Oleg einredeten. Oleg und Sveta hatten sich ineinander verkrallt und weinten. Valentina stürmte auf Oleg zu, packte seinen Arm und riss ihn von Sveta weg. Dann zerrte sie Oleg aus dem Zimmer. Nadja lief neben her und versuchte, ihn zu beruhigen, doch Oleg schrie und schlug um sich. Auf der Treppe verabschiedeten sich Viktor und der Deutsche. Der schreiende Junge wurde von den beiden Männern ungeduldig auf den Rücksitz des Wagens geschoben, dann fuhren sie davon. Die Räder wirbelten auf dem Weg zwischen den Platanen dunklen Staub auf, der sich als Schatten auf Nadjas weiches Herz legte. Sie stand auf der Treppe, schaute dem Auto nach, bis es zwischen den Plattenbauten verschwunden war. Hinter der Tür hörte sie Sveta schluchzen.

Begegnungen

Rose lag wach. Noch zwei Stunden, bis der Wecker klingeln würde. Er fragte sich, warum Ines ihn verlassen hatte. Wo war sie, und mit wem war sie dort, wo sie war?

Er dachte an Gespräche mit Kollegen; wenn Frauen ihre Partner verlassen, haben sie schon den nächsten unterm Rock versteckt, hieß es. Hatte sie einen anderen, fragte er sich, war sie deshalb gegangen? Und Lisa? Sie musste ihn doch vermissen. Ines durfte ihm nicht auch noch seine Tochter wegnehmen.

Um halb neun verließ er das Haus und ging in die Innenstadt. In langen Reihen standen rechts und links der Straße die geparkten Fahrzeuge. Sein rechter Fuß schmerzte. Er lief wie über eine heiße Herdplatte, setzte den Fuß kaum auf und zog schnell den linken nach. Am Ende der Straße setzte er sich auf eine niedrige Brüstung, schnürte den Schuh auf und fand ein Steinchen. Eine dicke Frau kam vorüber. Sie zog einen Rollwagen hinter sich her und musterte ihn. Ihr Blick, dachte Rose, war so abfällig, als hätte er ihr einen unsittlichen Antrag unterbreitet. Er blickte an sich herunter, unter dem Sakko trug er ein frisches Hemd. Der Reißverschluss der grauen Cordhose war zu, alles war in Ordnung, oder hatte es der Frau nicht gepasst, dass er seinen Schuh ausgezogen hatte? Sein Respekt vor dicken, älteren Damen ließ nicht zu, dass er hinterherlief und sie zur Rede stellte. Er warf das Steinchen über die Schulter, zog seinen Schuh wieder an und ging weiter.

In zwei Wochen wählte die Stadt einen neuen Bürgermeister. Von den Plakaten lächelten die Kandidaten herab. Der Mann von der CSU, Dominik Baille, erschien Rose zu steif in seinem schwarzen Anzug mit schwarzer Krawatte, reif für eine Grabrede und nicht für eine zukunftsorientierte Politik, wie der Slogan unter dem Bild verkündete. Der von der Alternativen Liste ins Rennen geschickte Kandidat sah mit seinem T-Shirt und Schal zu sehr nach Therapiesitzung aus, außerdem, fand Rose, ging ein T-Shirt überhaupt nicht, es wirkte immer unvollständig, geradezu unangezogen, ein peinlicher Versuch, auf die Jugend des Trägers hinzuweisen. Das spitze, graue Gesicht Ralf Lufts von der SPD wirkte farblos, nichtssagend. Immerhin trug er einen Anzug. Rose erwartete bei einem Stadtoberhaupt entsprechende Bekleidung, schließlich wollte der Kandidat vom Volk gewählt werden und sich nicht mit ihm verbrüdern. Bailles Anzug drückte das konservative Weltbild des Trägers in deutlicher Peinlichkeit aus, während der mausgraue Anzug des SPD-Kandidaten, kaum ein Revers, winzige Knöpfe, in seiner übertriebenen Unscheinbarkeit eine Angst vor Verantwortung spüren ließ. In einem kleinen Tabakwarenladen kaufte er Zigaretten. Der würzige Geruch nach Holz und Tabak in dem Laden versöhnte ihn mit dem Geschmack des Nikotins vom Vorabend. Die ausliegende Tageszeitung verkündete keine neuen Erkenntnisse im Mordfall Junker. Die Bürger waren, wie sollte es anders sein, »vor Angst und Schrecken ob des freilaufenden Monsters wie gelähmt«.

Er betrat ein Café. Vorn der Bäckerladen. Eine Verkäuferin schnitt mit einem Gerät, das Rose an eine Guillotine erinnerte, ein sehr großes, dunkelbraunes Brot entzwei. Im hinteren Teil standen die Tische und Stühle. Abstrakte Gemälde hingen an den Wänden. Das Café gefiel Rose. Es hatte nicht die einschläfernde Rentnerinnen-essen-Diätkuchen-Atmosphäre, sondern machte einen unentschiedenen Eindruck zwischen Fünfziger-Jahre-Kühle und modernem Kaffeehaus. Es wirkte auf Rose belebend in seiner Unentschlossenheit.

Am ersten Tisch saß ein Mann und rauchte Pfeife. Vor sich ein Glas Tee und einen Stapel Post. Er starrte durch die Rauchwolke, die aus dem Kopf der Pfeife stieg, und nickte Rose kurz zu. Im hinteren Teil des Cafés aßen einige ältere Damen dann doch ihren Diätkuchen, und ein Mann las Zeitung. Das Papierkonvolut verdeckte ihn vollständig und erinnerte Rose an die Werbung der Frankfurter Allgemeinen Zeitung. Er legte seinen Ordner auf den Tisch in der hinteren Ecke neben dem des Zeitungslesers und setzte sich. Die Bedienung brachte gerade ein

Tablett mit Milch, ein Ei im Glas und Weißbrot und stellte es vor die Zeitung. Dann wandte sie sich an Rose.

»Einen Kaffee und Hörnchen, bitte«, sagte er.

»Einen Kaffee und Hörnchen«, sagte sie. »Ein Hörnchen?«

»Ein Hörnchen.«

Der Mann am Eingang starrte noch immer in den Pfeifenrauch. Er schien einsam zu sein. Rose sah ihn auf einem Segelboot sitzen, um ihn herum nur weiter Ozean. Er saß da, rauchte und starrte in den Rauch seiner Pfeife. Weit hinter ihm lag das Land mit den Menschen, mit der Familie des Mannes, seiner Frau, seinen Kindern. Sie standen am Ufer, das kleine Boot war schon lange außer Sichtweite, und sie fragten sich, wann er zurückkäme, ob er überhaupt zurückkommen würde.

Rose zündete sich eine Zigarette an. Die ersten Züge verursachten ihm Schwindel. Er starrte eine Weile rauchend vor sich hin, dann zog er den Ordner zu sich heran und schlug ihn auf. Die Ermittlungsakte der hiesigen Kollegen, die üblichen Vernehmungsprotokolle, Aktenvermerke, Autopsiebericht. In einer Klarsichthülle steckten die Fotos des Opfers, dazu einige schlecht kopierte Zeitungsberichte und die Presseerklärung der Aschaffenburger Dienststelle.

Was geht mich euer Sterben an, dachte er und folgte mit seinen Augen dem Rauch, der sich Richtung Decke schlängelte. Die Schwaden vermischten sich mit der Raumluft und lösten sich langsam auf. Er überflog die Protokolle, zog die Fotografien aus der Hülle, nahm dabei die Tasse auf und stellte sie wieder ab, ohne getrunken zu haben.

Er hatte kaum zugehört, als ihm Bartoldy in München von dem Fall berichtete. Irgendein Schlachthofdirektor in der Provinz. Er hatte schon viele Todesfälle gesehen, das war sein Job. Diese Fotos aber zeugten von etwas anderem, etwas Grausameren als einem üblichen Mord. Wenn man von einem üblichen Mord überhaupt sprechen kann, sagte er sich. Dies hier zeugte von einer gewaltigen Verachtung der menschlichen Moral.

Das erste Bild zeigte einen nackten Mann, der kopfüber an einem Fleischerhaken hing. Es folgten Nahaufnahmen und Details. Der Mann war in der Körpermitte längs gespalten worden, und die beiden Teile hingen an einem Laufband. Durch die Sehnen an den Sprunggelenken waren Haken getrieben worden, an denen nun die Hälften des Leichnams hingen. Zuvor musste ihm der Körper in einem langen Schnitt eröffnet worden sein, vom Bauch bis zum Kinn, um die Eingeweide zu entnehmen. An einem Haken aufgespießt, sah man die Zunge mit Luftröhre und den Lungenflügeln, daneben die restlichen Organe mit den Gedärmen aufgehängt. Einige Darmschlingen waren aufgerissen, und grauer Schleim war herausgetropft. Auf dem letzten Foto erkannte Rose auf einem weiteren Haken das Geschlechtsteil und den Hodensack des Toten. Er warf den rauchenden Stummel in den Aschenbecher, zündete sich eine neue Zigarette an und begann noch einmal aufmerksam die Protokolle zu lesen.

Laut Obduktionsbericht wurden in den Zerlegungswunden massive Blutungen festgestellt, was darauf hindeutete, dass Dr. Junker zu Beginn der Schlachtung, und anders konnte man die Tötung kaum nennen, noch lebte. Warum wurde dieser Mann so getötet, auf diese Art?, fragte sich Rose. Wie ein Stück Vieh, ein namen- und seelenloses Schlachttier. Er hörte Knochen krachen, Metall auf Fleisch treffen. In diesem Schlachthaus wurde nicht einfach ein Mensch getötet, hier entlud sich unkontrollierte Wut, hier zerstörte Hass. Die Fotos lagen vor ihm.

Er blickte auf eine wüste, groteske Szenerie, die ihn an mittelalterliche Höllenbilder erinnerte. Das Blut schien so frisch zu sein, dass er einen Moment den Eindruck hatte, es könnte aus den Bildern laufen und den Tisch beschmutzen.

»Verzeihen Sie.« Eine Stimme drang über das Blut an sein Ohr.

»Verzeihen Sie, wenn ich Sie anspreche.«

Der Mann am Nachbartisch blickte herüber. Sein Blick war seltsam, die Stimme war seltsam, der ganze Mann war seltsam. Rose konnte sein Alter nicht schätzen. Er mochte zwischen fünfzig und sechzig Jahre alt sein, vielleicht älter, vielleicht jünger. Das Gesicht unter seinem wirren weißen Haar war farblos, beinahe transparent. Er hatte wasserblaue Augen, die durch Rose hindurchschauten. Seine Nase war klein, unauffällig, seine Lippen dagegen wulstig, dabei blutleer. Er trug einen weißen

Anzug, ein weißes Hemd, an einem Finger einen großen goldgefassten, milchigen Opal.

Das Merkwürdigste aber war seine Stimme oder besser die Art seines Sprechens. Er formte seine Worte langsam, zögernd, Silbe für Silbe, als wenn er sie zurückhalten wollte, als wenn ihn ihr Klang erstaunen würde. Hinzu kam ein ausgeprägter amerikanischer Akzent, der die Silben rund und undeutlich machte.

»Verzeihen Sie. Ihre Bilder.«

Er deutete auf den Schnellhefter und die Tatortfotos. Seine Bewegungen waren abgehackt, hölzern und schienen die Art seines Sprechens unterstreichen zu wollen.

Schnell schob Rose die Fotos zusammen und schloss den Deckel des Hefters.

»Was ist damit?« Die Frage war ein Bellen, schnell und hart und unfreundlich. Rose ärgerte sich über seine Reaktion, die einem Gefühl des Ertapptseins entsprang. Dabei war der Mann trotz seines eigenartigen Äußeren und seiner seltsamen Art freundlich. Er wirkte in seiner Farblosigkeit unschuldig und rein, wie ein verlorenes Kind, das man an die Hand nehmen will, um es zu seinen Eltern zurückzubringen.

»Ihre Bilder. Ich finde sie, verzeihen Sie meine Meinung, aber sie sind, extraordinary interessant, finde ich.«

»Sie sind abscheulich und nicht für die Öffentlichkeit bestimmt. Ich hätte sie nicht offen liegen lassen dürfen.«

»Sie tragen keine Schuld. Es war meine ...«, mit einer abrupten Kopfbewegung blickte er zur Decke, als fände er dort sein fehlendes Wort, »Unverfrorenheit.«

Er lächelte, schien sich dabei über den Klang des Wortes zu freuen, das er nur mit Mühe hervorgebracht hatte, und betrachtete den Schnellhefter. Rose blickte sich um. Er sah, wie der Mann mit der Pfeife, vorne am anderen Ende des Raumes, noch einen Tee bestellte, um sich dann seinen Briefen zu widmen. Er öffnete ein Kuvert nach dem anderen, nahm die Schreiben heraus, und erst danach begann er sie der Reihe nach zu lesen. Die alten Damen genehmigten sich noch ein Stück Diätkuchen.

Sein Nachbar lächelte Rose wieder zu. Das Gesicht des Mannes wirkte durchscheinend.

Es wäre an ihm, dachte Rose, etwas zu sagen, doch er wusste nicht, was. Er war plötzlich sehr müde. Er wollte am liebsten seinen Kopf auf den Tisch legen und schlafen. Im Schlaf die Bilder, das Blut, die zerhackten Körperteile vergessen. Vergessen, weshalb er hier war, vergessen, wo er war, wer er war.

»Meine Unverfrorenheit rührt daher ...« Sein Nachbar beugte sich wieder zu ihm hinüber, hielt inne und dachte nach. »Wissen Sie, ich bin Sammler.«

Er lächelte noch immer, freundlich, frei von Argwohn, als hätte er mit den letzten Worten alles erklärt.

»Ich kann Ihnen die Fotos nicht zeigen. Verschlusssache. Es geht um ein Verbrechen. Ich bin Polizeibeamter.«

»Würden Sie mir eine Frage beantworten?«

Rose nickte müde.

»Diese Bilder in Ihrem File, es sind Fotografien von der Schlachthofsache?«

»Wissen Sie etwas davon?« Rose war wieder hellwach.

»Ich entnehme Ihrer Antwort eine Zustimmung zu meiner Frage. Nun, natürlich weiß ich etwas davon. Wie ich schon erwähnte, ich bin Sammler. Außerdem singen die Spatzen von den Dächern darüber, wie man so sagt.«

»Was für eine Art von Sammler sind Sie? Sind Sie im Kunstgewerbe tätig?«

»Das könnte man so sagen. Nun, ich sammle Unkonventionelles, Abseitiges. Ich interessiere mich für die dunkle Seite, den Schatten, den Makel. Kurz, ich sammle das Böse.«

Er griff das Milchglas und führte es mit Bedacht zum Mund. Konzentriert, als wäre es eine schwierige Aufgabe, den Rand des Glases und die Lippen zusammenzuführen. Er trank einen winzigen Schluck, stellte das Glas vorsichtig ab und lächelte wieder.

»Sie denken sicher, ich wäre nicht ganz richtig im Oberkopf. Aber es ist mein voller Ernst. Ich arbeite an einer umfassenden Darstellung über das Böse in der alten und der neuen Welt. Ich beschränke mich auf die westlich-abendländische Zivilisation und deren Historie. Es würde sonst ausufern.« Er atmete tief ein. Das Formen der Worte bereitete ihm Anstrengung. »Wenn sich Hutu und Tutsi massakrieren oder Iraker sich in die Luft jagen, beschäftigt mich das nur marginal. Die Mentalität der Islamisten ist mir fremd, auch wenn darüber viel geschrieben wird. Diese Art von Bestialität entspringt einer anderen, eher atavistischen Geisteshaltung, verwurzelt in vorkolonialistischen Stammesriten und undurchschaubaren Clanstrukturen. Mich dagegen interessiert die Ausprägung der hoch entwickelten Zivilisation in puncto unmoralisches Handeln. Mein Forschungsfeld ist die Dekonstruktion der überlieferten Handlungs- und Moralkodizes. Momentan bin ich noch in der Sammlungs- und Ordnungsphase, daher bezeichne ich mich schlicht als Sammler.«

Die Erklärungen waren sichtlich kraftraubend gewesen. Die letzten Worte wurden Silbe für Silbe herausgepresst. Jetzt waren seine wulstigen Lippen noch blutleerer und zitterten leicht. Hölzern hielt er Rose seine Hand hin.

»Stillman. Mein Name ist Peter Stillman. Ich bin Amerikaner. Es ist alles gut. Ich bin auf der Durchreise. Bleibe für ein paar Monate. Materialrecherche. Meine Zeit ist um. Ich muss jetzt gehen. Es hat mich sehr gefreut, Mister, wie war Ihr Name?«

»Rose. Richard Rose.«

»Ich verstehe.«

Wie auf ein geheimes Zeichen kam die Bedienung. Peter Stillman zahlte und verließ das Café. Seine Bewegungen waren unrund, beinahe ruckartig. Rose dachte an die Aufführung, die er als Kind auf dem Viktualienmarkt gesehen hatte. Ein blau gekleideter und geschminkter Mann bewegte sich wie ein ungelenker Roboter. »Mensch oder Maschine« stand auf seinem Rücken. Er war jetzt allein im Raum. Die Kuchen waren gegessen, und auch der Mann mit Pfeife war davongesegelt. Er winkte die Bedienung heran.

»Woher wussten Sie, dass der Mann zahlen wollte?«

»Der Herr begleicht seine Rechnung immer genau um elf.«

Rose zahlte ebenfalls und verließ das Café.

Von der Löherstraße fuhr er mit dem Stadtbus zur Dienststelle der Polizei. Das Gebäude, das am Rand eines Industriegeländes stand, war aus Klinkersteinen gebaut und wirkte wie eine Festung. Hohe Mauern, eckig, abweisend, große Eisentore, am Eingang doppelte Glastüren, von denen die zweite von einem Beamten auf Knopfdruck geöffnet wurde. Man brachte ihn zum Büro des Kriminalrats Mehling.

Der Leiter der Kriminalpolizei-Inspektion war ein untersetzter Endvierziger mit einer breiten, weinroten Krawatte. Nicht der letzte Schrei, aber akkurat gebunden, stellte Rose fest. Der Mann stand auf, rückte einen Stift auf dem Schreibtisch zurecht und reichte Rose die Hand.

»Kriminalrat Mehling. Ich heiße Sie in Aschaffenburg willkommen. Es freut mich, dass die Kollegen aus der Landeshauptstadt uns ihre Hilfe angeboten haben. Sie wissen sicher, was es heißt, von einer übergeordneten Dienststelle Hilfe angeboten zu bekommen: Man kann nicht ablehnen. Na ja, wie dem auch sei. Offiziell werden Sie der Sonderkommission ›Schlachthof‹ zugeordnet. Inoffiziell weiß ich, dass Sie private Schwierigkeiten haben. Ich soll Ihnen auf die Finger schauen, bat mich Ihr Vorgesetzter. Ich werde seiner Bitte nachkommen. Zwei unserer Ermittler sind, wie Sie sicher wissen, abgängig. Im Urlaub der eine, der andere krank. In der Soko arbeiten Kriminalhauptkommissar Helmut Böhm, der Innendienstler des K1, und Kriminalhauptkommissar Ernst Kremer. Sie werden sie dann noch kennenlernen. Ich habe beide für diesen Fall freigestellt und Anweisung gegeben, Ihnen zuzuarbeiten. Ihrem Dienstgrad entsprechend sind Sie ja nicht weisungsbefugt, wir werden aber alles tun, um die Zusammenarbeit fruchtbar zu gestalten. Wie dem auch sei«, er rückte seinen Bleistift zurecht und blickte Rose unbewegt an, »mir ist viel daran gelegen, den Täter zu finden und ihn seiner gerechten Strafe zuzuführen. Herr Dr. Junker war mir persönlich gut bekannt seit der Studienzeit, daher können Sie auch ein persönliches Interesse meinerseits voraussetzen. Wenn Sie etwas brauchen, lassen Sie es mich wissen. Es ist jetzt exakt elf Uhr achtundvierzig. Böhm und Kremer erwarten Sie. Sie sind im Besprechungsraum eine Treppe tiefer. Ach, Herr Kollege, unterrichten Sie mich bitte über alle Ihre Schritte in dem Fall. Montags um Punkt neun ist hier in meinem Büro Dienstbesprechung.«

Der PVC-Boden dämpfte Roses Schritte. Er ging den dunklen Flur entlang. Es roch nach Staub und Kunststoffen, die wegen der Wärme ausdünsteten. Ein Stockwerk tiefer passierte er zwei Türen, dann stand er vor dem Besprechungsraum. Rose öffnete ohne zu klopfen die Tür und trat ein. Zwei uniformierte Beamte saßen an einem Tisch. Sie nickten Rose zu. Eine Putzfrau wischte den Boden. Sie summte die Melodie eines Kinderliedes. Maikäfer flieg. Am Fenster stand ein junger Mann. Sein langes Haar war zu einem Pferdeschwanz gebunden. Er trug eine Lederjacke und zerfetzte Jeans. Drogendezernat, dachte Rose und ging an einen Tisch in Fensternähe. Er steckte sich eine Zigarette an. »Dein Vater ist im Krieg, Mutter ist im Pommernland, Pommernland ist abgebrannt«, sang er lautlos.

Der Langhaarige drehte sich um, tänzelte zu seinem Tisch und setzte sich. Mit einem kurzen Ruck zog er den Atem in die Nase.

»Hallo. Rose nehme ich an. Schöner Name, so blumig. Ich bin Ernst Kremer. Wir arbeiten in der Soko zusammen.« Er deutete auf eine abgegriffene Kaffeemaschine. »Darf ich vorstellen? Unsere Hauskantine. Wollen Sie einen Kaffee?«

»Wo sind die Ermittlungsakten?«

»In Böhms Büro.«

Kremer klopfte und öffnete gleichzeitig eine graue Tür. Ein Mann mit Halbglatze saß hinter einem Laptop und hackte auf die Tastatur ein. Als er die beiden sah, stand er schnell auf und drückte die Klappe des Computers zu.

»Na, Böhm, ein Spielchen gemacht? In der Arbeitszeit. Letzte Woche die Dienstanweisung nicht gelesen?«

Böhm wischte sich die Hand an seinem Hosenbein ab und reichte sie Rose.

»Willkommen in Aschaffenburg. Hauptkommissar Böhm. Helmut Böhm. Innendienst Kommissariat 1. Herrn Kremer von der Drogenfahndung haben Sie ja schon kennengelernt. Auf Anweisung des Chefs habe ich Ihnen hier einen Platz eingerichtet. Die Ermittlungsakten liegen als Kopie auf Ihrem Tisch.«

Rose sah die Papiere flüchtig durch. Bis auf einige Protokolle über Vernehmungen war nichts Neues dabei.

»Wo ist die Leiche?«

Kremer und Böhm schauten sich an.

»Am Samstag war die Beerdigung. Die Leiche ist auf dem Waldfriedhof«, sagte Böhm.

»Beziehungsweise unter dem Friedhof«, ergänzte Kremer.

»Wer hat die Tatortanalyse durchgeführt?«

Kremer und Böhm schauten sich wieder an. An einem Mordfall zu arbeiten, ohne die Leiche unmittelbar gesehen zu haben, war Rose zuwider. Die erste Besichtigung des Tatortes war eine wichtige Indiziensammlung und ließ in vielerlei Hinsicht Rückschlüsse auf den Täter zu. An der Art des Vorgehens, an dem Grad der Verstümmelung, an der Lage der Leiche konnte man häufig auf das Geschlecht und Alter, die Gemütslage und andere Charakteristika des Täters schließen. Bei dem Mord an Dr. Junker war der Täter einerseits besonnen, andererseits voller Hass vorgegangen, dachte Rose, da die Tötung gut geplant erfolgte, aber mit einer unvergleichlichen Brutalität durchgeführt wurde. Das erhöhte die Wahrscheinlichkeit, dass der Täter dem Bekanntenkreis des Opfers entstammte. Hier war kein Affekt, keine Willkür im Spiel, so viel konnte man bereits jetzt sagen.

»Können wir zum Tatort fahren?«

»Kollege Kremer wird Sie begleiten, ich muss das Datenmaterial in den PC eingeben«, sagte Böhm und widmete sich seiner Tastatur.

Kremer öffnete die vergitterte Glastür zum Hof der Dienststelle. Wie eine weiche Masse hüllte die Hitze, die zwischen den Umfriedungsmauern feststeckte, die beiden Beamten ein. Kremer deutete auf einen Wagen und entriegelte dabei die Türen. »Erzählen Sie mir alles, was Sie wissen«, bat Rose und setzte sich auf das heiße Polster des Beifahrersitzes.

Kremer startete den Wagen und steuerte ihn aus dem Hof der Dienststelle. Das Eisentor schloss sich geräuschlos hinter ihnen.

»Steht doch in den Akten. Mehr weiß ich auch noch nicht.«

»Erzählen Sie trotzdem.«

»Letzten Dienstag wurden wir gegen sechzehn Uhr in den

Schlachthof gerufen. Der Hallenmeister, Dieter Normann, hatte die Leiche entdeckt. Die Schlachtungen gehen so bis acht Uhr morgens, dann sind die Metzger noch zwei, drei Stunden da. Danach die Putzkolonne, Desinfektion. Ab Mittag ist niemand mehr im Haus, nur die Büros sind besetzt. Direktor, Sekretärin und eine Mitarbeiterin der Südfleisch. Deren Büro ist aber nicht direkt mit dem Schlachthof verbunden. So ab Mitternacht kommt wieder Leben in die Bude, Viehauftrieb, Schlachtung. Der Hallenmeister war als Erster da. Als er in die Schlachthalle kam, fand er den Toten. Die Bilder haben Sie ja gesehen. Hatte sich jemand ausgetobt, würde ich sagen. Der Täter war ein Profi, Metzger oder so was. Außerdem kannte er sich aus, wusste über die Gepflogenheiten Bescheid. Sieht alles nach einem geplanten Rachedelikt aus.«

»Was ist mit Spuren? Fußabdrücke auf dem Boden, Fingerabdrücke an den Gerätschaften, DNA-Spuren an der Leiche?«

»Nichts! Spaltbeil und Messer hat der Täter mitgenommen. Der Boden wurde anscheinend nach der Tat abgespritzt, hängen ja überall Schläuche herum. DNA auch Fehlanzeige, ist alles voller organischer Partikel.«

»Sie sagten Spaltbeil und Messer. Kennt man die Tatwaffe?«

»So schlachtet man halt.«

»Verdächtige?«

»Wir haben die Kopfschlächtertruppe überprüft. Die meisten haben ein Alibi. Auch die Metzger. Die Frau von der Südfleisch ist im Urlaub. Die Sekretärin, Frau Pohl, hat dienstags ab zwölf frei. Sie ist eine fesche Braut, neunundzwanzig, klein, aber Mordsdinger, pechschwarze Haare und blaue Augen, sieht aus wie eine Italienerin.«

»Hat diese Frau Pohl ein Alibi?«

»Ja, sie war mit einer Freundin beim Shopping. Außerdem soll Junker schwul gewesen sein, was ich aber noch nicht nachprüfen konnte. Zumindest war er ledig und alleinstehend. Soweit ich weiß, war Junker bis auf die üblichen Querelen im Schlachthof recht beliebt. Außerdem war er ein Freund vom Chef, gleiche Verbindung, Corps Bavariana oder so. Nur nebenbei. Seit zwei Jahren ist er Direktor hier, zuvor war er in der

Veterinärverwaltung in Freilassing tätig. Keine Eintragungen in die Personalakte. Hat ein bisschen gekokst, weiß ich von einem Informanten aus der Szene, das ist aber inoffiziell. Der Chef will das Andenken des Toten in gutem Licht bewahren.«

Ernst Kremer stoppte den Wagen auf dem Besucherparkplatz des Schlachthofes.

Das Gebäude war im Stil der siebziger Jahre erbaut. Rose betrachtete das Verwaltungsgebäude des Schlachthofes. Schmucklos, unpersönlich. Genauso unpersönlich schlachten sie dort drinnen täglich Hunderte Tiere. Dort drinnen, in diesem unpersönlichen Bau, schlachtet jemand einen Menschen wie ein Stück Vieh. Die gleichen Handgriffe, die gleichen Geräte, kaum ein Unterschied, nur unsere Moral oder was auch immer entscheidet über Gut oder Böse. In anderen Zeiten und in anderen Kulturkreisen waren Ritualmorde und Hinrichtungen gesellschaftskonform.

Komm auf den Teppich, sagte er sich. Da ist ein Mord geschehen. Ein Mensch ist bestialisch massakriert worden, und der Killer läuft frei herum. Sein Job war es, diesen Zombie zu finden, und er wollte alles unternehmen, um genau das zu tun.

Sie betraten den Eingangsbereich, der mit schwarzen Steinfliesen ausgelegt war.

»Die Vorhalle«, sagte Kremer, »als Schwein würde ich sagen, die Vorhölle.«

Er ging die Treppe zum ersten Stock hinauf, klopfte an eine Tür und öffnete sie sofort. Rose folgte ihm. Hinter einem Schreibtisch saß eine junge Frau. Kremer sagte, indem er sich zu Rose umdrehte und ihm dabei zuzwinkerte: »Bon giorno, schöne Frau, ich habe Ihnen meinen Kollegen aus München mitgebracht, Hauptkommissar Rose, Mordkommission. Ein echter Großstadtcop. Frau Pohl, der Stolz des Städtischen Vieh- und Schlachthofes.«

Kremer hatte nicht übertrieben, sagte sich Rose, als die Frau um den Schreibtisch kam. Einen Moment lang hatte Rose den Wunsch, ihren strengen Zopf zu öffnen und in das dicke schwarze Haar zu fassen, das wie lackiert glänzte.

»Da muss ich Sie leider korrigieren, Herr Kremer, wir sind seit Jahren kein kommunaler Schlachthof mehr, sondern eine GmbH & Co. KG. Der Betrieb ist nicht mehr städtisch, sondern privat.« Sie reichte ihm die Hand. »Kommissar Rose. Ein schöner Name für einen Polizeibeamten.«

»Wie läuft es jetzt weiter, ohne Direktor?«, fragte Rose. Ihm fiel das Wort Fleischbeschau ein, während Frau Pohl ihn von oben bis unten betrachtete, dann lächelte er, als ihm auffiel, dass er sie einen Moment zuvor auf die gleiche Weise gemustert hatte. Sie lächelte ebenfalls.

»Der normale Schlachtbetrieb geht weiter, Herr Normann kümmert sich darum. Ich organisiere den Rest, was ich auch zuvor getan habe. Verhandlungen über Kontingenterweiterungen und Umstrukturierungen werden auf Eis gelegt, bis ein Nachfolger für Herrn Dr. Junker eingesetzt ist. Die Großviehschlachtungen sind sowieso beinahe bei null, dafür haben wir dem Anstieg der Schweineschlachtungen Rechnung getragen und die Halle einen zusätzlichen Tag freigegeben.«

»Kann ich das Büro von Herrn Junker sehen?«

Die Sekretärin öffnete eine Zwischentür. Das Büro dahinter war geräumig, Teppiche bedeckten fast vollständig den Boden. Das Mobiliar war exklusiv. Der Mann hatte Geschmack, schwarze Ledersessel, Designerschreibtisch, teuer.

An den Wänden hingen großformatige Farbfotos. Wüstenlandschaften, arabische Märkte und Porträtaufnahmen von dunkelhäutigen Kindern.

»Die Bilder fotografierte Dr. Junker selbst. Er reiste gern, vor allem nach Nordafrika und Asien.«

Frau Pohl trat zu ihm. Er konnte ihr Parfum riechen. Leicht. Sommerlich.

Den Blick auf die Bilder gerichtet, sagte er: »Landschaften und Kinder.«

»Sie sagen es.« Sie ging zum Fenster und sah auf den Hof.

Kremer setzte sich auf den Schreibtisch und betrachtete die Frau. »In seiner Wohnung hängen auch jede Menge Fotos herum, aber sonst keine weiteren Indizien.«

»Zur Wohnung fahren wir anschließend«, sagte Rose. »Jetzt

möchte ich den Tatort sehen. Ach, Frau Pohl, ich bräuchte eine Liste von allen Leuten, die hier gearbeitet haben, seit Dr. Junker im Hause war.«

Kremer schob sich vom Schreibtisch herunter und sagte: »Ist schon geschehen, wir überprüfen die Liste gerade.«

Rose und Kremer gingen in die leere Schlachthalle. Von irgendwoher drangen Stimmen herüber. Der Raum war vollständig weiß gekachelt, und über allem hing ein Geruch von Fleisch und kaltem Fett. An der Decke waren Laufbänder montiert, die zu den einzelnen Stationen der Schlachtstraße führten. In einem Büro an der Seite saß Dieter Normann, der Hallenmeister. Normann führte Rose durch die Halle. Es machte ihm Freude, merkte Rose, dem Fremden, dem Unwissenden sein Reich zu erklären. Normann war der kleine Gott des Schlachthofes. Nichts ging ohne seine Zustimmung, nichts passierte ohne sein Wissen. Umso schlimmer war für ihn der Mord, dachte Rose, eine Tat in seinem Revier.

»Hier werden die Tiere geschossen«, erklärte er.

Kremer drückte sich in der Halle herum, verschwand in Richtung der Stimmen, er hatte die Führung bereits hinter sich und sah den Metzgern bei der Arbeit zu, die nach dem Schlachten das Fleisch zurichteten. Anderen bei der Arbeit zusehen, tut immer gut, dachte Rose.

»Die betäubten Tiere werden auf dem Band entblutet und kommen hier ins achtzig Grad heiße Wasser, die Haut wird aufgeweicht und gewaschen. Die Borsten stellen sich dadurch auf. Dann geht es in die Brennkammer, um die Borsten abzusengen«, sagte Normann, als wäre der Schlachtvorgang ein Sonntagsspaziergang. »Danach Klauenschuhentfernung, manuell mit der Glocke und anhängen, hier«, er deutete auf große Haken, die aufgereiht an der Wand hingen. »Schwenken in die Schlachtstraße, Entweiden, Spalten, Fleischuntersuchung, Großvieh auf der Rampe, hier Aufreihen zum Weitertransport.«

»Wo haben Sie die Leiche gefunden?«

Normann deutete auf eine Stelle, etwa drei Meter vor ihnen.

»Hier. Hatte am Nachmittag noch die Ställe kontrollieren wollen; die Selbsttränken sind defekt. Bei einem Rundgang durch die Schlachthalle fand ich den Herrn Direktor. Dachte erst, da hängt ein Schwein, sah dann, dass da was anderes hängt, ich sagte mir, das ist ja ein Mensch, konnte es erst nicht glauben, erkannte ihn an den Haaren. Komisch, einen Toten an den Haaren zu erkennen, aber so war es. Ich habe dann gleich die Polizei gerufen, jede einzelne Tür überprüft, aber es war alles vorschriftsmäßig abgeschlossen.«

Hier hing er, zwischen all diesem Gerät. Rose versuchte sich vorzustellen, wie es passiert war, wie ein Mann in Metzgerskluft mit einem großen Spaltbeil vom Becken her den Leib des Direktors durchschlug. Es war ihm nicht möglich. Er konnte das Grauen nicht visualisieren.

»Ist Ihnen irgendetwas aufgefallen?«

»Habe alles zu Protokoll gegeben.«

»Ich weiß, aber vielleicht haben Sie eine Kleinigkeit nicht erwähnt. Sie, mit Ihrer Erfahrung, haben doch einen ganz anderen Blick auf so was.«

»Nun«, Normann lächelte, »mir ist in der Tat etwas aufgefallen. Es waren zwei Täter.«

Er genoss eine Weile Roses verdutzten Gesichtsausdruck.

»Hier hingen die Körperhälften, dort das Geschlinge und da die Geschlechtsteile. Das gehörte da aber nicht hin. Bei einer Schlachtung werden die Geschlechtsteile in den Konfiskatbehälter geworfen und nicht aufgehängt.«

»Wie kommen Sie aber darauf, dass es zwei Täter waren?«

»Sehen Sie, alle Schnitte saßen. Nur die Geschlechtsteile waren unprofessionell abgetrennt worden. Zackige Schnittführung. Man könnte eher sagen abgesäbelt, verstehen Sie? Und dann aufgespießt. Da war ein anderer dran! Wenn man hier zwanzig Jahre arbeitet, sieht man so was.«

»Und was schließen Sie daraus?«

»Nichts.«

Kremer kam um die Ecke. An seiner Hand baumelte eine durchsichtige Plastiktüte mit rohem Fleisch.

»Wie kam Dr. Junker mit den Leuten hier zurecht?«

Normann kratzte sich am Hinterkopf. »Gut.«

Sie fuhren zu Dr. Junkers Wohnung am Rand der städtischen Bebauung. Auf der gegenüberliegenden Straßenseite lag das Gelände eines Sportplatzes, dahinter Wiesen und Bäume.

»Berliner Allee«, sagte Kremer. »Bisschen vom Schuss, aber dafür ist Ottls Biergarten nur ein paar Schritte entfernt.« Er zeigte zum Sportplatz hin.

»Haben Sie im Schlachthof noch was herausbekommen?«

»Ich habe mich ein bisschen bei den Metzgern umgehört«, sagte Kremer. »Das Verhältnis war natürlich nicht so gut, wie Normann sagt. Zwischen den Kopfschlächtern und Junker gab es ständig Krach wegen der Laufgeschwindigkeit des Bandes. Die Kopfschlächter werden nach Stückzahl bezahlt und stellen daher das Band ziemlich schnell ein. Die Fleischbeschauer kommen kaum nach und untersuchen nach Meinung des Direktors nicht gründlich genug, also stellte er das Band wieder langsamer, und er ist der Chef. Kaum ist er verschwunden, wird es wieder schneller gestellt und so weiter.«

Junkers Wohnung war, wie Rose erwartet hatte, geschmackvoll und teuer eingerichtet. An den Wänden wieder Fotos von Nordafrika und Asien. Alltagsaufnahmen und Bilder von Kindern, die mit großen braunen Augen in die Kamera blickten und nun den Betrachter ansahen.

»Die Spurensuche hat nichts gefunden?«

»Absolut nichts!« Kremer aschte in eine japanische Vase.

»Und was ist auf den Videos?«

»Welchen Videos?«

Rose deutete auf das Kassettenfach unter dem Fernsehgerät. Es war leer.

»Es waren keine Videos da.« Kremer schien nachzudenken. »Ganz sicher.«

Das vordere Drittel des türlosen Faches war sauber, hinten hatte sich eine feine Staubschicht abgelagert.

»Vor Kurzem waren noch welche da«, sagte Rose, »außerdem sind dort im Regal die zwei unteren Fächer leer.«

»Vielleicht wollte er unten nichts reintun.«

»Hören Sie auf! Das Regal ist vollgestellt. Junker oder jemand anderes hat hier aufgeräumt, Spuren beseitigt. Lassen Sie uns uns noch ein bisschen umschauen, auch im Hinblick auf Beiseitegeräumtes.«

Sie fanden keine weiteren Anhaltspunkte. Rose ließ sich in der Stadt absetzen.

Herstallstraße. Fußgängerzone. Rose erhob den Blick über die modernen Schaufensterfronten. Darüber die Fassaden der alten Stadt. Oben hatte sich mit den Tauben die Erinnerung, mit dem Staub die Vergangenheit eingenistet, unten nur gesichtsloser Konsumkult. Er war müde und hungrig. Es war dreizehn Uhr. Seine Schritte führten ihn zwischen den Schaufenstern entlang. An einer Buchhandlung bog er in eine Seitenstraße ein, die zum Schlossplatz führte. Die Auslage war mit Harry-Potter-Büchern und spitzen Hüten aus schwarzer Pappe dekoriert. Zaubern müsste man können. Rose dachte an lesende Kinder, an ihren versunkenen Blick, die Augen der Kinder auf den Fotos in Junkers Wohnung, an die fehlenden Videokassetten und die leer geräumten Regale. Ein ungutes Gefühl nistete sich in seinem Bauch ein. Er sah Lisa vor sich. Seine kleine Lisa. Sein Magen verkrampfte sich. In diesem Zusammenhang wollte er nicht an sie denken. Da war die Angst um sie und die Frage, wo sie war, wo Ines mit ihr war. Was würde er tun, wenn jemand Lisa etwas antäte? Besser nicht darauf antworten. Er war müde. Ich sollte etwas essen, sagte er sich, als er am Schloss vorüberging. Es war ein gewaltiger Bau aus roten Sandsteinquadern. Hohe Ecktürme überragten die symmetrische Vierflügelanlage. In den hinteren Teil fügte sich ein mächtiger Bergfried aus einer älteren Epoche. Rose schätzte die Seitenlänge der Flügel auf gut hundert Meter. Das Gebäude war von einem begrünten Graben umgeben, über den sich eine Steinbrücke zum Haupttor spannte. An der untersten der drei Geschossreihen waren als Fensterbekrönung Räder im Zentrum des steinernen Wappenschildes. Er erinnerte sich, ein solches Rad in dem Tor über der Kirche am Eingang der Fußgängerzone gesehen zu haben. Ich werde Böhm danach fragen, nahm er sich vor, was es mit diesem Rad auf sich hat. Rose hatte wenig Ahnung und auch kein besonderes Interesse an Heraldik, aber ein Rad als Wappen schien ihm doch sehr ungewöhnlich. Gewöhnlich sah man Löwen und Adler, Schwerter und Spieße oder wie in seinem Familienwappen eine Rose, aber ein einfaches, profanes Rad würde man einem niedrigeren Stand als einem Schlossherrn zuordnen.

In seinem Magen grummelte es, er drehte sich um und blickte die Straße hinab, wo er das Lokal von Anita und Kurt wusste. Es hatte mittags geschlossen. Also ging er zurück zum Schlappeseppel. Drinnen empfing ihn lautes Stimmengewirr und Zigarettenrauch. Er fand einen Platz und sah sich um. In der Hauptsache saßen Männer an den großen, hellen Holztischen. Arbeiter, Krawattenträger, bunt gemischte Kundschaft. Er bestellte eine Halbe und ein Hacksteak. Einen Tisch weiter saß ein rothaariger Mann, der ihn verstohlen musterte. Er hatte seine Hemdsärmel weit hochgekrempelt. Rose blickte kurz auf die Tätowierungen. Keltische Runen, Ornamente, auf dem Unterarm zwei gekreuzte Äxte. Auf dem Bizeps ein tränendes Herz. Die Bedienung brachte das Bier.

»Auch hier!« Kremer stand vor ihm. »Ist es gestattet?« Er quetschte sich neben Rose auf die Bank. Am Tischende winkte ein Mann mit seinem Bierglas, seine Haare und sein Gesicht waren weiß eingestaubt.

»Und Ernsti? Wieder ein Drogennest ausgehoben?«

»Einen Sack voller Kokain drüben in der Steinmetzschule. Dich haben wir da rausgeschüttelt, schon vergessen? Bist doch noch ganz voll von dem Schnee.«

»Das ist doch Steinstaub. Prost, du Depp.«

Rose deutete mit dem Kinn zum Nachbartisch. »Kennen Sie den?«

»Wen?«

Der rothaarige Mann war verschwunden.

»Kremer, was denken Sie über die ganze Sache?«

»Gefällt mir nicht, so viel kann ich sagen. Es muss jemand aus dem Schlachthof gewesen sein, das ist klar. Motive sind vage. Er hatte ja Krach mit der Kopfschlächtertruppe, aber als Mordmotiv ist das unzureichend. Dann die Verbindung in die Schwulenszene. Aus dem Schlachthof ist mir niemand bekannt, der damit zu tun hätte. Junker trieb sich viel im Frankfurter

Rotlichtmilieu herum. Ich habe die Kollegen dort gebeten, sich mal umzuhören. Komisch ist der Todeszeitpunkt. Es muss zwischen dreizehn und vierzehn Uhr passiert sein, laut Obduktionsbericht. Junkers Nachbarin sagt aus, dass sie ihn gegen fünfzehn Uhr kurz gesehen hätte, das passt nicht zusammen.«

»Davon weiß ich gar nichts!«

»Sie haben noch nicht alle Vernehmungsprotokolle. Die letzten liegen auf Ihrem Schreibtisch. Also, die Nachbarin, Frau Gertz, sagte aus, dass Dr. Junker gegen fünfzehn Uhr in seine Wohnung gegangen und nach etwa einer halben Stunde wieder weggefahren sei, in seinem BMW. Oder aber ein Mann seiner Statur in seinem Mantel und Hut. Junker lief immer mit einem Trenchcoat und einem Panamahut rum, richtiger Dandy eben, dass sie also Junker oder wen auch immer gesehen hätte. Beschwören wolle sie es nicht, sagte sie. Sie hat nicht so genau hinsehen können, da sie gerade auf dem Fensterbrett stand und aufpassen musste, dass sie nicht runterfällt. Die meisten Unfälle passieren im Haushalt, wussten Sie das? Im Nachhinein ist ihr aber aufgefallen, dass er nicht gegrüßt hat, wo er, O-Ton, sonst ein so höflicher Mann war.«

»Hat er irgendetwas in der Hand gehabt, eine Tasche oder Tüte?«

»Das gab sie nicht zu Protokoll.«

»Und das Auto?«

»Ist noch nicht aufgetaucht, ebenso wenig die Klamotten.«

Kremers Stimme, die Gespräche in dem Lokal, das Lachen und Rufen drangen gedämpft in Roses Ohren, als wären sie mit Watte verstopft. Er verspürte den Drang, sich auf die Bank zu legen und zu schlafen.

»Ist alles in Ordnung?« Kremer berührte ihn am Unterarm.

»Können Sie mich in die Cornelienstraße fahren? Ich muss mich kurz hinlegen. Heute Nacht gehe ich in den Schlachthof und schaue mich noch mal um. Fragen Sie bitte die Nachbarin, ob der Mann nicht doch etwas dabeihatte, als er wegging.«

Lärm. Das war das Erste, was er wahrnahm.

Um zwei Uhr nachts ging er zum Schlachthof, der von der

Cornelienstraße nur zehn Minuten zu Fuß entfernt lag. Die Straßen waren leer und ruhig. Er hörte ein Auto hinter sich. Als es auf seiner Höhe war, bemerkte er, dass ein Streifenwagen die Geschwindigkeit drosselte. Die Beamten musterten ihn kurz und gaben, als sie ihn passiert hatten, wieder Gas. Kurz vor dem Schlachthof kam ihm eine dicke Frau in einem hellblauen Morgenmantel entgegen, auf den Rücken war ein chinesisches Schriftzeichen gestickt. Sie führte einen kleinen Hund an der Leine, der gerade seinen Haufen auf den Bürgersteig drückte, als Rose an ihr vorbeikam.

Er rüttelte an der verschlossenen Tür zur Verwaltung, dann ging er durch den Hof zum hinteren Arbeitsbereich. Hier parkten eine Reihe von Lieferwagen und Pkw. Das Tor zum Schlachthaus war hell erleuchtet. Er sah einige Männer in weißen Kitteln und Plastikschürzen, die Kisten und Wannen ordneten. Niemand beachtete ihn. Dann kam er in die Schlachthalle. Alles war mit Lärm und Licht erfüllt. Vom hinteren Ende schrien Schweine in Todesangst. Der ganze Raum war voller Dunst. Er hatte nichts mehr mit dem stillen, fast sakralen Ort des Nachmittags gemein.

Die Kopfschlächter waren wie die Metzger in weiße Kittel und Plastikschürzen gehüllt. Sie trugen weiße Helme, und um die Hüften hatten sie Plastikköcher geschnallt, die ihre Messer und Wetzstähle bargen. Die Messerscheiden baumelten zwischen ihren Beinen und erinnerten ihn an die Penisköcher primitiver Volksstämme. Die Schürzen und Helme waren blutverschmiert.

Auf einem Turm aus Edelstahlrohren stand ein Mann mit einer riesigen, futuristischen Kettensäge und teilte die Schweine, die in langsamem, aber stetem Tempo vorüberfuhren, in zwei gleiche Hälften. Die Kettensäge hing an einem dünnen Drahtseil, und wenn der Schlachter sie losließ, schwebte sie, von einer Rollautomatik angehoben, über ihm wie ein silberner Flügel. Rose versuchte sich zu orientieren. Hinten kamen die lebenden Tiere über eine Rampe herein.

Ein kantiger Riese, der eine große Elektrozange in der Hand hielt, erwartete das verschreckte Schlachtvieh. Er packte die

Schweine mit den Zangenschenkeln um den Kopf. Schnell, routiniert. Kaum hatte er sie gegriffen, schloss sich der Stromkreis, und ein heftiges Zittern durchfuhr die Tiere. Sie streckten ihre kurzen Hinterbeine im Krampf nach hinten aus. Der Riese drehte sich und warf die Tiere auf ein breites Förderband. Auf diesem Band rumpelten sie in eine geschlossene Kammer, wo sie, wie Normann am Vormittag erklärt hatte, gebrüht wurden. Noch auf dem Band stieß ein Schlachter den Tieren ein dreieckiges Messer in den Hals, an dem ein dicker, durchsichtiger Schlauch befestigt war. Kaum steckte der Stahl im Fleisch der Tiere, färbte sich der Schlauch dunkelrot. Das Blut schoss zu einer ächzenden Maschine und verschwand darin. Nach dem Brühbad polterten die Schweine aufgedunsen und hellrot angelaufen in die Brennkammer. Sie wirbelten auf einem Förderband umher, während Feuerstöße aus den Düsen rauschten. Es schien, als tanzten die Tiere in den Flammen einen höllischen Tanz, bevor die Brennkammer sie ausspuckte und zwei Männer Haken durch ihre Sprunggelenke trieben, um sie aufzuhängen. Jetzt baumelten die Tiere über dem Boden und fuhren an Schienen in die Arme der nächsten Schlachter. Ein dürrer, alter Mann eröffnete die glänzende Bauchdecke mit einem langen, eleganten Schnitt. Die Därme rollten ihm entgegen, und er nahm sie auf, indem er dazu Hände und Unterarme benutzte, und warf das ganze Konvolut auf eine Edelstahlplatte. Das alles geschah mit einer Perfektion und Eleganz, bei der jeder Schnitt, jeder Handgriff saß, wodurch der ganze Schlachtvorgang einer höheren Ästhetik zu gehorchen schien. Eine durchstudierte Choreographie, ein seltsamer, fiebriger Tanz.

»Was machen Sie hier? Betreten verboten!« Eine Stimme schrie in Roses Ohr. Es war Normann, der Hallenmeister. »Ach, Sie sind es. Sie müssen Schutzkleidung anziehen!«

Rose folgte Normann in den Umkleideraum, wo er Gummistiefel, Kittel und einen Helm ausgehändigt bekam.

Er fragte ihn nach Peschke und Forster, die laut Vernehmungsprotokoll kein gesichertes Alibi hatten.

»Forster ist zu Hause, Leistenbruch, ist operiert worden. Peschke steht dort hinten, der Große mit der Betäubungszange.«

Rose durchquerte die Schlachthalle. Wie ein Vorhang aus Fleisch hingen die Schweinehälften an den Haken; als er sich durchschob, hörte er in dem Lärm eine Stimme, die »Obacht!« rief. Im gleichen Moment merkte er, wie sein Rücken nass wurde. Der Mann, der die Tiere spaltete, hatte das letzte halbierte Schwein ausgespritzt und ihn dabei mit dem Wasserstrahl erwischt. Rose sah, wie sich die Schlachter grinsend abwandten. Nur Karl Peschke achtete nicht auf ihn. Er hatte seinen Kopf erhoben und lauschte in den Dunst. Er schien zu träumen, sein Blick hatte sich aufgehellt, er lächelte glückselig, wie Heilige auf alten Gemälden.

»Hallo, ich bin Kommissar Rose. He, Herr Peschke!«

Mit einem Ruck riss der Schlachter seinen Schädel herum und fixierte ihn wie ein Raubvogel, der bei seiner Mahlzeit gestört wird. Dann packte er das nächste Schlachttier mit der Elektrozange hinter den Ohren. Das Schwein verdrehte die Augen, bis nur das Weiß der Skleren zu sehen war, blasiger Speichel quoll ihm aus dem Maul, und ein Zittern zuckte durch den Leib. Das Tier war bretthart im Krampf, und Peschke schleuderte es auf das Band. Sofort stieß der nächste Schlachter sein Entblutungsmesser in die Halsschlagader. Mit einem leisen Pfeifen schoss das Blut durch den Schlauch.

»Was ist?« Peschke packte das nächste Schwein.

»Wo waren Sie Dienstagnachmittag?«

»Ich war zu Hause.«

»Und was haben Sie da gemacht?«

Peschke ließ die Zange sinken. »Ich habe Musik gehört.«

Der Mann mit dem Entblutungsmesser klopfte auf einen Eisenträger. Der Ton riss Peschke aus seiner Haltung. Er nahm die Zange hoch und packte das nächste Schwein. »Ich muss arbeiten.«

»Ich komme morgen Nachmittag bei Ihnen vorbei, um noch ein paar Fragen zu stellen.«

Peschke blickte Rose noch einmal kurz an, dann schleuderte er das Schlachtschwein auf das Förderband, als hätte es kein Gewicht.

Roses Hemd war durchweicht und kalt. Er fror auf dem

Rückweg. Der Schlachtlärm steckte noch in seinem Ohr, als er im Bett lag.

In der Nacht träumte er von Frau Pohl. Ihr zierlicher Körper steckte in einem Negligé. Sie lächelte und kam auf ihn zu. Dann hielt sie sich die Hände vor den Bauch, aus dem plötzlich ihre Därme hervorquollen.

Fischers Fritze

Um elf Uhr wachte Rose auf. Er hatte einen schweren Kopf, und sein Rücken schmerzte. Die Matratze war zu weich. Er stand auf und ging ins Bad. Die Rollläden waren schon hochgezogen. Er hatte Frau Schröder nicht gehört. Schöner Polizeibeamter, allzeit bereit, sagte er zum Spiegelbild.

Beim Bäcker in der Cornelienstraße kaufte er sich ein paar Croissants und ging zum Fluss. Die Straße führte ihn durch den Löhergraben. Löher und Gerber, Gärwasser und Gerbsäure, dachte er. Zu seiner Rechten erhob sich die alte Stadtmauer in mehreren Stufen. Auf den Anlagen waren Gärten angelegt. Am unteren Ende der Straße, kurz vor der Brücke, sah er plötzlich Ziegen. Er musste lächeln. Die Tiere auf der Anlage erinnerten ihn an die Ziegen im Hellabrunner Tierpark.

Lisa war zwei Jahre alt gewesen. Sie tapste zwischen den Tieren umher und streichelte sie. Ines erzählte ihm von einer Ausstellung, die sie beeindruckt hatte. Rose hatte damals einen Mord an einem Kroaten aus der Hütchenspielerszene aufzuklären. Er war gegen eine Mauer des Schweigens angerannt. Rose sah den Toten vor sich, während Ines ihm von Erhabenheit sprach. Dann warf sie ihm vor, dass er sich nicht für ihr Leben interessierte, sie stritten sich. Plötzlich war Lisa verschwunden. Panisch rannten sie durch den Park. Sie fanden Lisa in einem Sandkasten, wo sie mit einem kleinen Mädchen spielte. Ines war wütend, schnappte sich Lisa und ließ ihn stehen. Er schlenderte durch den Tierpark und war sich keiner Schuld bewusst. Trotzdem entschuldigte er sich per SMS. Hier sind viele Tiere und ein Esel, schrieb er ihr. Heute sah er die Sache anders und war sich seiner Mitschuld bewusst. Das hätte er Ines jetzt gern gesagt, doch sie zog es vor, unerreichbar zu sein. Auf der Brücke drehte er sich um. Der Main beschrieb einen Bogen, dahinter Wiesen, ein Weinberg, dann die Stadt. Er mochte Städte mit Flüssen. Die kalte Isar mitten in München, der Park, das Leben darin.

Die Isar war wie eine Lebensader für die Stadt, ein Teil von ihr. Doch hier lag der Fluss außerhalb, als gehörte er nicht zur Stadt, beinahe, als wäre er ihr ein wenig lästig. Im Sonnenlicht strahlte das rote Sandsteinschloss über dem glitzernden Wasser. Neben dem Schloss lag ein Park mit einer ausladenden römischen Villa darin. Ungewöhnliches Bauwerk, eine schöne Nachbarin des Schlosses, dachte er gerade, als ein Streifenwagen herankam. Rose stellte sich auf die Straße und hob die Hand. Der Wagen bremste und kam abrupt zum Stehen. Die Beifahrertür wurde aufgestoßen. Ein junger Polizist mit einem Dreitagebart sprang heraus, die Hand am Holster.

»Hallo, Kollege. Nehmen Sie mich mit zur Dienststelle?«, rief Rose.

»Ich dachte, da steht ein Irrer auf der Brücke. Nichts für ungut«, sagte der Polizist, als sie wieder anfuhren.

Der Fahrer lachte. »Ein Irrer. Du hast geschrien wie ein Irrer. Brems, brems, brems.«

»Dir muss man ja alles dreimal sagen.«

»Wer hat denn den Schlüssel beim Imbiss liegen lassen?«

»Nur weil du so gehetzt hast. Immer diese Eile. Immer diese verdammte Eile.«

»Du machst mich halt nervös.«

»Danke. Und wie mache ich dich bitte nervös?«

»Mit deiner endlosen Wiederholerei, sagst alles dreimal. Wie ein verdammter Papagei.«

»Damit du es kapierst.«

Sie erreichten die Dienststelle.

»Halt an. Halt hier an. Der Kollege muss doch nicht mit in die Garage fahren. So halt doch an.«

Rose betrat das Polizeigebäude. Er nickte dem Mann hinter der Glasscheibe zu. Der Beamte grüßte freundlich und drückte auf den Türöffner.

»Ich möchte das gerade noch fertig machen, dann stehe ich zur Verfügung.« Böhm hackte auf seine Tastatur ein.

Rose war es recht. Er trank Kaffee, las die übrigen Vernehmungsprotokolle und sah die Fotos durch, die von den Negativen in Junkers Wohnung gemacht worden waren. Das meiste waren Urlaubsbilder. Fotos aus Nordafrika und Asien, aber auch aus Osteuropa. Landschaftsbilder, Märkte, Sehenswürdigkeiten und immer wieder Kinder. Einige Male hatte sich Junker fotografieren lassen. Meist mit einem oder zwei Jungen im Arm. Große Kinderaugen. Eigentlich harmlose Fotos, dachte Rose, doch ihm schien, als lauere unter der Oberfläche des farbigen Papiers eine Gewalt. Eine Gewalt, die von der Macht des Geldes und der Gier und Kraft des Älteren ausging.

Er stellte sich ans Fenster. Gegenüber sah er ein paar kleine Geschäfte. Eine Frau ging mit einem dicken Jungen zu ihrem Auto. Sie trug eine Papiertüte. Der Junge leckte an einem Eis. Kurz bevor sie das Auto erreichten, fiel das Eis von der Waffel auf die Straße, und der dicke Junge begann loszubrüllen. Er schleuderte die Waffel auf das Pflaster und brüllte. Rose beobachtete, wie die Frau auf den Jungen einredete, doch er ließ sich nicht beruhigen. Die Frau blickte umher, als hoffte sie auf Hilfe, dann packte sie den Jungen am Arm und ging mit ihm in den Laden zurück. Rose setzte sich wieder an seinen Schreibtisch.

Es klopfte, und die Tür flog auf. Kremer kam herein, schniefte kurz und legte einen Zettel vor Rose hin.

»Moin, Mädels. Das Vernehmungsprotokoll. Ich habe noch einmal mit Junkers Nachbarin geredet. Junker oder der Mann, der in Junkers Mantel und Hut aus seiner Wohnung kam, hatte tatsächlich etwas in der Hand, eine Tasche oder einen Koffer, so genau konnte sie es nicht sagen, weil sie auf dem Fensterbrett stand und deshalb nicht hinschauen konnte.«

»Danke.« Rose nahm das Protokoll in die Hand, ohne es zu lesen. »Dachte ich es mir doch.«

»Gibt's was Neues?« Böhm meldete sich zu Wort. »Das kann ich gleich in den Laptop eingeben.«

Kremer klimperte mit einem Schlüsselbund. »Ich fahre jetzt zu der Frau von der Südfleisch, sie ist aus ihrem Urlaub zurück. Kann ich Sie mit in die Stadt nehmen?«

»Gerne.« Rose holte sein Notizbuch aus der Innentasche des Jacketts. »Ich bräuchte noch die Adressen von den beiden Schlachtern ohne Alibi.«

»Nichts leichter als das«, sagte Böhm, »habe ich alles gespeichert. Schlachthauspersonal, ungesichertes Alibi: Peschke und Forster. Peschke, Steubenstraße 15, das ist in Schweinheim. Forster, Leidersbach, Hauptstraße 38.«

»Am Arsch der Welt. Da gibt's noch Bären und Wölfe.« Kremer lachte. »Den bestellen wir lieber ein.«

Der silbergraue Audi rollte gemächlich über die Adenauerbrücke. Eine dunkle, rauchige Stimme kam aus dem Lautsprecher. »Yeah, cruisen mit Barry White. Der pure Sex, dieser Mann.« Kremer blickte zu Rose, der seinen Stadtplan auf dem Schoß ausbreitete.

»Tell me, tell me. Der Plan ist auch nicht mehr der Neuste, nicht wahr? Ist ja noch nicht einmal die Ringstraße darauf, soweit ich das erkennen kann.«

»Zur Orientierung reicht er. Ist ein Geschenk.«

»Von einer Frau? Nach dem Alter des Plans nicht mehr die Jüngste.«

Kremer zeigte auf das Radio. Barry Whites Stimme. »Tell me who do you love.«

»Wo Sie recht haben, Kremer, haben Sie recht. Sagen Sie, wann bekomme ich den Inhalt von Junkers Schreibtisch zu sehen?«

»Die Spurensicherung müsste eigentlich durch sein damit. Ich kümmere mich darum.«

Sie fuhren an einer Reihe von lang gestreckten, niedrigen Häusern vorüber. Neue Ziegel auf den Giebeldächern. Das glänzende Rot wirkte freundlich.

»Frisch behütet«, sagte Rose.

»Die Sozialbaracken heißen Fort Yuma oder das Tal der langen Messer.« Kremer deutete mit dem Daumen auf die Häuser. »Früher konnte man hier nachts nicht unbehelligt durchmarschieren. Ist auch nicht mehr das, was es mal war. Links in dem Kebabladen war vor Jahren eine Jazzkneipe. Da ging es ab, sag ich Ihnen. Wir hatten ja jede Menge GIs in der Stadt. Als Jungspund bin ich schwer mit denen losgetigert. Im Schlepptau konnte ich mich dann auch hier sehen lassen, ohne dass ich gleich eins auf die Mütze bekam.«

»Jetzt sind wir in der Schweinheimer Straße?« Rose versuchte sich die wichtigsten Straßen einzuprägen.

»Yep. Wieder ein Kreisel, stammt noch aus der Zeit der Kreiselmania. Links die Gebäude waren alles Kasernen, bis die Amis abgezogen sind. Damals hingen die ganzen Bäume hier voller Knobelbecher.«

Rose blickte ihn fragend an.

»Na, als die Jungs entlassen wurden und wieder nach Hause sind, schnürten sie ihre Stiefel zusammen und warfen sie in die Platanen vor der Kaserne, ist wohl irgendein Brauch. Wir sind gleich da. Soll ich Sie später wieder abholen?«

»Nein, ich gehe dann zu Fuß.«

Rose blickte auf ein Mehrfamilienhaus. Die Haustür stand offen. Vor dem Kellerabgang lehnte ein Kinderwagen, dem ein Rad fehlte. Vor Jahren wohnten hier amerikanische Familien, hatte Kremer gesagt. Jetzt sah man nichts mehr davon. Was sollte auch daran erinnern, fragte er sich, die Menschen hatten sicher keine Stars-and-Stripes-Banner aus den Fenstern hängen gehabt. Er klingelte bei Peschke. Durch die Tür drang klassische Musik. Er wartete kurz, dann klingelte er wieder. Die Musik verstummte. Der massige Körper des Schlachters füllte den Türrahmen. Peschke trug einen dunklen Jogginganzug.

»Sie sind es.« Er trat zur Seite. »Kommen Sie ins Wohnzimmer.«

Das Zimmer glich mehr einem Tonstudio als der Wohnstube eines Kopfschlächters. Rose war überrascht. Verschiedene Keyboards, Tonbänder und Plattenspieler standen herum, überall lagen Kabel, in Blechregalen an den Wänden befanden sich unzählige Schallplatten und CDs. Die Luft war staubig, abgestanden. Er zog eine Platte heraus. »Nocturnes d'hiver« stand auf der Hülle.

»Was wollen Sie?« Peschke schob sich zwischen ihn und das Regal. Er roch nach Schweiß.

»Ich wollte mit Ihnen über letzten Dienstag reden. Sie haben kein Alibi.«

»Ist das verboten?«

»Nein, das macht Sie nur erst einmal verdächtig.«

Auf einem Tisch lag ein aufgeschlagenes Heft, mit der Hand waren Linien eingezeichnet, darauf Punkte, Striche, Noten. Eine Komposition, dieser Watz komponierte Lieder. Peschke hatte den Blick auf das Heft bemerkt. Er beugte sich vor und klappte das Heft zu. »Schlachthofsymphonie, 18« stand auf dem Umschlag.

»Sie komponieren?«

»Wer sagt das?« Peschke schlug einen aggressiven Ton an.

Roses Bauchmuskeln verkrampften sich. »Ich meinte nur, das Heft dort.«

Peschke schien sich zu entspannen. »Ist nur ein Hobby, nicht der Rede wert.«

»Also, letzten Dienstag zwischen zwölf und sechzehn Uhr waren Sie in Ihrer Wohnung?«

»Genau, das habe ich doch bereits gesagt.«

»Sie hörten Musik?«

»Ja.«

»Hat Sie jemand gesehen? Ein Nachbar vielleicht?«

»Weiß ich nicht.«

»Die Stimmung zwischen Herrn Junker und den Kopfschlächtern war recht angespannt, nicht wahr?«

»Ich habe mich nicht eingemischt. Ich mache meine Arbeit und gut ist.«

»Aber die Geschwindigkeit des Bandes war doch ein Streitpunkt?«

»Kann sein. Es hat mich nicht interessiert. Ich schlachte langsam, ich schlachte schnell. Manchmal war die Melodie anders, das stimmt.«

»Welche Melodie?«

»Die Melodie im Schlachthaus.«

»Meinen Sie die Geräusche der Maschinen?«

»Von uns hat keiner den Junker umgebracht. Wäre doch Blödsinn. Ein Schlachthaus braucht einen Direktor.«

»Da haben Sie recht. Wenn Ihnen noch etwas einfällt, sagen Sie mir bitte Bescheid.« Rose legte eine Visitenkarte auf den Tisch, auf die er die örtliche Dienststellennummer mit Bleistift geschrieben hatte. Er zeigte auf das Heft. »Sie schreiben die Melodie des Schlachthauses auf?«

»Wenn Sie es sagen.« Jetzt lächelte Peschke, und Rose fiel sein entrückter Blick in der Schlachthalle wieder ein.

Vor dem Haus faltete er vorsichtig den Stadtplan auseinander. Die Falz war mürbe und drohte einzureißen. Ein kleines, schwarzes Quadrat: der Schlachthof. Spessartstraße, Schweinheimer, Südbahnhof.

Rose ging die Schweinheimer Straße hinunter, hier hatten laut Kremer die Knobelbecher in den Bäumen gehangen. Die Sonne brannte ihm auf den Nacken, er dachte an Strohhüte, Pernod und Eiswasser. Vor dem Südbahnhof schlierte die Luft über dem heißen Teer. Die Straße beschrieb einen Rechtsknick, und er sah mit zugekniffenen Augen den Schlachthof ein Stück weiter vorn liegen. Eine dicke Frau mit einem kleinen Hund kam ihm entgegen. Sie rauchte eine Zigarette und sah ihrem Hund interessiert zu, wie er sein stöckchendünnes Bein hob und in einem feinen Strahl auf den Bürgersteig pinkelte. Noch hundert Meter bis zur kühlen Vorhalle des Schlachthofes. Ein rothaariger Mann in Jeans und schwarzem T-Shirt verließ gerade das Verwaltungsgebäude, blickte zu Rose und verschwand dann in schnellem Schritt um die Ecke. Der Rothaarige kam ihm bekannt vor, doch es war zu heiß, um darüber nachzudenken.

Rose betrat das Gebäude. Sein Hemd klebte feucht am Rücken. Die Vorhalle war dunkel und kühl. Die Worte beichtstuhldunkel und kirchenkühl kamen ihm in den Sinn. Der Geruch nach rohem Fleisch hing in der Luft. Er ging die schwarze Steintreppe ins erste Stockwerk hinauf und klopfte an der Tür zu Frau Pohls Büro.

Er klopfte ein zweites Mal. Die Stille, die in dem unteren Stockwerk herrschte, füllte ihm die Ohren. Zögernd drückte er die Klinke herunter und öffnete langsam die Tür. Das Büro war leer. Der Vorhang über dem gekippten Fenster wehte leicht im Zug, der durch die geöffnete Tür entstanden war. Auf dem Schreibtisch lagen lose Papiere. Das obere Blatt bewegte sich in der Brise, eine Kaffeetasse stand darauf. Es war nicht die übliche große Henkeltasse, die man in Büros findet, bunt bemalt oder mit Werbeaufdruck, sondern eine filigrane, dünnwandige Tasse mit Untertasse. Das weiße Porzellan hatte am Rand einen halbrunden, blutroten Lippenstiftabdruck. Stille. Nur das Geräusch eines vorüberfahrenden Wagens war durch das geöffnete Fenster zu hören.

Die Tür zum Direktorenzimmer öffnete sich. Frau Pohl, mit einem Aktenordner unter dem Arm, kam herein. Sie zuckte zusammen, fasste sich aber sofort. Sein Blick landete wie eine Biene inmitten der malvenfarbenen Blumen, die auf ihr gelbes Sommerkleid gedruckt waren. Rose mochte Sommerkleider, die eine Nummer zu klein waren.

»Können Sie nicht anklopfen?«

»Das habe ich. Ich wollte Sie nicht erschrecken.«

»Schon gut. Ich war in Dr. Junkers Zimmer, da höre ich nichts. Obwohl es hier immer so still ist.«

»War gerade jemand bei Ihnen?«

»Nein. Wie kommen Sie darauf?« Sie setzte sich hinter ihren Schreibtisch und bot ihm mit einer kurzen Geste einen Stuhl an.

»Ich sah gerade einen rothaarigen Mann das Gebäude verlassen.«

Sie kniff die Augen zusammen. »Vielleicht war er bei Normann in der Schlachthalle. Es kann aber auch jeder unbemerkt hier hereinspazieren.«

»Haben Sie keine Angst?«

»Angst?« Die Frage schien sie zu belustigen. »Nein, wovor sollte ich Angst haben?«

»Immerhin wurde vor einer Woche Ihr Chef hier getötet.«

»Anfangs, also kurz nachdem Dr. Junker gefunden wurde, war es schon unheimlich. Aber dann dachte ich, wenn dir einer ans Leben will, dann kann er das ja überall. Man muss nach vorne schauen.«

»Da haben Sie sicher recht. Wie lief es denn so in letzter Zeit, ist Ihnen etwas Ungewöhnliches an Dr. Junker aufgefallen, wirkte er verändert?«

Sie überlegte kurz. »Eigentlich war er wie immer. Ich sagte Ihnen ja bereits, dass die Schlachtzahlen stabil waren. Wir hatten in den ersten fünf Monaten dieses Jahres schon rund zwanzigtausend Schlachtungen, fünfundneunzig Prozent entfielen auf Schweine. Wir konnten die BSE-bedingten Ausfälle bei den Rindern damit kompensieren. Das hängt noch immer in den Köpfen der Endverbraucher fest. Dr. Junker hatte, um die EU-Zulassung dauerhaft zu sichern, erst kürzlich einen kommunalen Investitionszuschuss durchbekommen. Das Geld sollte in neue Kühl- und Versandeinrichtungen investiert werden.«

»Dann lief es also gut in letzter Zeit?«

»Ja. Aber da war doch etwas, was ihm irgendwie Sorgen machte. Er sprach nicht darüber.«

»Was könnte das gewesen sein?« Rose beugte sich vor. Durch einen Luftzug schwang langsam und lautlos die Tür zum Nachbarraum auf. Frau Pohl schaute kurz in Junkers Büro, Roses Augen folgten ihrem Blick. Das Mobiliar, die schweren Teppiche, die ganze Exklusivität des Raumes fielen ihm wieder auf. An der hinteren Wand hing die Wüstenlandschaft mit den zwei kleinen Beduinenjungen, die sich an der Hand hielten. Junkers Schreibtisch war aufgeräumt, nur eine kleine, weiße Porzellantasse darauf störte die Ordnung.

»Ich kann Ihnen nicht viel darüber sagen. Zufällig hörte ich Dr. Junker in letzter Zeit aufgeregt telefonieren. Es hatte etwas mit Polen und polnischen Schlachtern zu tun. Er telefonierte auch häufig ins Ausland, was ich an der langen Ziffernfolge beim Einwählen hören konnte. Zumindest, wenn die Verbindungstür offen war. Hin und wieder kamen auch Anrufe aus Polen, die ich ihm sofort durchstellen sollte. Aber um was es dabei ging, weiß ich nicht, nur dass es etwas mit billigeren Arbeitskräften zu tun hatte, denen wir nichts entgegenzusetzen hätten. Einmal schrie er in den Hörer, das seien Mafiamethoden und Erpressung.«

»Warum gaben Sie das nicht zu Protokoll?«

»Ich dachte nicht, dass das von Bedeutung sein könnte, hatte es eigentlich auch vergessen, nur durch Ihre Frage ist es mir wieder in den Sinn gekommen. Kann ich Ihnen etwas anbieten, einen Kaffee oder ein Glas Wasser?« Sie rollte mit ihrem Stuhl langsam ein Stück zurück und beugte sich beim Aufstehen zu ihrer Kaffeetasse auf dem Schreibtisch vor. Sein Blick flog von den Malven auf, flatterte über ihrem Ausschnitt, um dann auf dem Ansatz ihrer Brüste zu landen. Eine Verheißung, schoss es ihm warm durch den Kopf, eine fleischliche, runde, pralle Einladung. Sie lächelte ihn kurz an, dann schritt sie langsam zu dem Waschbecken neben der Tür. Er blickte ihr hinterher.

»Nein danke, ein anderes Mal vielleicht. Ich lege Ihnen hier mein Kärtchen hin, falls Ihnen noch etwas einfällt.«

Er lief schnell die Treppe ins Erdgeschoss hinunter. Atmete tief durch. Sie hatte versucht, ihn anzumachen, oder hatte er sich das nur eingebildet? Sie spielt mit mir. Sie spielt mit mir, wenn ich mit mir spielen lasse. Ich bin verheiratet und liebe meine Frau. Ich bin einsam, verlassen und sehne mich nach einem warmen Körper. Ich bin ein Idiot. Ich will meine Familie zurück. Er betrachtete seine Hände. Hände, die er gern auf ihre Malven gelegt hätte.

Rose drückte die Klinke herunter, doch die Tür zur Schlachthalle war abgesperrt. Bis auf die gläserne Pforte waren alle Türen verschlossen.

Sommerhell. Draußen stach die Sonne wie ein Scheinwerfer in seine Augen. Die Luft flirrte über dem Teerbelag des Hofes. Die Tore zu den Zerlegungsräumen waren alle geschlossen. Auf dem Hof standen ein blauer Fiat Punto und ein kleiner roter Citroen in der Sonne.

Die Gebäude lagen wie ausgestorben da. Nur in einem der Fenster hingen Gardinen. Die Glastür daneben reflektierte wie ein Spiegel das Sonnenlicht.

Über der Tür befand sich ein großes Schild: »Südfleisch«. Blutrote Buchstaben auf knochenweißem Grund. Er ging auf das Schild zu und öffnete die Tür. Eine ältere, füllige Frau hinter einem abgestoßenen Schreibtisch schrieb endlose Zahlenreihen in ein großes Buch. Aus ihrer ärmellosen Kittelschürze kamen runde, weiche Arme.

Die Frau blickte auf. »Was kann ich für Sie tun?«

»Ich bin von der Mordkommission, Rose, Richard Rose. Ich hätte ein paar Fragen.«

»Rose? Das ist aber ein schöner Name. Passt gar nicht zu einem Polizeibeamten, finde ich. Was möchten Sie denn wissen? Ich habe doch schon alles Ihrem Kollegen gesagt. Ich war letzte Woche in Österreich. Ich habe Ihrem Kollegen sogar die Fotos aus dem Urlaub gezeigt und ihm die Telefonnummer vom Hotel gegeben. Was wollen Sie denn noch?«

»Es geht nicht um Ihr Alibi. Ich wollte nur mit Ihnen reden, Sie fragen, ob Ihnen vielleicht in letzter Zeit irgendetwas aufgefallen ist.«

»Ich sag's Ihnen doch, ich war im Urlaub, und vorher ist mir auch nichts aufgefallen.«

»Kannten Sie Dr. Junker gut?«

»Was heißt gut? Ich bin ihm halt hin und wieder auf dem Hof begegnet. Er grüßte immer ganz höflich. Der Dr. Junker war ja so ein netter Mensch. Es ist furchtbar. Und immer und immer wieder das ganze Blut und der ganze Tod. Jeden Tag. Tod. Tod. Tod. All die lieben Tiere. Ich kann nicht mehr, kann ich Ihnen sagen.« Die Frau schluchzte, der füllige Körper schüttelte sich.

Auch das noch, dachte er. »Kann ich Ihnen irgendwie helfen?«

Die Frau schluchzte noch lauter und winkte mit ihrer teigigen Hand ab.

»Wenn Ihnen noch etwas einfällt, hier ist mein Kärtchen.«

Er verließ schnell das Büro der Südfleisch, überquerte den Hof und blieb an der Einfahrt im Schlagschatten des Verwaltungsgebäudes stehen. Aus den Augenwinkeln bemerkte er eine Bewegung am anderen Ende des Schlachthofgeländes. Vor einer Mauer standen ein paar staubige Büsche. Dahinter kauerte der rothaarige Mann und beobachtete ihn. Rose ging auf den Mann zu. Der Rothaarige zog sich an der Mauer entlang zurück. Rose rannte los. Er erreichte die Stelle, aber es war niemand mehr zu sehen. In den Büschen lagen nur Dreck, Scherben, eine Puppe ohne Kopf. Der Mann musste über den Zaun neben dem Schlachthofgelände geklettert sein.

Rose betrachtete den Straßenverlauf auf dem Stadtplan und machte sich auf den Weg nach Nilkheim. Beim Überqueren der

Straße vor dem Schlachthof blickte er zurück. Der Rothaarige blieb verschwunden.

Im Schatten der Wohnhäuser kam er bis zur Adenauerbrücke. Hier wehte eine leichte Brise. Er lehnte sich an das Geländer und betrachtete eine Weile das Schloss, das erhaben über dem Main thronte. Das Wasser glitzerte wie ein bewegter Spiegel. Ein Polizeiwagen kam auf ihn zu. Er sprang auf die Straße und riss die Arme in die Höhe. In dem Wagen saßen die Beamten vom Vormittag. Der junge Mann mit dem Dreitagebart ließ das Fenster herunter.

»Sie wollen bestimmt zur Dienststelle. Steigen Sie ein. Wir haben jetzt Schichtwechsel. Steigen Sie ein.«

»Er hat es gehört«, sagte der Fahrer.

»Das nächste Mal kann ich ja deuten, wenn dir das lieber ist.«

An seinem Interimsplatz, wie Rose seinen Schreibtisch nannte, sah er die Unterlagen aus Junkers Büro durch, die die Spurensicherung freigegeben hatte.

Quittungen diverser lokaler Tankstellen, Geschäftspapiere, eine Einladung zu einer Veranstaltung eines Wohltätigkeitsvereins namens »Paupera«, die Speisekarte des Bringdienstes »pizza-to-go«, die Ankündigung eines Tierärztetreffens und andere Informationsblätter über Dienstveranstaltungen, die Junker aufgehoben hatte.

»War kein Notizbuch, Adressbuch oder Ähnliches dabei?«, fragte er Böhm.

»Notizbuch, Notizbuch, Adressbuch. Moment.« Böhm tippte beflissen auf der Computertastatur herum. »Ich muss erst in das andere Fenster. Dr. Junker, Privatgegenstände, Auflistung. Nein. Nichts dergleichen.«

»Haben Sie ein Protokoll der Anrufe von Junkers Dienst- und Privattelefon?«

»Protokoll Dienst- und Privattelefon. Mal sehen. Das müsste unter Dr. Junker, telefonische Korrespondenz, abgelegt sein. Ja, hier. Wollen Sie einen Ausdruck?«

»Ich bitte darum.«

Rose sah die Listen durch. »Natürlich keine Endziffern. Kann man das nicht spezifizieren?«

Böhm schüttelte den Kopf.

»Sagen Sie, Herr Böhm, es sind keine Auslandsgespräche aufgeführt. Junker soll in letzter Zeit des Öfteren mit Polen telefoniert haben.«

»Wenn nichts aufgeführt ist, hat er nicht mit Polen telefoniert. Zumindest nicht von seinem Dienstapparat oder Festnetzanschluss zu Hause. Es ist die vollständige Liste. Warten Sie. Doch, am Ende: Polen, Russland, ein paar Gespräche, leider ohne Endziffern. Auffallend ist der hohe Rechnungsanteil an Internetnutzung auf dem Privatanschluss.«

»Und die Mobilfunkliste?«

»Wir haben kein Handy gefunden.«

»Na toll! Glauben Sie, dass er deshalb auch keines hatte? Bitte überprüfen Sie das. Es wäre mehr als ungewöhnlich, wenn ein Schlachthofdirektor kein Mobilfunkgerät hätte. Seltsam nur, dass so wenig Auslandsgespräche vom Festnetz geführt wurden.«

»Ich habe auch kein Mobilfunkgerät«, sagte Böhm, »und meine Frau auch nicht. Nur meine Tochter hat so ein Ding. Gruppenzwang, das kennen Sie ja sicher.«

Warum hatte Frau Pohl gesagt, dass Junker oft ins Ausland telefoniert hat, fragte sich Rose. Und warum die hohe Internetrechnung? Also hatte er einen Computer oder einen Laptop. Es wäre auch verwunderlich, wenn nicht.

»Ist das Alibi von Frau Pohl überprüft worden?«

Böhms Finger tanzten wieder auf der Tastatur. »Ja. Sie war mit einer Freundin unterwegs, Katja Hitzel. Kollege Kremer hat sie verhört. Sie haben das Protokoll mit den anderen Kopien bekommen.«

»Wo finde ich diese Katja Hitzel?«

»Moment. Ordner Adressen öffnen. Hitzel, Katja, Herrleinstraße 13. Das ist in der Stadt, Brentanoviertel.«

»Kenne ich«, sagte Rose erfreut, »die geht von der Cornelienstraße ab.«

»Genau. Aber wenn Sie sie jetzt gleich sprechen wollen, müssen Sie nur zweihundert Meter weit gehen. Sie arbeitet hier um die Ecke. In der Rot-Kreuz-Dienststelle ist das Paupera-Büro untergebracht.«

»Paupera?« Rose suchte die Einladung aus den Papieren. Dr. Junker war für den vergangenen Samstag zu einer Benefizveranstaltung des gemeinnützigen Vereins in das Stadttheater eingeladen gewesen, las er. Das Programm kündigte neben den üblichen Ansprachen die Aufführung eines Kinderchors an. Der Erlös des Abends sollte einem tschechischen Waisenhaus zukommen.

Die Dienststelle des Bayrischen-Roten-Kreuzes war nach rein funktionellen Gesichtspunkten geplant, nur kein ästhetisches Empfinden aufkommen lassen, musste sich der Architekt gesagt haben. Neben dem schmucklosen Verwaltungsgebäude waren die Garagen, auf dem davorliegenden Hof lag Verbundsteinpflaster. Mickrige Ziersträucher umstanden hilflos das Gelände. Ein paar Männer reinigten Einsatzfahrzeuge. Ein bleicher, pickliger, junger Mann drehte sich nach Rose um.

»Hallo, Zivi. Wo ist denn das Büro der Paupera?«

Der Junge zeigte auf den ersten Stock des Verwaltungsgebäudes.

Rose lief auf den Eingang zu. Die Tür öffnete sich. Ein kleiner, untersetzter Mann trat ins Freie. Er trug ein weißes Hemd mit rosa Krawatte über einer hellblauen Anzughose. Der Achselbereich des Hemdes war in weitem Bogen dunkel verfärbt.

»Wollen Sie zu mir?« Der kleine Mann versuchte ihn freundlich anzublicken, sein Gesicht glänzte fettig.

»Ich suche das Büro von Paupera.«

»Das Büro ist im ersten Stock, nicht zu verfehlen.«

Rose betrat das Treppenhaus, das nach Zementstaub roch. Bevor die Eingangstür in das Schloss fiel, hörte er den kleinen Mann rufen: »Ihr seid ja immer noch nicht fertig. Jetzt aber mal etwas Dampf, meine Herren Abiturienten.«

Die Frau hinter dem Schreibtisch war dünn. Beinahe dürr. Sie hatte ihr feines blondes Haar zu einem Pferdeschwanz gebunden. Die hellblauen Augen lagen tief in ihren Höhlen. Die dunklen Schatten unter den Augen verstärkten den Eindruck von Trauer in ihrem Gesicht. Sie trug ein einfaches weißes T-Shirt und knielange blaue Shorts. Auf einer Wade hatte sie einen Drachen tätowiert, der sich um das Bein schlängelte.

»Frau Hitzel? Katja Hitzel?« Er zeigte ihr seinen Dienstausweis.

»Polizei? Schon wieder. Was wollen Sie denn noch von mir?« Sie öffnete weit die Augen, schien Rose aber nicht anzusehen, sondern blickte weit hinter ihn.

»Es geht um den Tod Dr. Junkers letzten Dienstagnachmittag. Ihre Freundin, Frau Pohl, sagte aus, dass Sie zusammen gewesen wären.«

»Das habe ich doch schon gesagt. Ich hatte Urlaub. Wir waren in der Stadt, einkaufen.«

»Wann und wo haben Sie sich getroffen und wie lange waren Sie unterwegs?«

»Sabine hat mich zu Hause abgeholt, dann sind wir in die Stadt gegangen, so gegen eins. Wir waren in der City-Galerie und haben noch einen Kaffee getrunken. Um sechs Uhr war ich wieder zu Hause. Sie verdächtigen Sabine doch nicht? Meinen Sie, sie würde ihren Arbeitgeber umbringen? Heutzutage, wo es kaum noch Jobs gibt.«

»Das wäre natürlich unvernünftig.«

»Das meine ich aber auch. Man kann ja froh sein, überhaupt Arbeit zu haben. Ich hätte auch lieber einen anderen Job, aber beschweren tue ich mich deshalb nicht. Ist zwar ziemlich langweilig, manchmal spreche ich den ganzen Tag mit keinem Menschen. Können Sie sich das vorstellen? Also, überarbeiten tue ich mich hier nicht. Bekomme ja auch nicht viel dafür. Midijob. Sie wissen schon.«

Er wusste nicht, was er wissen sollte, konnte es sich aber in etwa denken. »Was ist das eigentlich für ein Verein, für den Sie da arbeiten?«

»Paupera?« Katja Hitzel richtete sich auf. »Paupera e.V. ist ein gemeinnütziger Verein, der mittellosen Kindern und Waisen hilft. Unter anderem bei der Ausbildung, im Alltag, bei Freizeit und Urlaubsfinanzierung. Der Verein unterstützt Waisenhäuser in Osteuropa, Schulen und Kindergärten. Kürzlich hatten wir dreißig Kinder aus einem tschechischen Waisenhaus für eine Woche in Aschaffenburg untergebracht. Zum Abschluss der Freizeit fand am Samstagabend eine Gala im Theater statt.«

»Ja, ich habe in Dr. Junkers Unterlagen eine Einladung dazu gesehen.«

»Er war auch Mitglied im Verein.«

»Das ist ja interessant. Haben Sie viele Mitglieder?«

»Rund zweihundert. Paupera ist ein ziemlich großer Verein. Selbst der Oberbürgermeister ist Ehrenmitglied. Die Stadt unterstützt den Verein auch großzügig.«

»Sagen Sie, Frau Hitzel, könnte ich eine Liste aller Vereinsmitglieder haben?«

»Ich denke, dagegen ist nichts einzuwenden.«

Die Abendsonne warf lange Schatten. Jenseits des Flusses lag die Stadt. Rose unterquerte die erste Brücke. Der Spannbeton bebte leicht unter den Rädern des Berufsverkehrs. Alle schauen, dass sie nach Hause kommen, dachte Rose und sah sich allein an dem Tisch in der Cornelienstraße sitzen. Ein kleines Motorboot raste auf dem Wasser dahin. Am Steuer stand ein tief gebräunter Mann mit schwarzem Schnauzer und Sonnenbrille. Seine Brust und sein Rücken waren dicht behaart.

Im Schatten der Brücke saßen zwei Buben und angelten. Der eine hatte kurz geschorene blonde Haare, der andere einen ausgefransten Strohhut weit in sein Gesicht gezogen.

»Na, beißt was?« Die übliche, abgedroschene Frage.

»Zu heiß«, sagte der blonde Junge. »Zu nass«, meinte der andere, und beide kicherten.

Er ging ein Stück weiter, drehte sich um und setzte sich auf die Wiese. Er wollte den Jungen noch eine Weile zusehen, wie sie ihre zuckenden Würmer aus einer Blechdose holten, auf die Haken spießten und ihre Leinen auswarfen. Er zündete sich eine Zigarette an und folgte mit seinen Blicken dem Rauch. Für einen kurzen Moment sah er diesen grauen Rauch, wie er ihn als Kind gesehen hatte, als er seine ersten heimlichen Zigaretten im Wald paffte. Er sah die fließenden Bewegungen in der Luft, die Formen, die er bildete. Für diesen Moment fiel alles andere ab von ihm, und er fühlte sich leicht und unbeschwert, als könnte er abheben, sich in der Luft drehen, sich mit ihr verbinden, sich auflösen und verschwinden. Der Qualm wehte davon. Rose stand auf und ging weiter. Wiesen, Schrebergärten. Ein tief im Wasser liegendes Frachtschiff tuckerte vorüber. Auf seinem Bug standen zwei Zimmermannsgesellen in ihrer traditionellen schwarzen Bekleidung mit großen Schlapphüten auf den Köpfen.

Er ging weiter, kam an Wohnmobilen vorbei, die sich bis zur nächsten Brücke aneinanderreihten. Ihre Besitzer saßen auf Klappstühlen vor ihren Fahrzeugen, aßen oder rauchten und schienen auf etwas zu warten. Niemand beachtete ihn. Er stieg den Hang hinauf und nahm den Fußweg über die Willigisbrücke. Vor ihm lag die Altstadt. Kirchtürme, steile Ziegeldächer, zur Linken das große Sandsteinschloss, weiter mainabwärts über den Weinbergen der ockerfarbene, kubische Bau des Pompejanums. Schwalben zerschnitten in Kopfhöhe die Luft auf der Jagd nach Insekten.

Der Hunger ließ ihn auf dem Altstadthügel in die Schlossgasse einbiegen.

Metall klackerte an Metall. Vor dem Stadttheater spielten einige Leute Petanque. Hier war Samstag die Gala gewesen, während er in der Schloßgass' 16 fünf Häuser weiter gesessen und Bier getrunken hatte.

Ein dicker Mann blickte aus einem offenen Fenster im Parterre eines Altstadthäuschens. Sie musterten sich. Der Mann im Fenster ruhte bewegungslos, Rose nickte ihm zu. Wie ein Rahmen umgab das Fenster seine Erscheinung, das Bild eines Buddhas. Ein Stück weiter hing das geschmiedete Lokalschild vor dem Fachwerkhaus in der lauen Abendluft. »Schlossgass' 16«. Die Gartenstühle waren belegt. Auch im Inneren der Weinstube konnte er keinen freien Tisch entdecken.

»Guten Abend, Herr Rose«, Kurt deutete eine Verbeugung an, »am Stammtisch ist noch Platz.«

Er nahm gegenüber Anita, seiner Kneipen- und Zimmerwirtin, Platz.

»Wen haben wir denn da?« Die Frau mit den kurzen roten Haaren und der Zigarettenspitze blies ihm Rauch in das Gesicht. »Den Rosenpolizisten.«

»Sind Sie mit dem Zimmer zufrieden?«, fragte Anita.

»Alles bestens«, antwortete er.

»Darf es ein Bier sein?«

»Ja, gerne, und die Rehkoteletts.«

»Sitzt er?«

Er blickte zu dem kleinen, Whisky trinkenden Mann, der ihn angesprochen hatte, und fragte sich, aus welchem arabischen Land er stammen könnte.

Eine zierliche Endfünfzigerin in einem schicken, aber viel zu großen Strickkleid, mischte sich ein. »Wer soll denn sitzen, Eri?«

Eri stellte sein Glas ab. »Na, der Schlachthausmörder. Der Mann hier kommt extra aus München von der Mordkommission dort, um den Mörder einzusperren.«

»Ein bayrischer Held«, sagte die Frau mit der Zigarettenspitze und zwinkerte Rose zu.

Die zierliche Frau fuchtelte mit den Händen, ihre Armbänder klirrten aneinander. »Das wär aber auch nötig. Man traut sich ja nachts nicht mehr allein auf die Straße.«

Ein weißhaariger Mann mit dicken Tränensäcken unter den geröteten Augen beugte sich vor. »Was machst du denn nachts allein auf der Straße, Britta?«

»Das würdest du gerne wissen, mein lieber Henje.«

Kurt stellte vor Rose ein Glas Bier ab. »Da sucht sie verzweifelt was zum Pimpern.«

Henje beugte sich zu Kurt. »Deshalb schleichst du also nachts auf der Straße rum. In der Hoffnung, Britta zu treffen.«

»Es ist aber doch auch furchtbar, dass man sich seines Lebens nicht mehr sicher sein kann«, sagte Britta.

»Bei uns in Holland«, sagte Henje und breitete die Arme aus, »läuft ein Mörder nicht lange auf freiem Fuß herum. Da helfen alle zusammen und arbeiten der Polizei in solchen Fällen zu.«

»Ihr habt ja auch keine Vorhänge.« Eri nahm einen Schluck aus seinem Glas.

»Was hat das denn damit zu tun?«, fragte Anita.

»Na, da sieht man, was auf der Straße vorgeht. Kurt, noch einen Whisky.«

Henje breitete die Arme aus. »Bei uns in Holland gibt es von vorne herein weniger Verbrechen. Wir sind ein friedfertiges Völkchen.«

»Und was war mit dem Mord an dem Filmregisseur?«, fragte Eri.

»Der Mörder kam doch aus eurem Lager, das war doch ein Moslem, ein Landsmann von dir«, rief Henje.

»Ein Marokkaner, kein Perser«, warf Kurt ein.

»Ich habe nichts gegen Ausländer«, sagte Britta. »Meine Bürokollegin ist aus Luxemburg, eine ganz patente Frau. Auf die lass ich nichts kommen.«

Die Frau mit der Zigarettenspitze blies eine Rauchwolke über den Tisch. »Hatte der Biberkopf nicht mal was mit der?«

Rose bestellte noch ein Bier.

Weite Reise

Entgegen ihrem nachgiebigen Wesen reifte ein Entschluss in Nadja. Sie hatte zwei Tage zugesehen, wie Sveta weinte, ohne sich beruhigen zu lassen, wie sie sich die Kopfhaut blutig kratzte, trotz der leinenen Fäustlinge, wie sie das Essen ausgespuckte, das man ihr einflößte. Dann hatte Nadja Viktor, den Vermittler, aufgesucht. Anfangs hatte er sich quergestellt, doch Nadja war stur geblieben, sie bohrte nach und irgendwann hatte er eingelenkt. Nadja erfuhr, dass Oleg von Deutschland aus weiter vermittelt werden sollte, nach Belgien, an ein kinderloses Ehepaar. Als sie Viktor verließ, hielt sie einen Zettel in Händen mit dem Namen eines Vereins und dem einer Stadt und der Telefonnummer eines Mannes, der laut Viktor der Auftraggeber war.

Ihre Freundin Anna Kurjenkojawa, eine pensionierte Deutschlehrerin, sollte mit dem Mann reden.

»Ich muss wissen«, sagte Nadja, »wie es Oleg geht. Ich möchte seine Stimme hören. Ich brauche die Gewissheit, dass alles in Ordnung ist!«

Anna Kurjenkojawa legte ihr die Hand auf den Arm. »Der Junge ist bei reichen Leuten. Es geht ihm sicher gut. Besser als es ihm hier gehen kann.«

»Ich bin nicht überzeugt davon, meine Liebe. Wie soll ich die kleine Sveta beruhigen, wenn ich selbst beunruhigt bin? Ich habe ein ungutes Gefühl – hier.« Sie deutete auf ihre Brust.

»Du hast ein weiches Herz, Nadja. Du sorgst dich zu viel.« Anna stöhnte, dann nickte sie ihrer Freundin zu.

Sie telefonierten von einer öffentlichen Zelle im Fernmeldeamt aus. Als sie endlich durchkamen, sagte der Mann in Deutschland, sie sollten sich zum Teufel scheren, wenn Anna alles richtig verstanden hatte. Danach war er nicht mehr erreichbar gewesen.

Nadja hatte einen weiteren Tag bei Sveta gesessen. Dann stand

Nadja auf. Sie hatte den Entschluss gefasst. Jetzt musste nur noch ihre Freundin Anna Kurjenkojawa überzeugt werden.

Nadja hatte ein weiches Herz, sie hatte aber auch gelernt, hartnäckig zu sein.

Mit den Ersparnissen für Notfälle kaufte sie zwei Fahrscheine für die Busfahrt von Moskau nach Frankfurt am Main in Deutschland.

»Es ist die weiteste Reise in meinem ganzen, langen Leben«, sagte sie zu Anna, als der Bus losfuhr, »und die einzige Reise dazu.«

Enge Kontakte

Nagende Unruhe trieb Rose am nächsten Morgen bereits um acht Uhr aus dem Haus. Er hatte eine schlaflose Nacht hinter sich, und wenn er denn überhaupt geschlafen hatte, nur wirres Zeug geträumt. Er erinnerte sich vage, dass Stillman eine Rolle gespielt hatte. Bevor der Traum ganz in Vergessenheit geriet, waren noch einmal die Bilder wie Gasblasen in einem trüben Tümpel an die Oberfläche des Bewusstseins gestiegen. Stillman stand auf der Mainbrücke und winkte, darunter lief Blut aus einem dicken Rohr in das Wasser. Die zwei Buben saßen neben dem Blutabflussrohr und angelten. Puppen ohne Köpfe trieben den Fluss hinab. Stillman winkte und rief etwas. Rose konnte sich nicht erinnern, was Stillman ihm zugerufen hatte. Versatzstücke aus Gesehenem und Erlebtem, ohne weitere Bedeutung. Aber was wollte der seltsame, weiße Mann ihm von der Brücke herab zurufen? Rose musste Stillman wiedersehen, er schien mehr zu wissen, viel mehr, als er bereits gesagt hatte. Rose erreichte die Fußgängerzone. Die Geschäftsleute öffneten ihre Läden, Lieferwagen rollten langsam über das Pflaster, das noch kühl war. Die Morgensonne erwärmte sein Gesicht. Er ging ins Café Hench, bestellte Milchkaffee und Croissants.

Dann fragte er die Bedienung nach Stillman.

»Es ist bedauerlich«, sagte sie, »der Herr in Weiß war heute noch nicht hier. Gestern übrigens auch nicht.«

Gerade als Rose aufbrechen wollte, kam ihm der Mann mit Pfeife entgegen, der bei Roses letztem Besuch auch an einem der Tische gesessen hatte. Unter dem Arm trug er einen Stapel Umschläge und Briefkuverts. Sie nickten sich zu. Der einsame Alte vom Meer, dachte Rose und verließ das Café.

Er hastete die Löherstraße hinab. Ab und zu blickte er zurück, um zu sehen, ob ein Streifenwagen unterwegs war. Auf der Höhe des Hotels Wilder Mann sah er plötzlich ein Dienstfahrzeug. Er sprang an den Straßenrand und hob die Hände.

Der Beamte auf dem Beifahrersitz tippte sich an die Stirn, das Auto fuhr vorüber. Er hörte das Meckern einer Ziege, die über ihm auf der Anlage herumturnte.

»Arschloch«, rief er dem Wagen hinterher und setzte seinen Weg fort. Hinter der Brücke ging er am Straßenrand weiter Richtung Nilkheim. Ein Lkw raste dicht an ihm vorbei. Er sprang zur Seite, hob drohend seine Faust, ging weiter.

Als Rose ein Hupen hörte, drehte er sich wütend um. Hinter ihm stand ein Streifenwagen mit eingeschaltetem Blaulicht. Der junge Polizist mit dem Dreitagebart winkte ihn heran.

»Forster ist hier«, sagte Helmut Böhm, als Rose das Büro betrat, »der Kopfschlächter ohne gesichertes Alibi.«

Vor Böhms Schreibtisch saß ein dünner, ausgemergelter Mann. Er trug Kniebundhosen und ein kariertes Holzfällerhemd. Abrupt riss er den Kopf herum und blickte Rose an. Die große Nase verlieh seinem Gesicht etwas Raubvogelhaftes. Forster nickte Rose zu und riss seinen Vogelkopf wieder herum.

Böhm tippte Forsters Aussage mit. »Ich war unterwegs im Wald. Ich bin viel im Wald. Querfeld. Beerensammeln, Pilze im Herbst. Ich bin ein richtiger Naturmensch, ich brauche das als Ausgleich. Gesehen hat mich niemand. Ich gehe den Leuten gerne aus dem Weg. Am Mittwoch kam ich dann in die Klinik, Leistenbruch. War schon länger geplant.«

Böhm kritzelte etwas auf einen Zettel und hielt ihn Rose hin, ohne dass Forster es lesen konnte: »Wilderer!« stand darauf.

»Wie war das Verhältnis zwischen den Kopfschlächtern und dem Direktor. War es sehr angespannt?«, fragte Rose.

»Spannungen gab es schon mit Dr. Junker, aber nichts wirklich Ernstes. Er war eigentlich ein ganz patenter Direktor, ohne große Fisimatenten.«

»Ist Ihnen irgendetwas aufgefallen in der letzten Zeit?«

»Nein.«

»Erzählen Sie mir etwas über Ihren Kollegen Karl Peschke.«

»Der Peschke? Ein guter Mann, wenn man ihn in Ruhe lässt. Er interessiert sich nicht für andere. Er hat nur seine Musik im Kopf. Seine Schlachthofsymphonie.« Forster lachte abfällig.

»Schlachthofsymphonie? Was wissen Sie davon?«

»Na ja. Er spricht nicht viel darüber.« Forster blickte kurz zum Fenster, eine Amsel flog zeternd vorüber. »Er spricht überhaupt nicht viel, der Peschke. Einmal, da hat er sich dem Normann, das ist der Hallenmeister, anvertraut. Er erzählte ihm, dass er den Krach nicht mehr aushält, und kurz darauf faselte er was von einer Musik, die er im Schlachthaus hört. Er meinte die Geräusche der Schlachtstraße, der Bänder, des Brenners und so. Er hörte da so einen Rhythmus oder was, eine Melodie eben, was Göttliches.«

»Eine Epiphanie?« Böhm blickte hinter dem Laptop hervor. Forster glotzte Rose fragend an, dann sprach er weiter.

»Eine Melodie eben. Dann kam der Hammer. Peschke beugte sich, nachdem er einen Bullen geschossen hatte, an das Loch vom Bolzenschussapparat und legte sein Ohr auf den Kopf des Bullen, dann schrie er: Ja! Wir sind alle total erschrocken, denn der Peschke schreit sonst nie. Seitdem hört er in jedes Schussloch hinein. Anfangs lachten wir darüber, bis er wütend wurde und beinahe den Didi, den Stecher, mit der Elektrozange gepackt hätte. Dann ließen wir ihn in Ruhe. Der Normann brachte aus ihm raus, dass er in den Schädeln direkt nach dem Schießen einen Ton hört, der auch zu der Melodie gehört. Das schreibt er alles auf, in Schulhefte, Hunderte müssen das inzwischen sein. Ein ganzes Musikstück ist das. Seine Fleischsonate eben.« Er schwieg einen Moment, dann sagte er, von seinem Gedanken überrascht: »Vielleicht ist der Peschke ein Genie oder so was.«

Es klopfte, Kremer riss die Tür auf. »Der Wagen vom Junker ist aufgetaucht. Fahren wir hin?«

»Wir sind fürs Erste auch fertig. Danke, Herr Forster.« Rose stand auf und ging zur Tür.

»Ich beende hier noch die Zeugenaussage und verfertige das Protokoll«, sagte Böhm. Rose schloss die Tür hinter ihnen.

Kremer lenkte den Wagen durch ein Neubaugebiet nahe der Dienststelle. Auf einer kleinen Straße kamen sie durch Grünflächen, an Wiesen und einem Sportplatz vorüber, bis sie auf eine größere Straße stießen. Sie folgten kurz deren Verlauf und bogen an einer Blumenhandlung in ein Industriegebiet ein.

»Hier im Hafen ist Junkers Karre gefunden worden. Ein Schwimmbagger hat sie rausgezogen, sie lag in einem Hafenbecken, das gerade ausgebaggert wurde.«

Kremer stoppte an der Polizeiabsperrung. Als sie die Türen öffneten, drangen Hitze und Teergeruch in den Wagen. Hinter einem Feuerwehrauto und zwei Einsatzfahrzeugen der Polizei schwappte braunes Wasser an die Kaimauer. Der Schwimmbagger, ein riesiger schwarzer Kasten, dümpelte im Hafenbecken, das hier endete. Der Bagger zog an einer rostigen Kette den schwarzen BMW aus dem trüben Hafenwasser. Ein paar Taucher, Feuerwehrleute und Polizeibeamte standen herum und rauchten.

»Weitermachen«, rief Kremer, als sie die Anwesenden erreichten, niemand beachtete ihn.

Der Wagen wurde mit einem lauten Quietschen auf dem Asphalt abgesetzt, brackiges Wasser lief heraus. Zwei Feuerwehrleute lösten die Kette des Baggers, dann sprengten sie mit großen Zangen und Brecheisen die Türen und den Kofferraum des BMW auf. Männer von der Spurensicherung verpackten die losen Gegenstände aus dem Wageninnern in großen Plastiktüten.

»Ein paar Klamotten, Schuhe, das war's auch schon«, sagte einer von ihnen zu Kremer. »Eine genaue Aufstellung gibt's später.«

»War ein Handy im Wagen?«, fragte Rose.

»Nö, aber wenn Sie sich kurzhalten, können Sie meins haben.«

»Wohl einen Kasper zum Frühstück verschluckt«, sagte Kremer und winkte Rose zum Auto.

Sie fuhren zurück. »Wollen Sie mit mir zur offiziellen, städtischen Informationsbörse?« Kremer grinste ihn an. »Im Schlappeseppel landen alle Gerüchte und Geschichten wie am Ende eines Trichters und das schon seit dem Dreißigjährigen Krieg.«

Als sie durch die Schlossgasse fuhren, beugte sich Kremer aus dem Fenster und winkte. »Na, Bubi, alles roger?«

Der dicke Mann im Fenster starrte ihnen regungslos hinterher.

Es war Mittagszeit, als sie den überfüllten Schlappeseppel betraten. Der Geräuschpegel war Rose beinahe unerträglich. Die Leute empfanden den Krach und die Luft hier offenbar als anheimelnd. Bedienungen mit Tabletts voller Biergläser drängten sich an ihnen vorbei. Kremer steuerte auf einen Tisch zu, an dem einige Männer winkten. Kurt aus der Schlossgass' 16 saß an einem der hinteren Plätze und debattierte angeregt. Die Konkurrenz war also auch da. Es schien Rose, als sprächen Kurts Tischnachbarn alle gleichzeitig.

»Das Hühnerauge des Gesetzes«, sagte ein angetrunkener Mann, der eine abgewetzte Lederjacke trug.

»Moin, Mädels. Wer von euch hat den BMW versenkt?« Kremer setzte sich und bot Rose einen Stuhl an.

»Welchen BMW?« Ein rotgesichtiger Mann legte Kremer die Hand auf die Schulter.

Die Bedienung kam an den Tisch und stellte Kremer ein Halbliterglas Bier hin. »Und dein hübscher Freund, Ernst?«

»Der kriegt auch ein Bier, mein Herzblatt.«

»Wer ist denn das überhaupt? Was bringst denn du für Typen mit?« Der Mann mit der Lederjacke deutete auf Rose, dabei fiel ihm seine filterlose Zigarette aus der Hand.

»Halt's Maul, Bernhard«, sagte der Mann mit dem roten Gesicht, »sonst fliegst du. Hast sowieso Lokalverbot.«

Bernhard nahm seine Zigarette und drückte sie in den Aschenbecher. Eine dünne Rauchsäule stieg von dem halb ausgedrückten Stummel auf. »Was mischst du dich denn ein. Ich habe doch nur den Herrn Polizist gefragt, wen er da mitgebracht hat. Egal, du bist doch auch«, er stockte, dann zischte er, Speichel begleitete die Worte, »scheiße, Zille.«

Nach dem zweiten Bier fand Rose die Geräuschkulisse auch anheimelnd. Nach dem dritten wankte er leicht, als er ins Tageslicht trat. Drei Halbe mittags, dachte er, ist einfach zu viel. Ich sollte tagsüber überhaupt keinen Alkohol trinken. Rose beschloss, in die Cornelienstraße zu gehen, um sich kurz aufs Ohr zu legen.

Neben dem Lokal führte eine kleine Gasse leicht bergan, die ihm viel steiler vorkam, als er es in Erinnerung hatte. An ihrem oberen Ende klingelte sein Mobiltelefon.

»Rik? Ich bin es. Ines.«

Er starrte das Telefon an, dann nahm er es wieder an sein Ohr, seine Zunge war schwer. »Ines. Mensch, wo steckst du. Ich suche dich überall.«

»Du hast getrunken, Rik. Ich wollte dir nur sagen, dass alles in Ordnung ist.«

»Dass alles in Ordnung ist? Nichts ist in Ordnung! Wo steckst du? Wie geht es Lisa? Gib sie mir.«

Er starrte wieder das Telefon an. »Aufgelegt, sie hat einfach aufgelegt. Na toll! Super.«

In der Fußgängerzone stand die Luft. Rose schwitzte. Er betrat das Café Hench, deutete auf ein Brot, bekam »ein Viertel Wagenrad«, kaufte Tomaten in einem Gemüseladen sowie Butter, Schafskäse, Tee und Honig in einem türkischen Geschäft. Dann mühte er sich die Cornelienstraße hoch zu seiner Wohnung. Er verfluchte sich. Wenn sie sich endlich meldet, ticke ich aus, dachte er, ich bin ein verdammter Idiot, wer weiß, wann sie wieder anruft. Ich darf einfach nichts mehr trinken. Tagsüber. Auf nüchternen Magen.

Als er vor dem Hauseingang nach seinem Schlüssel suchte, sah er aus dem Augenwinkel einen Mann vor dem Tor stehen. Als Rose den Kopf wandte, ging der Mann schnell weiter. Erst später, in der Wohnung, fiel ihm der Rothaarige aus dem Schlappeseppel wieder ein. Wenn er das gewesen war, musste er ihm gefolgt sein. Doch Rose war sich nicht sicher, ob er den Mann wirklich erkannt hatte. Zum Nachdenken war jetzt auch nicht der richtige Moment.

Am späten Nachmittag verließ Rose seine Wohnung wieder. In der Fußgängerzone warf er einen Blick in das Café Hench auf der Suche nach Stillman. Kein weißer Herr.

Er ließ sich treiben, die Herstallstraße hoch. Langsam, zwischen den geschäftigen Passanten. Ein Mann mit wirrem grauem Haar rempelte ihn an. Der Mann trug trotz der sommerlichen Hitze eine durchsichtige Plastikjacke und Handschuhe. Mit ausladenden Armbewegungen ging er die Fußgängerzone hinab, nichts und niemanden beachtend, als striche er über einsame Regenfelder dahin. Ein Stück weiter kam Rose an einem asiatischen Schnellimbiss vorbei. Ein schwitzender, dicker Mann, auf den eine hagere Frau einredete, versuchte mit Stäbchen in seinen wulstigen Fingern, eine Sushirolle aufzunehmen. Er drückte mit den Hölzchen den Klebreisballen auseinander, Reis- und Fischbröckchen fielen auf den Tisch. Die Frau redete ohne Unterbrechung weiter. Der Mann warf die Stäbchen auf den Tisch, nahm die Sushibatzen mit den Fingern und steckte sie in den Mund. Rose legte im Vorübergehen einem Musiker, der auf der Geige Evergreens anspielte, ein paar Münzen in den Instrumentenkasten. Der Geigenspieler verbeugte sich tief, ohne sein Spiel zu unterbrechen. Plötzlich entdeckte Rose in einigem Abstand vor sich Sabine Pohl. Er hatte seinen Blick auf ihren Rücken genagelt, musterte ihren dicken, schwarzen Zopf, richtete seinen Blick auf ihren Po, betrachtete ihren Gang. Sie wiegte sich in den Hüften, weich und doch straff zugleich. Am oberen Ende der Herstallstraße betrat sie eine Drogerie. Er hatte das Verlangen, seinen Arm um ihre runden, schmalen Schultern zu legen.

»Hallo, Frau Pohl.« Er stellte sich neben sie. Er umarmte sie allerdings nicht, sondern versuchte, einen unbeteiligten Ton anzuschlagen.

»Herr Rose«, sie strahlte, und ihm stieg Wärme in den Hals, in die Wangen, »was machen Sie denn hier?«

Er stand direkt vor ihr und versuchte ihren Geruch tief einzuatmen. Woher kenne ich dieses Parfum, fragte er sich.

»Hat Ihnen schon einmal jemand gesagt, dass Sie einen wunderschönen Namen haben?«

»Es ist das erste Mal«, sagte er.

Beide lachten.

»Sie sind sicher mit Mordfällen beschäftigt? Das ist bestimmt sehr aufregend, all die Morde, die bösen Buben, und Sie, den Verbrechern auf den Fersen.«

»Es ist halb so aufregend, wie Sie es sich vorstellen. Gewöhnlicherweise sterben alte Menschen in ihren alten Betten. Ich muss bei unklarer Todesursache eruieren, ob jemand nachgeholfen hat. Reine Routine.«

»Na, dann haben Sie ja in unserem Städtchen allerhand Abwechslung.«

»Langweilig wird es mir hier sicher nicht.«

»Schade, Sie hätten mich sonst fragen können, ob ich mit Ihnen einen Kaffee trinken gehen möchte, aber vielleicht ein anderes Mal. Tschüss, Herr Rose.«

Er sah ihr rundes, kleines Hinterteil in der Menge verschwinden. Einen Moment starrte er ihr hinterher, dann lief er los. »Warten Sie, Frau Pohl.«

Sie drehte sich zu ihm um.

»Darf ich Sie auf einen Kaffee einladen?«

»Dann will ich mal nicht so sein. Wohin gehen wir?«

»Sie sind hier zu Hause.«

»Kommen Sie, Herr Rose.« Sie hakte sich bei ihm ein. »Gefällt Ihnen unsere Einkaufsmeile? Ach, was frage ich, Sie kommen ja aus München, da ist es sicher viel schöner mit dem Shopping.«

»Es gibt keine großen Unterschiede zwischen der Münchner Fußgängerzone und der hier oder der Delmenhorster oder Dortmunder. Überall das gleiche Zeug. Tempel eben, Tempel für den Fetisch Ware, wie Walter Benjamin sagte.«

»Tempel für den Fetisch Ware? Das gefällt mir. Ich liebe die Fußgängerzone. Alles ist ganz nah beieinander, man braucht nicht irgendwohin zu fahren, alles ist da, überschaubar, auffindbar. Einfach praktisch. Ich kann mich noch erinnern, früher, als kleines Kind, da fuhren hier die Autos, die Bürgersteige waren schmal, die Leute drängten sich. Heute kann man in aller Ruhe ohne Autolärm und Abgase flanieren.«

Sie dirigierte ihn in ein Café. Von einem Poster streckte ihm Albert Einstein seine Zunge heraus.

»Was kann ich euch bringen?«, fragte die junge Bedienung.

»Einen Milchkaffee«, sagte Sabine Pohl.

»Und für dich?«

»Bringen Sie mir bitte einen Cappuccino.«

»Möchtest du Sahne oder Milch?«

Rose war versucht, die Bedienung zurechtzuweisen, er hasste es, in Cafés geduzt zu werden.

»Mach ihn mit Milchschaum. Wie sonst«, sagte Sabine Pohl. »Oder gibt es bei euch wirklich Leute, die Sahne wollen?«

Rose verstand nicht, weshalb die zwei Frauen einvernehmlich lachten.

»Und wenn Sie so nett wären, ein Glas Wasser dazu«, sagte er in das Lachen hinein.

»Wussten Sie, dass hier laut einer Umfrage die zufriedensten Menschen in Bayern wohnen? Zumindest liegen wir im Spitzenfeld«, sagte Sabine Pohl.

»Ich mag das Schloss, die Biegung des Flusses davor.«

»Wissen Sie, wenn man das jeden Tag sieht, fällt es einem gar nicht mehr auf. Aber jetzt, wo Sie es sagen, ist es natürlich präsent.«

Die Bedienung kam an ihren Tisch. »Hier, eure Kaffees.«

»Ich glaube, du hast das Wasser vergessen«, sagte Sabine Pohl, »bringst du das dann ganz schnell, ja, Schätzchen?«

»Natürlich.«

»Kennen Sie sich?«, fragte Rose.

»Nein, mir geht nur ihre Art auf den Wecker. Ich hasse es, in Cafés geduzt zu werden.«

Rose lächelte.

»Bleiben Sie länger? Oder sind Sie nur für den Mord an meinem Chef hier abgestellt?«

»Ich wurde wegen Dr. Junker hergeschickt.«

»Das hört sich nach einer unangenehmen Verpflichtung an. Aber das ist ja Ihr Job. Wären Sie lieber wieder in München? Zu Hause?«

Rose blickte zur Seite. Im Moment wollte er nicht in München sein, in diesem Moment wollte er genau hier sein mit genau dieser Frau.

»Ein Tipp: Genießen Sie die Abwechslung! Oder können Sie nicht genießen, wenn Sie arbeiten?«, fragte Sabine Pohl.

»Etwas Zwang war tatsächlich im Spiel. Ich habe mich falsch verhalten die letzte Zeit und wurde quasi zur Rehabilitation hierher geschickt, in die Provinz. Schauen Sie nicht so böse. Aschaffenburg ist nicht provinzieller als München. Aber es ist eben der Schwanz des bayrischen Löwen, denken zumindest die Münchner. Sie wissen doch, alles nördlich der Donau ist schon preußisch. Der gemeine Münchner ist eben stolz auf seinen grantlerischen Lokalpatriotismus.«

»Haben Sie etwas Schlimmes angestellt, Sie gemeiner Münchner? Oder fällt das unter das Dienstgeheimnis?«

»Meine Frau ist mir ...«, er stockte, »... abhanden gekommen«, sagte er dann, »und meine Disziplin.«

Sabine setzte sich auf, kam dabei näher. Rose roch ihr Parfum und meinte ihr Mitgefühl und ihr Verständnis zu wittern.

Es war das erste Mal, dass er mit einem anderen Menschen über Ines redete. Die ersten Silben waren aus ihm hervorgekommen wie Tropfen aus einem undichten Wasserhahn, jetzt ließ Rose seine Worte fließen.

»Sie ist einfach aufgestanden und weggegangen. Sie hat Lisa, unsere Tochter, an die Hand genommen und ist weggegangen. Alles, was sie hinterließ, waren ein paar Sätze auf dem Anrufbeantworter. Such mich nicht. Nicht suchen? Ich habe sie gesucht. Wo ich nicht überall gesucht habe! Nur in mir drin habe ich vielleicht zu wenig gesucht. Sie ist weg, ohne mir zu sagen, weshalb. Ich weiß nicht, warum meine Frau mich verlassen hat. Ich weiß nicht, wo sie ist, wo meine Tochter ist. Ich habe keine Ahnung, wann sie sich meldet, was sie vorhat. Ich warte und frage mich beständig, weshalb, frage mich, ob ich Schuld habe, und kann mich nicht einmal rechtfertigen. Ich stehe vor einem Tribunal und kenne die Anklage nicht und darf nicht danach fragen.«

Er erzählte, wie er auf der Suche nach Ines in Bars hängen geblieben war, nicht zum Dienst erschienen war, randaliert hatte.

»Deshalb bin ich hier. Sie wollten mich nicht mehr haben in München. Ich war ihnen unheimlich, weil ich ihre Hilfe brauchte und keine angenommen hätte und sie mir auch nicht wirklich helfen wollten. Meine Freunde und Kollegen. Da haben sie mich weggeschickt. Aus den Augen.«

Er blickte sich um und winkte der Bedienung.

»Trinken Sie ein Glas Wein mit mir?«, fragte Rose.

»Gerne, wenn Sie nicht wieder randalieren.«

»Heute bin ich nicht auf der Suche nach meiner Familie.«

»Was suchen Sie dann?«

»Die Gesellschaft einer reizenden Frau.«

Sabine Pohl lächelte zur Bedienung und bestellte Weißwein.

»Leben Sie schon immer in München?«

»Seit der Scheidung meiner Eltern. Ich wusste nach meinem Studium nicht, wohin.«

»Haben Sie Kontakt zu ihnen?«

»Seit Lisas Geburt sehe ich sie wieder recht häufig.«

Die Bedienung kam an ihren Tisch. »Euer Wein, bitte.«

»Und Ihre Eltern?«

»Ich bin bei meiner Mutter aufgewachsen«, sagte Sabine Pohl.

»Keinen Vater?«

»Mein Vater war ein Mistkerl.«

»Ich hatte auch Probleme mit meinem Vater. Er war sehr streng. Heute weiß ich, dass er in vielen Punkten recht hatte, und habe ihm verziehen.«

»Meiner ist tot.« Sabine Pohl blickte aus dem Fenster. »Und das ist gut so.«

»Ist es nicht traurig, dass Sie nie mehr die Gelegenheit haben, sich mit ihm auszusprechen?«

Wütend sah sie Rose an. »Aussprechen? Ich sagte doch, dass er ein Mistkerl war. Da gibt es nichts auszusprechen!«

»Verzeihen Sie, ich wollte Ihnen nicht zu nahe treten.«

Sie entspannte sich. »Sie müssen verzeihen. Die Erinnerung tut weh. Er hat mich und meine Mutter schlecht behandelt. Sehr schlecht.«

»Es gibt Dinge, die wird man nie mehr los«, sagte Rose.

»Ich habe daraus gelernt. Es hat mich stark gemacht.« Sie lächelte Rose an. »Ich habe mich schon lange nicht mehr über diese Dinge unterhalten. Es ist seltsam. Wissen Sie, Herr Rose, ich habe niemals einem Mann vertraut, das ist das Erbe meines Vaters. Wenn ich es doch einmal versuchte, habe ich mich verbrannt.« Sie blickte aus dem Fenster. Rose schwieg.

Dann hob sie ihr Glas und prostete Rose zu. »Lassen Sie uns den Abend nicht mit Gespenstern aus der Vergangenheit verderben.«

»Auf das Heute«, sagte Rose.

Sie lächelte.

Eine halbe Stunde später bestellte er das zweite Glas.

»Wenn ich noch einen Wein trinke, komme ich morgen zu spät zur Arbeit«, sagte Sabine, »obwohl, es ist ja niemand mehr da, der mich überprüfen könnte.«

»Damit haben Sie sich in den Kreis der Verdächtigen katapultiert: Motiv ist der überpünktliche Vorgesetzte. Ich wollte eben auch mal ausschlafen, sagte die Täterin zu ihrer Verteidigung. Der Richter, bekannt als notorischer Langschläfer, nickte verständnisvoll und verhängte ein mildes Urteil.«

»Genau. Aber im Hintergrund steht noch ein anderes Motiv. Ich gehöre zu einer der letzten Gruppe der Kampffrauen, ein Relikt der späten achtziger Jahre. Hyperemanzipiert. Dr. Junker pinkelte im Stehen, und wir hatten nur ein gemeinsames Klosett. Das musste natürlich geahndet werden.«

»Deshalb auch das demonstrativ aufgehängte Geschlechtsteil am Haken.«

Sabine Pohls Lachen verschwand aus ihrem Gesicht.

»Entschuldigung, ich bin zu weit gegangen.« Rose verfluchte sich.

»Es tut gut«, sagte sie und blickte aus dem großen Glasfenster zum Innenhof, »wenn man Grausamkeiten mit Humor betrachten kann. Ich denke, dann fängt man an, die Sache zu verarbeiten. Am Anfang habe ich den Mord einfach verdrängt, es war zu schlimm, aber jetzt denke ich darüber nach und versuche alles an die richtige Stelle zu setzen. Ich habe Ihnen schon einmal gesagt, dass das Leben weitergeht, ob man will oder nicht, und man muss das Beste daraus machen. Das gilt für mich und das gilt auch für Sie. Prost.«

Es dämmerte bereits, als sie das Café verließen.

In der unteren Würzburger Straße aßen sie ein Eis vor dem Rialto, schlenderten gemeinsam dahin. Auf der anderen Seite der Park Schöntal, die Luft war warm, der Himmel rot und rosa und grau an den Rändern, die am Boden liegenden Blütenblätter der verblühten Magnolien, in ihrem Welken und Vergehen, verströmten einen unwirklichen Duft, der vom Schöntal her die ganze Straße ausfüllte, schwer und süß. Sie schlenderten weiter, ein paar stille Straßen entlang, bis sie vor einem Haus standen. Es war dunkel, aus dem Nachbargarten schrie eine Katze, beinahe wie ein Kind. Aus dem ersten Stock flackerte blaues Fernsehlicht, laute Stimmen drangen auf die Straße. Schüsse knallten. Beide blickten hoch zu dem blauen Geflacker und lachten.

»Hier wohne ich zur Zeit«, sagte Rose. »Wollen wir reingehen?«

Als er die Wohnungstür hinter ihr geschlossen hatte, lehnte sie sich dagegen. Er wollte sie auffordern, mit in die Küche zu kommen, dann verstand er, weshalb sie an der Tür stehen geblieben war. Sie zog Rose an sich. Er spürte ihre Lippen auf seinem Mund, ihre Zunge in seinem Mund. Sabine leckte über seine Lippen, dann schob sie ihre Zunge wieder in ihn, dabei tastete ihre Hand nach dem Lichtschalter und löschte das Licht. Rose umfasste ihre Taille und zog ihren Leib eng an sich. Sie drückte ihren Oberkörper nach hinten und knöpfte ihre Bluse auf. Sie nahm seine Hände und legte sie auf ihre Brüste. Mit seinen Fingerspitzen verfolgte er deren Form. Ihre Hand glitt fest an seiner Hüfte entlang, weiter zu seinem Schritt. Er drückte ihre Brustwarzen. Mit einem Ruck öffnete sie den Reißverschluss und schob ihre Hand unter den Stoff seiner Unterhose. Er hatte keine Erektion. Zusammengerollt, warm und weich, lag sein Penis wie ein kleines, schlafendes Tier in seinem Nest.

»Bin ich zu forsch?«

»Ich weiß auch nicht«, sagte Rose.

Sie küsste ihn. »Wo ist dein Bett?«

Er deutete auf einen dunklen Türrahmen. Sie nahm seine Hand und führte ihn in das Zimmer. Er schaltete im Vorbeigehen das Licht an, Sabine löschte es wieder.

»Ich mag es lieber im Dunkeln.«

Die Straßenlaterne warf ein schwaches, gelbliches Licht durch die Vorhänge. Rose sah, wie Sabine nackt vor ihm stand. Der

Geruch ihres Körpers erinnerte ihn an den Duft der Magnolienblüten. Sie öffnete ihren Zopf, die Haare fielen im Halbdunkel wie ein schwarzer Schatten auf ihre Schultern und bedeckten zur Hälfte ihre Brust. Ruhig, langsam und behutsam zog sie ihn aus.

Sie strich über das Schulterholster und den Griff seiner Dienstwaffe.

»So hart und kühl, ich finde das unheimlich sexy. Zeigst du sie mir?«

»Nichts weiter als ein Stück Metall.« Er griff nach der Pistole und ließ das Magazin herausgleiten, dann zog er den Laufschlitten zurück, um sich zu vergewissern, dass sie entladen war. Sie nahm die Waffe in ihre Hand und fuhr sich mit dem Lauf am Hals herunter, zwischen ihre Brüste.

»Das ist eine Walther PPK, eine alte Polizeipistole. Heute hat man neuere und schwerere Handfeuerwaffen. Die hier habe ich sozusagen von meinem ehemaligen Chef geerbt. Ein Andenken.« Rose legte seine Finger auf den Lauf, zog sie Sabine aus der Hand und warf die Waffe auf den Nachttisch.

Sie legten sich auf das Bett.

Er spürte ihre weiche Haut, als hätte er zuvor Jahre seine Hände in kühler, grober Erde gewunden. Ihr schweres Haar verströmte einen Duft von Holz und Nüssen. Seine Hände fuhren über ihren Körper im gelblichen Halbdunkel. Quer über den Bauch verlief eine Narbe. Er fuhr mit dem Finger ihr feines, aufgeworfenes Relief entlang. Sie zog den Bauch ein.

»Ich bin operiert. Ein Myom«, sagte sie leise.

»Du bist schön«, seine Finger strichen behutsam über die Narbe. Erleichtert bemerkte er seine Erektion.

»Ich kann keine Kinder bekommen«, flüsterte sie.

»Ich hatte nicht vor, dir welche zu machen«, sagte er.

Sie kicherte.

Spät in der Nacht erwachte Rose. Kaum war Sabines warmer Körper von ihm abgerückt und hatte das Bett verlassen, richtete er sich auf.

»Wo gehst du hin?«

»Schsch. Ich gehe nach Hause. Schlaf weiter.«

Bevor er wusste, ob er sie festhalten sollte, hörte er leise die Tür ins Schloss fallen.

Er dämmerte weg. Träumte. Bäume wurden gefällt, er musste sich vorsehen, dass sie ihn nicht erschlügen, Äxte hauten auf Holz. Ein schnelles Pochen. Er wurde wach. Das Pochen riss nicht ab. Es klopfte an der Wohnungstür. Er stand auf, hörte Sabine rufen.

Sie lachte, als Rose öffnete. »Ich stehe hier schon eine Viertelstunde. Die Haustür ist abgeschlossen.«

Sie küssten sich, er schloss auf und blickte ihr hinterher. Die ersten Vögel sangen in die dämmrige Dunkelheit. Rose legte sich wieder hin und schlief schnell ein. Bald darauf schrillte der Wecker.

Maikäfer flieg

Oleg fror auf seinem Stuhl in der Ecke. Er hatte sein Gesicht zur Wand gedreht. Diese Männer sollten nicht sehen, wie er weinte. Sie räumten in dem Zimmer herum. Oleg hatte Angst vor dem zweiten Mann, der vorhin dazugekommen war. Er hatte ihn so seltsam angesehen. Oleg wusste, dass sie etwas mit ihm vorhatten.

Als er noch mit seiner Schwester zu Hause gewesen war, hatte er auch immer gespürt, wenn etwas passieren würde. Wenn sein Vater getrunken hatte, aber nicht genug getrunken hatte, denn dann lag er wie tot herum, schlug er ihn oder seine Schwester. Wenn er daran dachte, fühlte er wieder, wie die dumpfen Schläge und der Schnapsatem seines Vaters ihn einhüllten. Trotzdem war es für Oleg schlimmer, wenn seine Schwester geschlagen wurde. Sie war ausgeliefert wie eine der Katzen, die die großen Jungen gern quälten. Eine Lieblingsbeschäftigung von den großen Jungen war es, die gefangenen Katzen mit Benzin zu begießen und sie brennend durch das alte Stadion rennen zu lassen, das sah wirklich schön aus, wenn Schnee lag, in der Dunkelheit, aber Oleg taten die Tiere leid. Solange die großen Jungen Katzen quälten, ließen sie ihn wenigstens in Ruhe. Der Doktor hatte später gesagt, dass Katharina nicht laufen konnte, weil ihre Hüfte kaputt war. Und sprechen konnte sie nicht richtig, weil die Eltern soffen. Der Suff steckte schon, als sie ein Baby war, in ihr, bevor sie überhaupt auf die Welt kam. Das fand Oleg schlimm und ungerecht. Er hatte Glück gehabt. Leichte Entwicklungsverzögerung, nichts Dramatisches, hatte der Doktor gesagt, als sie untersucht wurden. Katharina starb kurz darauf. An einer Entzündung im Kopf. Von da an war Oleg ganz allein. Er wäre damals lieber zurück zu seinen Eltern, auch wenn die ihn immer verprügelten. Doch zum Glück war da die Pflegeschwester Nadja. Sie war so lieb und kümmerte sich um Oleg, bis er wieder sprechen wollte. Und da war auch Sveta, die kleine Sveta. Sie erinnerte ihn an seine Schwester. Er hatte ihr versprochen, dass er sie nie allein lassen würde.

Die Männer breiteten eine Plastikplane auf dem Boden aus. Der Mann mit dem Zopf, der Oleg aus dem Waisenhaus geholt hatte, stellte große Lampen auf und eine Kamera. Der andere verschwand, und nach einer Weile kam er wieder zurück. Er legte einen Kassettenrekorder auf die Fensterbank und drückte die Abspieltaste.

»Schön, nicht wahr, mein Kleiner. Das ist Mozart. Klavierkonzert Nummer vierzig. Hör gut zu. Das ist die Exposition.«

Oleg verstand die fremden Worte nicht. Er hatte die Augen kurz geschlossen, um die Tränen einzuschließen, bemerkte aber, wie sich der Mann näherte. Oleg erschrak, als der Mann ihn am Hals anfasste. Die Hand war kalt. Er drehte seinen Kopf und sah, dass der Mann eine schwarze Ledermaske aufgesetzt hatte, aber er erkannte ihn. Der Mann hatte einen ganzen Anzug an aus Leder. Er zog Oleg hoch und begann ihn auszuziehen. Oleg ließ alles geschehen, er wusste, dass es sinnlos war, sich zu wehren. Er blickte den Mann mit dem Zopf an. Der hantierte an der Kamera, sagte etwas und verließ das Zimmer. Der Mann mit der Ledermaske keuchte, als er Oleg ganz ausgezogen hatte. Dann brachte er ihn zu der Plastikplane. »Jetzt spielen wir ein bisschen das Maikäferspiel«, sagte er und drückte Oleg auf die Knie. Der Mann fummelte an seinem Anzug herum. Er atmete laut. Oleg wollte wieder zu Sveta. Er wusste, es würde etwas passieren, was vielleicht schlimmer wäre als all die Schläge seiner Eltern, als der ganze Hunger und die Kälte zu Hause. Sie hatten ihn geholt, aber Oleg wollte nicht, dass sie ihm noch mehr wehtäten. Er richtete sich schnell auf und stieß den Mann, der hinter ihm kniete und gerade seinen Reißverschluss öffnete, fest an die Brust. Der Mann fiel rücklings auf die Plane. Oleg rannte zur Tür. Sie war nur angelehnt. Er riss sie auf und sah den Mann mit dem Zopf auf der Treppe sitzen. Der Mann drehte sich zu Oleg um und zog einen Ohrstöpsel aus seinem Ohr. Oleg schlug die Tür zu und rannte in das hintere Zimmer, er öffnete schnell das Fenster, das Glas schepperte, hinter ihm polterte der Mann mit der Ledermaske heran. Oleg kletterte auf das Fensterbrett, er spürte den Mann in seinem Rücken, kalte Luft wehte ihn an. Dann sprang er in die Nacht. Oleg sah, wie Sveta ihre Arme öffnete, hinter ihr stand Nadja. Ihre Hände lagen auf Svetas Schultern, auch sie lächelte.

Das Fenster ging zum Hinterhof. Auf der Mauer war ein schmiedeeiserner Zaun montiert. Die Wucht des Aufschlags trieb die schmale Spitze eines Zaunpfahls vom Kinn aus in Olegs Schädel. Am Hinterkopf brach die Stange wieder heraus. Oleg war sofort tot.

Der Mann mit der Ledermaske starrte aus dem Fenster, die Tür zum Hinterhof öffnete sich, und der andere kam heraus. Er blieb vor dem kleinen Körper stehen, dann blickte er nach oben, wo sich gerade das Fenster schloss. Es polterte auf der Treppe, dann standen beide im Hof. Oleg hing etwa einen halben Meter über dem Boden. Blut floss ihm über den Hals, über die Brust, die Beine entlang und tropfte von den Zehen herab. Die Reprise aus Mozarts Klavierkonzert verklang.

»Mach ihn ab«, sagte der mit dem Zopf.

»Warum ich?«

»Weil er dir entwischt ist.«

Der Mann mit der Maske überlegte kurz, dann schob er eine Mülltonne neben den Jungen.

»Halt die Tonne fest.« Er stieg auf eine leere Getränkekiste, von da auf die Tonne. Dann bückte er sich und nahm Olegs Kopf in die Hände und versuchte ihn über den Eisenpfosten zu ziehen.

»Total verkantet, den bring ich nicht ab.«

»Willst du ihn hängen lassen oder was? Zieh fester.«

Er pustete durch den Mundschlitz in der Maske. »Nichts zu machen. Zu schwer, da hängt der ganze Körper dran. Drück ihn mal hoch.«

»Ich fass den nicht an.«

»Willst du ihn hängen lassen?«

»Wir brauchen eine Eisensäge oder was.«

»Hast du eine?«

»Nö.«

»Ruf Wörner an.«

»Spinnst du?«

»Dann mach du ihn ab.«

Der Mann mit dem Zopf holte sein Mobiltelefon aus der Hosentasche. Wörners Nummer war gespeichert.

»Du sollst mich doch nicht anrufen, schon gar nicht, wenn ich auf Wildsauen ansitze. Was gibt es?«

»Probleme.«

»Sonst würdest du nicht anrufen.«

»Der Junge ist aus dem Fenster gefallen. Er ist tot.«

»Ihr Idioten. In vier Tagen wollte ich ihn nach Belgien bringen. Ihr Idioten.«

»Er hängt am Zaun. Er hat sich aufgespießt.«

»Und da soll er jetzt hängen bleiben?«

»Wir bekommen ihn nicht runter.«

»Ihr Idioten. Ich bin in einer halben Stunde da.«

Der Mann mit der Maske trippelte unruhig hin und her. »Was sagt er?«

»Er sagt, du sollst deinen Scheißanzug ausziehen, sonst spießt er dich auch noch auf.«

Vierzig Minuten später standen sie zu dritt in dem dunklen Hinterhof. Peter Seim hatte den Lederanzug ausgezogen. Sein hellblaues Hemd war trotz der nächtlichen Kühle vom Schweiß dunkel verfärbt. Wörner trug eine knielange Lederhose und eine grüne Walkjacke mit Hirschhornknöpfen. Auf dem Kopf hatte er einen braunen Hut aus Hasenfilz.

»Ihr Deppen«, sagte Wörner, »ein bisschen Vergnügen, was? Und wer bezahlt mir jetzt die Verluste? Ihr etwa, ihr Kanaillen?« Er gab Peter Seim eine Ohrfeige. »Hol mir einen Stuhl, vorwärts.«

Seim hasste ihn für diese Erniedrigung. Er hasste ihn für die Art, wie er mit ihm umging und wie er ihm immer wieder zeigen musste, dass er ihn als minderwertig betrachtete und auch so behandelte. Aber Seim brauchte Wörner, er duckte mit Widerwillen vor ihm, und er brauchte ihn vor allem, weil Wörner es ihm ermöglichte, an das zu kommen, was er am meisten begehrte, das Fleisch, die zarte Haut, die Unschuld und Wehrlosigkeit kleiner Kinder. Er wusste, dass Wörner damit verdiente. Die Filme wurden teuer gehandelt in der Szene. Auch die Vermittlung der Kinder musste Wörner einen Batzen Geld einbringen, doch das interessierte Seim nicht, ihn interessierte nur das, was er mit den Kindern anstellen konnte. Er wollte seine Fantasien umsetzen, die ihn immer begleiteten, die ihn berauschten und manchmal auch quälten. Er stellte den Stuhl an die Mauer. Der Schweiß lief ihm die Arme und den Rücken hinab.

Wörner zog aus der Messertasche an seiner Lederhose einen schmalen Dolch. Mit der freien Hand griff er die Lehne und stieg auf den Stuhl.

»In vier Tagen sollte er nach Belgien.«

Er setzte das Messer an. »Und jetzt? Ich muss an meinen Ruf denken.«

Die Klinge schnitt durch die Haut, um die Eisenstange herum. Wörner steckte das Messer zwischen das Metall der Stange und die Halswirbelsäule. »Zuverlässigkeit, Pünktlichkeit, aber das sind ja Werte, die ihr nicht kennt.« Er hebelte die Klinge auf und ab. »Wo soll ich jetzt Ersatz hernehmen. Ihr Idioten!«

Mit einem Ruck fuhr das Messer durch das Gewebe, der Körper fiel auf den Boden und sackte zusammen. Wörner reichte das Messer wortlos nach unten, dann riss er den Kopf über die Stange und warf ihn Peter Seim in den Arm.

»Tu ihn in eine Plastiktüte, den nehme ich gleich mit. Und du«, er wandte sich an den anderen, »wickelst den Rest in die Folie und machst sauber. Ich hol dich um drei Uhr heute Nacht ab, dann entsorgen wir ihn.«

»Es war ein Unfall.« Der Mann schüttelte seinen Kopf, der Zopf wehte hin und her.

»Willst du ihn bei der Polizei abgeben?« Wörner stieg von dem Stuhl und streckte die Hand nach seinem Messer aus.

»Wenn er gefunden wird, denkt man, wir haben ihn umgebracht.«

»Wenn er gefunden wird, wenn er gefunden wird! Das wird aber nicht passieren. Der Kopf kommt in ein Fundament, wir betonieren morgen eine Lagerhalle, und den Rest fressen die Fische. Du schaffst den Computer weg, es wird mir zu heiß hier.«

Narren und Narben

»Bin ich dabei, alle Brücken abzubrechen?« Rose betrachtete sich angewidert im Spiegel. Er kratzte den letzten Schaum von seinem Hals, schüttete Rasierwasser auf die Hände und verteilte es in seinem Gesicht. »Will ich mich rächen, weil Ines einfach abgehauen ist, oder bin ich total bescheuert?« Sein Spiegelbild blieb stumm. »Du weißt es also auch nicht.«

Die Nacht mit Sabine, hemmungslos, wie zwei Ertrinkende sind wir aufeinandergestürzt, dachte er. Aber jetzt? Nachdem die Schiffbrüchigen geborgen sind, schämen wir uns für das, was war. Er müsste eigentlich den Fall abgeben. Herr Staatsanwalt, ich habe die Zeugin gevögelt! Wenn ich den Fall niederlege, brauche ich mich bei Bartoldy, überhaupt in ganz München nicht mehr sehen zu lassen und bei Ines schon gar nicht. Wenn sie doch nur nicht abgehauen wäre, dann hätte es die letzte Nacht nicht gegeben. Natürlich, Ines ist daran schuld, dass du die Finger nicht von einer anderen Frau lassen kannst, sagte sein Spiegelbild. Ein wunderbarer Arsch, soweit ich mich erinnern kann.

Er dachte an den Sex mit Ines. Ihr vertrauter Körper, der ihn ruhig und freundschaftlich aufnahm. In ihrer Partnerschaft schaffte die Sexualität eine intime Nähe, die mehr zur Bestätigung der Gefühle und Gemeinsamkeit gedient hatte, als dass sie reine Lustbefriedigung oder das Ausleben von Trieben gewesen wäre. Alles Routine, sagte er sich, aber eine wunderbare Routine. Jeder weiß, was der andere will, wie er es braucht. Mit Sabine dagegen war es wild, wie dürstende Wüstentiere. Er hätte alles mit ihr anstellen können in dieser Nacht. Sie war anders, weniger gebend, ihr Körper war fordernder. Es war fantastisch, aber ohne diese Vertrautheit, wie er sie bei Ines kannte. Woher sollte diese Vertrautheit auch kommen, er kannte diese Frau nicht und wollte sie auch nicht näher kennenlernen, er sehnte sich nach der geheimen, unverhandelbaren Vertrautheit, die er mit Ines hatte. Er wollte seine Frau zurückhaben.

Rose frühstückte zum ersten Mal in der Cornelienstraße. Eigentlich schön ruhig hier, fand er. Sein Mobiltelefon lag vor ihm auf dem Tisch. Er hatte es dort postiert, in der Hoffnung, dass Ines anrufen könnte.

Nachdem er Teller und Tasse gespült hatte, verließ er das Haus. Er ging ins Café Hench und blickte in den hinteren Raum. Kein Stillman. Wieder nicht.

Sein Telefon klingelte.

»Rik? Ich bin es, Ines.«

»Ines! Wo bist du? Ich warte die ganze Zeit, dass du mich anrufst. Du weißt nicht, was ich durchmache.«

»Als ich das letzte Mal anrief, warst du betrunken.«

»Was soll das jetzt heißen? Du verschwindest einfach mit Lisa, meldest dich nicht, sagst nicht, wo und warum du weg bist, und ich mache mir Sorgen, suche dich und verzweifle hier.«

»Ach, Rik. Nicht nur du bist verzweifelt.«

»Das hättest du mir auch sagen können, ohne abzuhauen. Hast du einen anderen?«

»Ist das deine ganze Sorge? Aber zu deiner Beruhigung: Ich habe keinen anderen. Ich bin weg, weil ich es nicht mehr ausgehalten habe. Weil ich nicht mehr mit dir reden konnte, weil ich nicht an dich herankam, weil alles kaputt war.«

»Was war denn kaputt? Es lief doch die ganze Zeit.«

»Für dich vielleicht. Das ist es ja. Wie es mir ging, hat dich nicht interessiert, du hast keine Augen mehr für mich gehabt und das schon seit Lisa auf die Welt gekommen ist.«

»Das ist doch Quatsch. Ich liebe dich, Ines. Und ich möchte, dass du zurückkommst.«

»Und dann?«

»Und dann? Dann schauen wir, was dir nicht passt.«

»Was mir nicht passt! Und dann machen wir weiter?«

»Ja, natürlich. Ich liebe dich, du bist meine Frau.«

»Wir machen da weiter, wo wir aufgehört haben. Ist es das, was du meinst?«

»Was soll das denn schon wieder heißen? Wo sollen wir denn sonst weitermachen?«

»Rik. Schrei mich nicht an am Telefon!«

»Wo soll ich denn sonst mit dir schreien, du bist ja weg, ohne ein Wort zu sagen.«

Er blickte das Telefon an. »Aufgelegt«, sagte er leise, »schon wieder aufgelegt.«

Auf seinem Schreibtisch lag ein brauner DIN-A5-Umschlag. Eine kleine, krakelige Anschrift, wie von Kinderhand, darauf. Unter seinem Namen, kaum leserlich, stand »mit lieben Grüßen K.H.«.

»Der wurde an der Pforte für Sie abgegeben«, sagte Böhm.

Rose rätselte beim Aufreißen des Umschlags, wer K.H. sein könnte. Er hielt einige eng bedruckte Seiten in der Hand, Namen, Berufe, die dazugehörigen Adressen. Katja Hitzel, natürlich, fiel es ihm ein, die Liste der Paupera-Mitglieder.

Gleich ganz oben stand: »Baille, Dominik, Vorstand Paupera, Unternehmer, Lug ins Land 15, Aschaffenburg«. Dieser Name war ihm schon einmal untergekommen.

»Herr Böhm. Kennen Sie einen Dominik Baille?«

»Den kennt jeder. Baille ist der Bürgermeisterkandidat der CSU. Er wird voraussichtlich die Wahl gewinnen, da der Altbürgermeister sich nicht mehr aufstellen lässt und die Gegenkandidaten der SPD und der Bürgerinitiative chancenlos sind, meiner Meinung nach. Die Bailles entstammen einer alten Hugenottenfamilie. Besagter Dominik Baille hat ein großes Sanitärgeschäft direkt am Bahnhof.«

Rose erinnerte sich an die Plakate, die in der Stadt hingen. Er hatte ein vages Gefühl, dass diese Liste ein Hinweis sein konnte. *Paupera ist ein Verein, der mittellosen Kindern und Waisen hilft*, hatte Katja Hitzel gesagt.

Unter den rund zweihundert Mitgliedern fand er zwei weitere Namen, die er kannte. Dr. Junker, Johannes, Veterinär, und Mehling, Andreas, Kriminalrat. Er schrieb in sein Notizbuch: »Paupera – Vorstand: Baille, Dominik. 2. Vorstand: Wörner, Klaus, Bauunternehmer, Schwindstraße 10, Aschaffenburg. Kassenwart: Seim, Peter, leitender Angestellter, BRK-Geschäftsstelle, Efeuweg 2, Aschaffenburg-Nilkheim. Junker und Mehling. U.v.a., s. Liste.«

»Entschuldigen Sie. Haben Sie fallrelevante Informationen zugespielt bekommen?« Böhm deutete auf die Liste.

Er kann seine Neugierde nicht zurückhalten, dachte Rose. »Die Mitgliederliste des Vereins Paupera. Junker war Mitglied«, sagte er.

»Paupera ist ein angesehener Verein. Glauben Sie, das hat etwas mit dem Fall zu tun? Dann wäre die halbe Stadt darin verwickelt.«

»Ich denke nicht, dass der Verein als solches damit zu tun hat.«

»Soll ich es in den Computer eingeben?«

»Das wäre sicher sehr hilfreich«, Rose reichte Böhm die Zettel, »danach legen Sie die Liste bitte wieder auf meinen Schreibtisch.«

»Selbstredend. Ich scanne es schnell ein, dauert nur ein paar Augenblicke.«

Roses Mobiltelefon klingelte.

»Hier ist Sabine.«

»Ja. Einen Moment bitte.« Er verließ den Raum und ging den Flur entlang Richtung Ausgang.

»Ich muss die ganze Zeit an die letzte Nacht denken«, sagte sie.

»Sprich weiter.«

»Mir ist noch etwas eingefallen, was vielleicht wichtig sein könnte.«

»Ich höre.«

»Nicht am Telefon.«

»Gut. Ich komme in deinem Büro vorbei.«

»Negativ. Ich habe heute frei. Wenn es dir recht ist, sehen wir uns gegen Abend in der Cornelienstraße. So um sieben.«

Es war ihm eigentlich nicht recht. »Gut«, sagte er.

Sein Zeigefinger drückte die Auflegetaste. Sofort klingelte es wieder.

»Rik?«

»Ines! Endlich. Ich bitte dich, nicht wieder aufzulegen, während wir telefonieren.«

»Ich bitte dich, nicht herumzuschreien, während wir telefonieren.«

»Natürlich. Entschuldige. Wie geht es Lisa?«

»Es geht ihr gut. Sie vermisst dich. Ihr solltet euch bald wiedersehen.«

»Ich möchte mit ihr sprechen.«

»Später. Sie ist jetzt nicht da. Wo bist du? Du bist nicht in München.«

»Nein, ich bin in Aschaffenburg. Ich arbeite an einem Fall. Ines, ich habe dich überall gesucht. Ich möchte dich sehen. Ich vermisse dich.«

»Ja.«

»Wann sehen wir uns? Kommst du nach Hause? Am Wochenende?«

»Am Samstagabend. Wir müssen bereden, wie es weitergeht.«

»Ja. Natürlich. Ich liebe dich, Ines.«

»Rik. Versteh doch. Es ist vorbei. Ich glaube, ich will mich scheiden lassen.«

»Scheiden lassen? Ines, du bist die Frau meines Lebens. Wir können über alles reden. Hast du mich betrogen?« Einen Moment hoffte er, dass es so wäre, hoffte, seine Schuld mit ihrem Fehltritt reinwaschen zu können.

»Ich habe dir gesagt, dass es nicht um einen anderen Mann geht. Ich habe dir gesagt, dass es wegen uns ist. Ach, Rik. Nicht am Telefon. Wir werden reden. Gedulde dich.«

»Ich soll mich gedulden? Ich suche dich seit Wochen, meine Tochter ist weg, du rufst an, sagst mir nichts Konkretes und willst, dass ich mich gedulde?«

»Denk mal darüber nach, weshalb ich weg bin. Lass uns jetzt aufhören. Ich ruf dich wieder an.«

»Ines! Aufgelegt. Ich werde wahnsinnig!«

Er stand vor der Dienststelle. Der Himmel war blau. Vögel zwitscherten in der Luft. Es kam ihm wie eine Kulisse für einen Film vor, zu idyllisch, dachte er, zu idyllisch, um so zu erfahren, dass die eigene Frau sich scheiden lassen will. Zwei Beamte kamen aus dem Gebäude und gingen auf einen Wagen zu.

»Hallo, Kollegen. Könnt ihr mich in die Altstadt mitnehmen?«

Es war Mittag. Die Bänke vor der Gaststätte Schlappeseppel waren wie immer voll besetzt mit Biertrinkern und Mittagstischlern. Er hatte keinen Appetit, also ging er die Straße entlang, auf das Schloss zu. Ein riesiges Bauwerk in so einer kleinen Stadt, dachte er. Trotz all der verspielten Zierfreudigkeit war die Anlage doch wuchtig und erinnerte Rose wegen der mächtigen Ecktürme an mittelalterliche Burgen. Vor dem Schloss wandte er sich nach links und betrat eine Gartenanlage. Er folgte einem Kiesweg an dem flussseitigen Flügel des Schlosses und erreichte einen weinbewachsenen Übergang, der zum eigentlichen Schlossgarten und weiter über eine kleine eiserne Brücke zum Pompejanum führte. Einmalig, hatte Kollege Böhm gesagt, die Replik einer Patriziervilla aus Pompeji, die König Ludwig I., oder war es der II.?, hier hatte aufbauen lassen, nachdem er auf einer Italienreise die Ausgrabungsstätte besucht hatte. Es ist wirklich schön, musste Rose sich eingestehen. Heiter. Menschen lagerten auf der Wiese vor dem Gebäude, unter einer Glyzinienpergola saßen Müßiggänger auf Bänken, lesend, träumend. Er trat an das schmiedeeiserne Geländer. Weinberge, der Fluss lag unter ihm.

Mit geschlossenen Augen atmete er Feigenduft. Kindergeschrei wehte über das Flusstal von einem Schwimmbad herüber. Was Lisa jetzt wohl macht? Ist sie auch schwimmen? Sie vermisste ihn, hatte Ines gesagt.

»Jennifer! Komm jetzt!« Eine Mutter rief nach ihrem trödelnden Kind. »Wir wollen noch in die Stadt. Sonst schaffen wir es nicht zu Harry Potter heute Abend.«

Er drehte sich zu Jennifer um und sah ein kleines Mädchen, das mit boshaftem Gesicht einen Klumpen Matsch nach seiner Mutter warf, sie verfehlte und die ockerfarbene Wand des Pompejanums traf.

»Jetzt pass doch auf. Du hast dich wieder ganz schmutzig gemacht.« Die Frau nahm Jennifer an die Hand und zog sie hinter sich her. Der Matschklumpen hing noch einen Moment an der Wand, bevor er sich langsam löste und zu Boden rutschte, eine braune Schleifspur hinterlassend.

Dann sah er ihn. Unten am Fluss, zwischen den Spaziergängern, eine weiße Gestalt. An seinem hölzernen Gang erkannte er ihn, »Mensch oder Maschine«, er war es, Stillman. Rose blickte sich um. Wo ging es zum Ufer hinab? Hinten, am Ende des Weinbergs sah er eine Treppe.

Als er unten ankam, war Stillman hinter einer Biegung, die der Weg nahe am Wasser um einen Felsen herum machte, verschwunden. Rose lief an den Passanten vorbei und erreichte die Biegung. Dort sah er ihn weit vorn, unterhalb des Schlosses. Trotz seines ungelenken Ganges kam Stillman rasch voran. Er verließ den Uferweg und machte sich daran, eine steile Treppe in einer hohen Mauer hinaufzusteigen. Atemlos kam Rose oben an. Stillman verschwand gerade im Schloss. Rose lief hinter her, stand um sich blickend in dem leeren Viereck des Schlosshofes. Nichts. Rechts und links in der Tordurchfahrt gingen zwei schwere Holztüren ab. Die linke war verschlossen, die andere ließ sich öffnen. Er stand in einem mächtigen Treppenhaus. Vom Ende her lächelte hinter einem großen Tresen eine Frau in Roses Richtung. Er fragte, ob sie einen weiß gekleideten Herrn gesehen hätte.

»Der ist im Museum. Wollen Sie auch eine Eintrittskarte für die Staatsgemäldesammlung?«

Mit der Eintrittskarte in der Hand stieg er die Treppe empor. Im oberen Bereich des Stiegenhauses trat er durch eine hohe Tür und erblickte eine lange Flucht von Zimmern, in denen die Gemälde hingen. Deutsche, holländische und flämische Malerei aus dem 16. bis 18. Jahrhundert. Im zweiten Raum hingen ausschließlich düstere Gemälde, die im Laufe der Zeit noch nachgedunkelt waren. Im Vorübergehen dachte Rose an die schwarze Serie Goyas, die er vor Jahren mit Ines in Madrid gesehen hatte. Der Parkettboden knarzte, als er darüberschritt, auf der Suche nach Stillman.

Das Museum war bei diesem sommerlichen Wetter menschenleer. Die Zimmerflucht öffnete sich in einen großen Saal. Vor einem Gemälde stand die weiße Gestalt. Sie wirkte beinahe durchsichtig in dem hellen Sonnenlicht, das durch die Fenster einfiel.

»Es ist mein Lieblingsbild, ein Gemälde aus der Cranach-

Schule«, sagte Stillman leise in seiner stockenden Art, als Rose neben ihn trat, »mit einer Ruhe und Heiterkeit windet der Folterknecht dem heiligen Erasmus die Därme auf einen Haspel, und das bei lebendigem Leib. Eine beliebte, da beeindruckende Foltermethode im ausgehenden Mittelalter. Leider mit tödlichen Folgen für den Betroffenen. Schön, Sie wiederzusehen, Herr Rose. Ich wusste nicht, dass Sie Kunstliebhaber sind.«

»Ich wollte mit Ihnen reden.«

»Reden ist schön, mein Herr. Wie Sie sicher gemerkt haben, fällt es mir manchmal schwer zu reden, doch tue ich es gerne. Die Sprache ist ein vortreffliches Instrument. Sie bringt uns zueinander, seit wir den Turm zu Babel eingerissen haben, sie entzweit uns aber auch, wenn die Nähe zu nah wird. Worte können heilen, aber auch verletzen. Bisweilen sogar töten. Hören Sie auf die Worte.«

»Was wissen Sie über die Sache?«

»Mr. Rose, I'm not a judge, just a collector.« Die Worte sprangen scharf und ohne die üblichen Unterbrechungen aus Stillmans Mund. Er zog ein weißes Taschentuch hervor und wischte sich einen Speichelfaden von den Lippen. Lächelnd fuhr er fort.

»Es herrscht Krieg. Sie müssen nachts unterwegs sein, dann sehen Sie ihn. Die kleinen Soldaten, das Fußvolk in ihren Einheitsuniformen, den Trainingshosen und Sneakers, den protzigen Statussymbolen, ihre Fake-Uhren und -kettchen, wie sie sich überall ähneln, bar allen Vorbildern, in ihrem Slang, ihrem übertriebenen Gestus, hier wie in Hongkong oder in New York. Amusing. Die großen Fische sind unauffälliger. Sie zeigen ihre Zähne im Verborgenen, an ihren geheimen Fressplätzen, und wie bei jedem Krieg sind die Leidtragenden die Frauen und Kinder, die vor allem. Ist es nicht so, Herr Rose?«

Er blickte zu zwei weiteren Besuchern, einem Mann und einer Frau mittleren Alters, die sich ihnen gestikulierend auf dem knarrenden Holzboden näherten. Sie schienen aufgeregt zu sein. Als die Frau an Rose vorbei ging, sah sie ihn hasserfüllt an. Gehörlose haben also auch Streit, dachte er und blickte ihnen hinterher. Ihm kam das letzte Telefonat mit Ines in den Sinn. Er musste ruhiger werden, wenn sie ihn anrief. Er wollte sie anhören, ohne sie unter Druck zu setzen. Er wandte sich wieder Stillman zu. Doch der war verschwunden.

Rose ging durch das Museum auf der Suche nach Stillman, obschon er wusste, dass er ihn für heute verloren hatte. Er betrachtete die Bilder, dabei dachte er an einen Besuch der Pinakothek mit Ines und Lisa. Ines erklärte mit Sachverstand und voller kindlicher Freude ihrer Tochter die Bilder. »Sie versteht das doch noch gar nicht«, hatte er gesagt. »Die Worte formen ein Verständnis für später«, hatte Ines erwidert, »außerdem macht es mir Spaß.«

Ines hatte Kunstgeschichte studiert. Nach zwei Jahren Assistenz an der Uni wurde ihr Vertrag nicht verlängert. Als er sie kennenlernte, war sie arbeitslos gewesen, bekam dann aber bei dem Städtischen Geschichtsverein eine Anstellung. Obwohl es ihr Freude machte, gab sie die Stelle auf, als sie mit Lisa schwanger wurde. Rose hatte ihr gesagt, sie solle den Mutterschutz in Anspruch nehmen, um später wieder einsteigen zu können, doch Ines wollte das nicht.

»Ich werde mich ein paar Jahre auf das Kind konzentrieren, dann sehen wir weiter.« Als Lisa ein Jahr alt war, sagte Ines: »Nur Muttersein erfüllt mich nicht, es ist schön, Lisa zu erleben, aber es reicht nicht, meinen Durst zu löschen.«

»Wenn du meinst, dann such dir wieder was«, hatte er vorgeschlagen, »wir können uns eine Tagesmutter nehmen.« Danach sprach Ines das Thema nicht mehr an, und bis eben hatte er es vergessen gehabt.

Gemeinsam waren sie nie wieder in einem Museum gewesen. Ines mit Lisa schon, entnahm er ihren Gesprächen. Und alle Bilder, die Lisa malte, hatte Ines über den grünen Klee gelobt und an die Türen ihrer gemeinsamen Wohnung geklebt. Seine Bilder waren kommentarlos in irgendwelche Schubladen gewandert und von da in den Papierkorb, als er selbst Kind war.

Rose kniff die Augen zusammen. Hier vor dem Schloss in der prallen Sonne war es heiß. Er faltete den Stadtplan auseinander. Die zwei Hälften waren nur noch durch eine kleine Papierbrücke verbunden. Ich muss ihn kleben, nahm er sich vor, sonst zerfleddert er noch vollständig. Dann machte er sich auf den Weg.

Er war froh, dass er das Sanitärgeschäft auf Anhieb gefunden hatte. Die Kühle des klimatisierten Ladens war eine Insel in dem grellen, stickigen Sommertag. Der Schweiß lief ihm den Rücken herunter. Draußen in der Sonne hatte er noch nicht geschwitzt. Ein Verkäufer kam auf ihn zu.

»Interessieren Sie sich für unsere Ausstellungsbäder?«

»Ich möchte zu Herrn Baille.«

»Ich weiß nicht, ob er im Hause ist. Soll ich nachfragen?«

Das Büro war dunkel und noch kühler als der Verkaufsbereich. Leise schnurrte die Klimaanlage. Baille saß hinter einem alten Schreibtisch aus rotbraunem Holz. Die Regale und Aktenschränke waren aus dem gleichen Material. Kirsche, vermutete Rose, dreißiger Jahre, vielleicht.

Der Mann hinter dem Schreibtisch stand auf und kam ihm entgegen. Er lächelt wie auf den Plakaten, dachte Rose, als er sich vorstellte.

»Rose? Ein schöner Name«, sagte Baille. »Ist das jüdisch?«

»Kannten Sie Dr. Junker?«

»Herr Dr. Junker war mir gut bekannt«, sagte Baille, »unvorstellbar, was da passiert ist. Einfach grauenhaft. Ich werde alles tun, um Ihnen zu helfen, dieses Verbrechen aufzuklären. Doch fürchte ich, Ihnen wenig sachdienliche Hinweise geben zu können.«

Roses Telefon klingelte.

»Hier ist Böhm. Der Chef bittet Sie um eine Unterredung. Dringend.«

»Was gibt es?«

»Er hat die Liste auf Ihrem Schreibtisch gesehen. Ich glaube, es hat ihn aus irgendeinem Grund ziemlich aufgebracht. Er hat die Liste mitgenommen und wünscht Sie sofort zu sehen.«

»Ich bin unterwegs.« Er legte auf.

»Wie kommen Sie überhaupt darauf, dass ich Ihnen weiterhelfen könnte?«

»Es geht um die Mitgliedschaft Dr. Junkers bei Paupera.«

»Wir haben zweihundert Mitglieder. Ich habe da nicht den nötigen Überblick. Ja, Dr. Junker war Mitglied, aber Sie müssen wissen, Herr Rose, dass der Verein nur zweimal jährlich zusammenkommt und die Mitglieder untereinander wenig Kontakt haben, zumindest was Vereinsbelange angeht.«

»Woher kannten Sie dann Dr. Junker?«

»Wir leben in einer Kleinstadt. Man kennt sich.«

»Wann haben Sie ihn das letzte Mal gesehen?«

»Das muss schon eine Weile her sein. So etwa vor zwei Monaten im Seehotel Niedernberg, er speiste dort ebenfalls.«

Das Mobiltelefon klingelte.

»Lisa!«

»Papa! Ich habe ein Bild gemalt für dich.«

»Das ist schön. Wie geht es dir, mein Herz?«

»Du bist ganz nass auf dem Bild. Es regnet ganz doll.«

»Schön, Lisa. Wie geht es dir?«

»Gut. Wann kommst du? Mama ist ganz traurig, weil du weg bist.«

»Bald, mein Herz. Wo bist du?«

»In Berlin.«

Er hörte plötzlich Ines Stimme. »Rik, du sollst sie nicht ausfragen. Wenn du wissen willst, wo wir sind, frage mich.«

»Was machst du in Berlin? Was soll das!«

»Wir sehen uns voraussichtlich Samstag. Mach's gut, Rik.«

»Ines!«

Baille blickte ihn an, er versuchte ein mitfühlendes Gesicht zu machen. Rose war die Situation unangenehm.

»Das war es für Heute. Hier ist meine Karte. Auf Wiedersehen, Herr Baille.«

»Wenn mir etwas einfällt, rufe ich Sie natürlich an, Herr Rose. Auf Wiedersehen und viel Glück beim Bereinigen Ihrer Angelegenheiten.«

An der Tür drehte Rose sich noch einmal um. »Wo waren Sie Dienstag vor einer Woche zwischen zwölf und drei Uhr?«

»Warten Sie«, Baille klappte einen Terminplaner auf seinem Schreibtisch auf, »zwölf Uhr mit dem Vorsitzenden der IHK Mittagessen, dann Besprechung der Gala im Theater mit dem

Vereinsvorsitz. Danach mit dem amtierenden Bürgermeister eine private Besprechung. Das können Sie gerne überprüfen lassen.«

Vor dem Sanitärgeschäft holte Rose den Stadtplan heraus. Viel Glück beim Bereinigen Ihrer Angelegenheiten, hallte es in Rose nach. Er war zu müde, um sich Notizen zu machen, was Bailles Alibi betraf. Kurz hinlegen, dachte er.

Tief in der Nacht stand Sabine auf. Rose streckte die Hand nach ihr aus. Er berührte sie kurz am Rücken.

Er hatte, nachdem er Baille verlassen hatte, zwei Flaschen Weißwein in einem Käseladen gekauft. Dann war er in die Cornelienstraße gegangen und hatte sich aufs Sofa gelegt. Es ärgerte ihn, dass er mit Sabine keinen neutralen Ort vereinbart hatte. Der Schlaf vernebelte seine Missstimmung. Um neunzehn Uhr war er aufgewacht. Sein Kopf brummte. Er ließ kaltes Wasser in das Waschbecken und tauchte sein Gesicht hinein. Anschließend entkorkte er den Wein. Ich werde nichts mehr mit ihr anfangen, nahm er sich vor, ich liebe Ines, ich habe sie nie betrogen, darauf war ich immer stolz. Es gab keine andere nach ihr. Sie sagte, sie glaubt, dass sie sich scheiden lassen will, sie glaubt es nur, also will sie es vielleicht gar nicht wirklich.

Um halb acht hatte Sabine geläutet. Sie setzten sich auf den Balkon. Rose schenkte ihr ein. Sie hob das Glas und lächelte ihm zu.

»Was möchtest du mir sagen?«

»Ich muss den ganzen Tag schon daran denken.«

»Woran?«

»Na, an die letzte Nacht.«

»Bist du hier, um mir das zu sagen?«

Sie blickte ihn verletzt an, fasste sich. »Du hast ein schlechtes Gewissen wegen deiner Frau. Rik, sie hat dich verlassen. Du hast nichts Unrechtes getan. Mit deinen Gewissensbissen tust du nur dir selbst weh. Es interessiert sonst niemanden.«

Sie legte ihre Hand auf seine.

»Aber ich bin hier, um dir etwas über meinen Chef zu sagen.«

Langsam zog er seine Hand zurück. »Ja?«

»Also. In letzter Zeit war er sehr nervös. Er hatte Angst. Einmal blieb er in der Tür stehen, bevor er ging, und blickte sich im Raum um, so als würde er nicht mehr zurückkommen.«

»Wovor er konkret Angst hatte, weißt du nicht?«

»Nein.«

»Ist das alles?«

»Ja. Ich dachte, es würde dich interessieren.«

Sie nahm die Flasche, um die Gläser zu füllen, dabei erhob sie sich und beugte ihren Oberkörper vor. Er hatte gesehen, dass sie keinen BH trug. Ihre weichen, runden Brüste erregten ihn.

Seine Hand glitt von ihrem Rücken.

»Bleib doch«, sagte er im Halbschlaf. Sie suchte ihre Kleider zusammen. Er hörte die Geräusche ihrer nackten Füße auf den Kacheln im Flur, dann fiel die Wohnungstür ins Schloss. Stille. Nur das leise Ticken des Weckers und das gleichmäßige Atmen eines Schlafenden.

Drauf und dran

Er hörte das Ticken, sonst war nur Stille um ihn. Kurz bevor der Wecker klingelte, drückte Rose den Alarmknopf herunter. Er fühlte sich frisch und ausgeschlafen. Endlich einmal wieder. Der Gedanke an die Nacht mit Sabine ließ ihn lächeln. Dann sah er Ines vor sich. Er hatte das Gefühl, als hätte Ines ihn wegen Sabine verlassen. Er warf weit die Decke von sich und stand schnell auf.

Später ging er die Fußgängerzone entlang und betrat das Café Hench auf der Suche nach Stillman. Er ist ein Schlüssel, dachte er, er weiß etwas über die Sache.

Stillman wischte sich mit einer ungelenken Geste den Mund ab. Er legte die weiße Serviette auf den Teller, ergriff vorsichtig das Milchglas und trank einen winzigen Schluck.

Er schien zu leuchten, und selbst die Nahrung, die er zu sich nahm, war weiß.

»Oh, Herr Rose. Es freut mich außerordentlich, Sie wiederzusehen.« Stillman bot ihm einen Platz an.

»Dr. Junker wurde auf abscheuliche Weise umgebracht«, Rose sprach langsam und deutlich, »und der Mörder läuft hier frei herum, und ich will ihn schnappen, damit er bestraft wird. Sie können mir dabei helfen.«

»Bestraft?« Stillmann blickte ihn eine Weile an, dann sprach er weiter. »Ihre komfortablen Gefängnisse sind, soweit ich informiert bin, keine Strafanstalten. Wie soll man Mord bestrafen oder Vergewaltigung oder Missbrauch? Mister Rose, ich bin kein Polizeioffizier, und es ist für mich nicht von Interesse, ob Sie Ihren Mörder ergreifen oder nicht.«

»Stillman, ich kann Sie festnehmen lassen wegen Verdunklungsgefahr. Ich kann Sie festnageln, durchleuchten.«

»Sie drohen mir? Glauben Sie etwas von mir unter Druck zu erfahren, was ich nicht sagen will? Da irren Sie sich, Mister Rose, you go wrong.« Stillman kicherte leise. Dann blickte er Rose wieder in die Augen.

»Alles ist gut, Mister Rose. Ihre Fotos interessieren mich. Einige Kopien wären für meine Sammlung und meine privaten Studien eine gewisse Bereicherung.«

Augen wie Ozeane, dachte Rose, ohne Halt, ohne Grund.

»Aber ich mag Sie«, sagte Stillman, »ich könnte Ihnen von einer Zusammenkunft erzählen.«

Rose wusste, dass er eine Gegenleistung erbringen musste, um etwas zu erfahren. »Sie bekommen die Fotos, aber es muss streng vertraulich behandelt werden.«

Stillman lächelte und hielt einen Zeigefinger vor seine gespitzten Lippen.

»Ich möchte Sie von einer Gartenparty in Kenntnis setzen, die Sie interessieren könnte. Heute Abend. Baille. Lug ins Land 15.«

Stillman rückte ein Stück ab und schlug die Zeitung auf. Das Gespräch war damit beendet. Rose hatte fürs Erste auch genug erfahren und ging. Vor dem Café schrieb er in sein Notizbuch: »Donn., 8.6., 9.30, Hench: Stillmann Info Gartenparty bei Baille. Lug ins Land 15.«

»Na also«, sagte er laut.

Rose ging die Dalbergstraße hoch. An einem Sandsteinbrunnen blieb er stehen und betrachtete die Kirche, die über ihm auf dem höchsten Punkt der Altstadt stand. Der Kirchturm mit seinem achteckigen Oberbau überragte weit das Dach des Kirchenschiffs. Die Pfeilerarkaden und die steile Treppe zum Portal verstärkten den Eindruck, alles schien nach oben, himmelwärts zu streben. Er ging weiter, am Rathaus vorbei. Ein eckiger Zweckbau aus den siebziger Jahren, aber auf seine unprätentiöse Art einnehmend. Er ging auf der anderen Seite des Altstadthügels die Straße wieder hinab. Am unteren Ende blieb Rose vor einem kleinen Denkmal aus rotem Sandstein stehen. Eine Erinnerung an die erste Fahrschule Deutschlands, er konnte es kaum fassen. Wenn das Bartoldy sehen könnte, dachte Rose. Schlagzeile: Hoher Polizeibeamter und Autogegner zerstört Denkmal für erste Fahrschule. Vor ihm lag der Fluss. Er überquerte die Brücke und spazierte am Ufer des Mains entlang Richtung Nilkheim.

Unbeachtet ging er durch die Reihe der Wohnmobile. Einige Leute frühstückten vor ihren fahrbaren Heimen, andere lasen, manche saßen einfach nur auf ihren Klappstühlen ohne erkennbare Verrichtungen und sinnierten. Kurz vor der Dienststelle musste er die Straße überqueren. Er rannte zwischen den Autos hindurch und sah, wie ein vorüberfahrender Polizist missbilligend den Zeigefinger schüttelte.

In der Dienststelle ließ er sich von Böhm die Durchwahl des Fotografen der Spurensicherung geben.

»Sie wissen, dass der Chef noch immer wartet, wegen der Sache mit der Mitgliederliste«, sagte Böhm.

Rose tippte die Nummer des Fotografen in die Telefontastatur.

»Hier ist Rose, ich bin der Kollege aus München.«

»Rose? Wie die Blume?«

»Ich brauche Ihre Hilfe.«

»Ja?«

»Heute Abend. Eine Veranstaltung. Sie müssten unbemerkt die Gäste fotografieren. Ich denke, Sie benötigen einen lichtempfindlichen Film oder eine geeignete Digitalkamera.«

»Ja. Also«, der Fotograf machte eine Pause, dann sprach er weiter, »ich kann nicht ohne Befugnis irgendwelche Leute ablichten.«

»Potenziell Verdächtige«, sagte Rose.

»Ich bräuchte einen Auftrag vom Chef.«

»Ich rede mit ihm.«

Rose ging durch die Gänge zum Büro des Dienststellenleiters. Mehling reichte ihm die Hand.

»Setzen Sie sich, Herr Kollege. Kommen Sie voran?«

»Ich brauche den Fotografen heute Abend. Es geht um eine Party. Ich möchte Fotos von den Gästen.«

»Welche Party? Welche Gäste? Wie kommen Sie dazu?«

»Ich habe einen Tipp bekommen, dass ich mir die Gäste einer Party genauer ansehen soll.«

»Einen Tipp? Wer hat Ihnen einen Tipp gegeben? Und wessen Party?«

»Ich kann Ihnen zu diesem Zeitpunkt nicht sagen, wer mir den Hinweis gegeben hat. Die Party ist bei einem gewissen Baille.«

»Dominik Baille? Das können Sie vergessen. Herr Baille hat mit dieser Sache nichts zu tun. Und auch nicht die Gäste seiner Feier. Er ist ein angesehener Bürger unserer Stadt. Oder glauben Sie, er hätte Dr. Junker zerlegt?«

»Ich glaube gar nichts. Ich habe nur einen Tipp bekommen.«

»Als Ihr Vorgesetzter habe ich ein Recht zu erfahren, wer Ihnen diesen ominösen Tipp gegeben hat, und die Pflicht, Ihnen von Irrwegen abzuraten. Konzentrieren Sie sich auf das Umfeld des Schlachthauspersonals, hier ist unser Täter zu finden und nicht unter den Honoratioren unserer Stadt. Also, wer war Ihr Informant?«

»Das kann ich Ihnen nicht sagen.«

»Gut, wie Sie wollen. Was ist mit dieser Mitgliederliste vom Paupera e.V.? Was bezwecken Sie damit? Wie Sie wissen, bin ich auch bei Paupera und andere ehrenwerte Mitglieder unserer Gesellschaft auch.«

»Herr Mehling, ich recherchiere nur. Ich gehe Spuren und Hinweisen nach.«

»Ich verbiete Ihnen, in dieser Richtung weiterzuschnüffeln.«

»Wie bitte?« Rose stand auf.

»Sie haben es gehört. Ich werde mich in München über Sie beschweren. Und jetzt gehen Sie mir aus den Augen.«

»Leck mich«, zischte Rose und schmiss die Tür hinter sich zu.

Im Besprechungsraum holte er sich einen Kaffee und suchte Kremers Nummer aus dem Speicher des Mobiltelefons.

»Hier ist Rose. Herr Kremer, ich würde gerne einen Kaffee mit Ihnen trinken. Jetzt gleich, wenn es geht.«

»Sie hören sich an, als stünde der Kaffee schon auf dem Tisch. Ich bin sofort da.«

Kurz darauf saßen sie sich an einem der Resopaltische gegenüber.

»Der Chef dampft. Was haben Sie denn mit dem gemacht?«

»Die stille Post funktioniert im Haus ja tadellos.«

»Nur bei bestimmten Anlässen, sonst kann es lange dauern.«

»Kremer, ich möchte Sie um einen Gefallen bitten. Sie müssen mir einen Fotografen für heute Abend besorgen. Mit einem guten Teleobjektiv. Personenobservierung und Dokumentation auf einer Party.«

Roses Telefon klingelte. Kremer stand auf und ging zum Kaffeeautomaten.

»Hier ist Böhm. Der Fotograf rief an, der Chef hat ihm verboten mitzukommen.«

»Ich weiß, danke.«

Kremer kam mit zwei Tassen zurück.

»Der Chef möchte nicht, dass Sie in den durchlauchten Kreisen recherchieren, und ich soll Ihnen einen Fotografen besorgen, um genau das zu tun? Davon wäre der Chef nicht begeistert.«

»Er braucht es ja nicht zu wissen. Kremer, hören Sie, ich brauche Ihre Hilfe, es ist wichtig.«

»Ich werde versuchen, einen Fotografen aufzutreiben.«

Rose ging in die Cornelienstraße, duschte und studierte anschließend die zerfledderte Straßenkarte. Bailles Haus war an den Stadtrand gebaut, dahinter Wald und Feld.

Gegen vierzehn Uhr machte er sich auf den Weg, um das Terrain zu erkunden.

Der Weg durch die Fasanerie, einen waldähnlichen Stadtpark, war schattig und angenehm kühl. Er nahm ohne Eile die Steigung zum Zeughaus, einer alten Gartenwirtschaft, wo er den Wald verließ. In der blanken Sonne ging er die Kirchnerstraße entlang und bog in eine kleinere Sackgasse ein: Lug ins Land. Die Hausnummer 15 stand auf der linken Seite, eines von mehreren großen, frei stehenden Häusern mit ausladenden Gartengrundstücken. Mit seinem Ärmel wischte er sich die Schweißtropfen von der Stirn. An die Rückseiten der Gärten grenzte der Wald. Die Straße verbreiterte sich an ihrem Ende zu einem Wendehammer, wo zwischen den Stämmen zweier Buchen ein Waldweg abging. Unter den schattigen Bäumen war es wieder erfrischend kühl. Der Waldweg roch erdig, Insekten summten in der Luft. Ein Jogger keuchte ihm entgegen, sonst war kein Mensch unterwegs. Rose verließ den Weg, um sich Bailles Grundstück zu nähern, das am Hang lag. Die Naturverjüngung unter den alten Laubbäumen verbarg ihn und gestattete dabei, das Grundstück zu überblicken. Hinter dem Haus standen wuchtige Terracottakübel auf der Terrasse aus Sandsteinplatten. Ein großer silbergrauer Holztisch und Gartenstühle aus dem gleichen silbrigen Holz bildeten das Zentrum der Terrasse. Rose sah, dass die gläserne Schiebetür zum Haus offen stand. In der leichten Brise bewegte sich ein dünner Seidenvorhang. Alles war ruhig. Er ging weiter den Hang entlang, bis er auf einen Weg stieß. Mit dem Fuß schob er etwas Laub beiseite und markierte die Stelle.

Um sechzehn Uhr war Rose zurück in der Cornelienstraße. Er legte sich aufs Sofa, wo er bald einschlief.

Zwei Stunden später klingelte Kremer an der Tür.

»Wo ist der Fotograf?«

»Steht vor Ihnen. Ich konnte keinen auftreiben, da habe ich mir von einem Kumpel die Kamera geliehen, liegt draußen im Auto. Die Party kann steigen.«

»Haben Sie schon einmal fotografiert?«

»Ich habe mir erklären lassen, wo man draufdrückt.«

Eine halbe Stunde später saßen sie von einem Busch verdeckt auf ihrem Beobachtungsposten.

Der Garten hatte sich verändert. Bunte Lampions hingen an Schnüren quer über die Terrasse, Fackeln steckten in der Wiese. Ein junger Mann in Kochkleidung räumte aus einem Transportkorb Gläser und Teller auf einen Tisch. Zwei weitere Männer schleppten ein Bierfass heran, stellten es unter den Tisch und schlossen die Kühlanlage an.

»Soll ich die Caterer auch fotografieren?«

Rose schüttelte den Kopf, lehnte sich an einen Baum und verschränkte die Arme hinter seinem Nacken. Kremer setzte sich neben ihn an den Stamm und drehte sich eine Zigarette.

Aus dem Haus kam eine junge Frau. Sie drückte auf einen kleinen, rechteckigen Gegenstand, der auf einer großen Lautsprecherbox lag, und leise Klavierklänge legten sich über die Szenerie.

»Bailles Alte oder besser gesagt Junge«, sagte Kremer. Sie trug ein weit ausgeschnittenes violettes Abendkleid. Baille tauchte in dunklem Anzug und Krawatte auf. Er küsste seine Frau auf die Wange und ließ sich von dem jungen Mann in Kochkleidung ein Bier zapfen. Nach und nach trafen die Gäste ein. Kremer fotografierte aus der Deckung des Busches heraus.

»Können die nicht mal was Moderneres auflegen als dieses klassische Gedöns, da schläft man ja ein. Oder gefällt Ihnen das?«

»Sehr«, sagte Rose.

»Ich höre lieber Rock. Weckt die Lebensgeister. Wer klimpert da eigentlich?«

»Mozart.«

»Das jetzt kenn ich auch.«

»Kleine Nachtmusik.«

»Das gefällt mir«, sagte Kremer.

»Ziemlich populär.«

»Mozartpop eben.«

Sie beobachteten die Gäste. Mehr oder weniger vornehm gekleidete Leute, eine Gartenfeier, keine ungewöhnlichen Begebenheiten, aber was hatte er auch erwartet. Doch Stillman hatte ihm sicher nicht umsonst diesen Tipp gegeben. Gerade, als er an Stillman dachte, tauchte er auf. Seine helle Gestalt schien auch im Abendlicht zu leuchten.

»Heinos Double ist auch da«, sagte Kremer leise.

»Machen Sie Bilder von den Leuten, mit denen er spricht.« Er fasste Kremer an den Arm. »Den! Nehmen Sie den auf.«

»Wen? Den Kojak?«

Rose hatte eine Weile gebraucht, bis er den Mann mit der Glatze wiedererkannt hatte. Er hatte ihn am Bahnhof gesehen, wie er ein Kind in ein Taxi zerrte. Jetzt kam ihm auch das Seltsame an dieser Szene wieder in den Sinn. Die Diskrepanz in der Kleidung von Mann und Kind. Der Mann war schick, das Kind ärmlich angezogen gewesen. Als Rose damals in Aschaffenburg angekommen war, war ihm dies nicht weiter aufgefallen.

»Das ist Klaus Wörner. Hat ein Baugeschäft«, sagte Kremer.

Rose notierte sich den Namen. »Ist er aktenkundig?«

»Nicht, dass ich wüsste, ist halt so ein Geldsack.«

»Wörner? Moment mal«, Rose blätterte in seinem Notizbuch, »hier. Klaus Wörner, 2. Vorstand bei Paupera. Das ist ja interessant. Haken Sie bitte nach, ob irgendwo etwas über ihn steht, auch im Archiv der Tageszeitung.«

Rose deutete auf einen weiteren Mann. »Wer ist dieser verschwitzte Typ?«

»Kenne ich nicht.«

»Arbeitet der nicht beim Roten Kreuz?«

»Stimmt. Da habe ich ihn auch schon gesehen.«

Rose blickte in sein Notizbuch. »Seim, Peter, leitender Angestellter beim Roten Kreuz. Die ganze Paupera-Führungsriege ist da.«

»Nur die Hautevolee«, sagte Kremer. In der hereinbrechenden Dämmerung umschwirrten Stechmücken ihr Versteck. Kremer schlug sich an den Hals und grummelte. Die kühle Luft, die den Hang herabfloss, ließ sie in ihrem Versteck frösteln. Die Fackeln brannten, die Lampions leuchteten, dazwischen flogen ein paar Glühwürmchen durch die Nacht.

»Die Kamera packt es nicht mehr, obwohl ich einen hochempfindlichen Film eingelegt habe. Die meisten Gäste sind jedenfalls drauf.« Kremer spulte zurück und gab Rose die letzte der insgesamt drei Rollen. »Wollen wir los?«

Ausgekühlt arbeiteten sie sich den Hang hinauf und erreichten unbemerkt den Waldweg. Zwischen den Bäumen hing schwarz die Nacht. Vor dem Zeughaus stiegen sie in den silbergrauen Audi.

»Endlich wieder anständige Mucke für anständige Voyeure«, sagte Kremer und drehte den Lautstärkeregler des Kassettendecks hoch. »Drah die net um, der Kommissar geht um«, sang er gut gelaunt mit.

Rose ließ sich in der Cornelienstraße absetzen. »Danke.«

»Wofür?«

»Na, für die Hilfe.«

»Hilfe?« Kremer schaute verständnislos. »Ich habe Sie heute Abend nicht gesehen. Ich war die ganze Zeit zu Hause.«

Rose winkte Kremer hinterher. Dann suchte er mit klammen Fingern den Schlüssel aus der Jacketttasche. Das Licht über der Haustür ging mit einem Knacken des Bewegungsmelders an. Sein Körper war durch und durch ausgekühlt, müde zitterte seine Hand den Schlüssel in das Schloss. Jetzt ein heißes Bad, dachte er.

Plötzlich traf ihn der Schlag. Unerwartet. Dann der Schmerz. Ein Schmerz wie eine Eisenstange, die durch das Ohr in den Schädel gerammt wird. Sein Kopf flog zur Seite, mit ihm der ganze Körper. Später erinnerte er sich an einen Knall, als die Faust sein Ohr traf. Der nächste Schlag auf den Hinterkopf. Eine Faust hart wie Holz. Rose brach zusammen. Noch ein Schlag. Der Mann war über ihm. Und noch ein Schlag. Rose versuchte mit seinen Händen den Kopf zu schützen. Noch ein Schlag. Eine Stimme schrie von oben herunter: »Macht dass ihr fortkommt, ihr Bankert. Ich habe Polizei im Haus!« Der nächste Schlag blieb aus. Jetzt sprang Rose den Angreifer an. Zog ihm das Bein weg. Der Mann strauchelte, ruderte mit den Armen. Dann fing er sich und schlug wieder zu. Rose duckte sich und wehrte ab. Der Mann keuchte, dann lief er in die Nacht davon.

»Gibt's jetzt Ruhe!«

»Ich bin es nur, Frau Schröder.« Er konnte kaum sprechen, spuckte blutigen Schleim auf den Boden.

»Sind Sie es, Herr Polizist?«

»Ja!«

Oben schloss sich mit einem Krachen das Fenster. Er tastete nach dem Schlüssel, der noch im Schloss steckte. Im Spiegel konnte er zusehen, wie sein rechtes Auge zuschwoll. Er hielt einen nassen Waschlappen auf die Schwellung.

Was war das gewesen? Er kannte den Typ. Trotz dunkler Kleidung und Mütze. Es war der rothaarige Mann aus dem Schlappeseppel, der mit den Tätowierungen. Der, der aus dem Schlachthof kam. Jetzt erinnerte er sich auch an die zweite Tasse auf Junkers Schreibtisch. Er musste bei Sabine gewesen sein.

Sie hatte ihn angelogen. Aber warum hatte der Rothaarige ihn zusammengeschlagen? Er musste die geschwollenen Stellen kühlen, den Schmerz lindern und mit Sabine reden und ergründen, welche Rolle der Typ spielte und was Sabine verheimlichte, und zusehen, dass er nicht vollends zuschwoll. Schmerz raste in seinem Kopf.

Hin und zurück

Rose wusste nicht, wie er den Samstag herumbringen sollte. Am Morgen schleppte er sich zum Bahnhof, ein anhaltendes Fiepen steckte in seinem Ohr. Der Kopf auf seinen Schultern ließ sich nicht drehen, und das rechte Auge blickte aus einem blutunterlaufenen Schlitz auf den Bahnbediensteten. Er löste eine Fahrkarte nach München, dann machte er sich auf die Suche nach einem Fotogeschäft.

Die Verkäuferin sah ihn voller Mitleid an.

»Keine Angst«, sagte Rose zu ihr, »ich habe nicht mich fotografiert.«

Sie gab ihm seinen Abholbeleg und lächelte ihm aufmunternd zu.

Am Nachmittag kam er in München an. Er fuhr mit der U-Bahn zu seiner Wohnung. Ein muffiger Geruch drang ihm entgegen, als er die Tür aufschloss. Sein Kopf dröhnte, sein Ohr fiepte. Heute Abend kommt Ines, ich muss aufräumen, sagte er sich. Er brachte die leeren Weinflaschen zum Container, dann versuchte er die Wohnung zu säubern. Die Kopfschmerzen wurden fast unerträglich. Er nahm drei Schmerztabletten und legte sich aufs Sofa im Wohnzimmer. Er wollte nur zwei Minuten die Augen schließen.

Das Klingeln des Telefons weckte ihn. Es dämmerte bereits.

»Rik. Ich kann nicht kommen. Lisa ist krank.«

Er hatte Mühe, sich zu orientieren. »Ist es schlimm?«

»Eine Grippe. Mach dir keine Sorgen. Hast du geschlafen?«

»Wo bist du?«

»Ich bin in Berlin, Rik. Schlaf weiter. Ich ruf dich morgen an.«

»Ja.«

Sonntagmittag wachte er auf dem Sofa auf. Er warf seine Kleider auf den Wohnzimmertisch und ging durch die Wohnung. Die Luft kühlte seine schlafverschwitzte Haut. Es war ein gutes Gefühl. Er konnte sich nicht erinnern, wann er das letzte Mal nackt herumgelaufen war. Konnte man in einer Ehe nicht nackt herumlaufen, fragte er sich, oder hatte er einfach nie daran gedacht? Das Wasser in der Dusche wurde nicht warm. Er zitterte unter dem Wasserstrahl. Ohne sich richtig abzutrocknen, zog er die frischen Sachen an. Sein Ohr fiepte. Die Schwellung im Gesicht war zurückgegangen, ein großer Bluterguss umrahmte das Auge. Bevor er die Tür schloss, hielt er inne und blickte noch einmal für einen Moment in die Wohnung.

In einem nahe gelegenen Café setzte er sich an einen freien Tisch.

Er versuchte seine Gedanken zu ordnen. Das zugeschwollene Auge brannte. Er konnte sich keinen Reim auf den Überfall machen. Weshalb war er angegriffen worden? Wörner, der Mann mit der Glatze, kam ihm in den Sinn, Bailles Party. Der semmelblonde Junge vom Bahnhof. Die Bilder der Beduinenjungen in Junkers Wohnung und Büro. Ein Wagen hupte direkt vor dem Café. Er schloss die Augen und stellte sich das Taxi vor, in das der Junge gezerrt worden war, besetzt mit Wörner, Baille und Junker. Wieder tönte die Hupe des wartenden Wagens. Er fröstelte. Eine Tür knallte. Lachen mischte sich in das Geräusch des wegfahrenden Autos. Er versuchte, sich die Gesichter der Männer im Taxi vorzustellen, lachend, und die Angst in den Augen des Jungen.

Rose tippte eine Nummer in sein Mobiltelefon.

»Hallo, Jakob. Kannst du mir einen Gefallen tun?«

»Es ist Sonntag.«

»Ich weiß. Dann morgen. Überprüfe bitte ein paar Namen im Zusammenhang mit Kinderpornografie. Kannst du das machen?«

»Ich bin für Internetbetrug zuständig. Du solltest dich an das Kommissariat 343 wenden, die machen Jagd auf alles, was mit Kinderpornos zu tun hat.«

»Kannst du das für mich machen, ich bin morgen früh schon wieder unterwegs.«

»Wenn es sein muss. Schieß los.«

Rose gab ihm die Namen durch, die er von der Paupera-Mitgliedsliste notiert hatte.

»Ich melde mich, wenn ich was rausbekommen sollte.«

»Danke, Jakob.«

Er zündete sich eine Zigarette an. Jemand hielt ihm einen Aschenbecher vors Gesicht. Als er ihn nehmen wollte, zog die Bedienung den Arm zurück.

»Wir sind ein Nichtraucherlokal. Wenn Sie bitte die Zigarette ausmachen würden oder draußen rauchen, da ist es noch gestattet.«

»Seit wann ist denn hier Nichtraucher? War doch sonst nicht.«

»Seit heute. Haben Sie die Schilder nicht gesehen?«

»Scheiße.«

Zu Hause packte Rose rasch frische Kleidung zusammen. Die Wohnung kam ihm fremd vor. Er rief sich ein Taxi.

»Zum Hauptbahnhof.«

In der Bahnhofsbuchhandlung fiel ihm ein Lifestylemagazin auf. Das Titelblatt zeigte eine Skulptur aus dunklem Stein, ein sitzender Mann, der sich mit beiden Händen den Kopf hielt. Darunter stand: »Kopfschmerz – Volkskrankheit Nummer 1«. Eine weitere Überschrift besagte, dass Single-Männer früher stürben. Er ging zum Zug und fragte sich, ob er jetzt ein Single war.

Bevor er seinen Platz erreichte, meldeten sich die Kopfschmerzen zurück. Er sah aus dem Fenster und versuchte seinen Blick am Horizont auf einen festen Punkt zu richten. Doch da war kein fester Punkt. Die Landschaft verschwamm. Wohin fahre ich eigentlich, fragte er sich. Er ging ins Bordbistro, wo dichter Qualm in der Luft hing. Er zündete sich eine Zigarette an und bestellte ein Bier. Der Schmerz wurde schlimmer.

Es klingelte. Sein Nebenmann, ein Junge in Bundeswehruniform blies ihm Rauch in das Gesicht. Das Telefon klingelte weiter.

»Schöner Ton«, sagte der Soldat, »aber auf Dauer ein bisschen nervig.«

Rose tastete nach seinem Mobiltelefon.

»Rik, ich bin es, Ines. Es tut mir leid, dass ich gestern nicht kommen konnte. Lisa hatte hohes Fieber, aber es geht ihr schon besser.«

»Wo bist du?«

»Ich bin in Berlin.«

»Ja, das sagtest du bereits, aber was machst du dort. Warum kommst du nicht nach München zurück?«

»Ich habe einen Job in Berlin.«

»Was soll das heißen, einen Job?«

»Einen Job in meinem Beruf. Ich muss …«

Die Funkverbindung war unterbrochen. Er wartete, immer wieder blickte er auf das Display. Ines meldete sich nicht mehr.

Am Abend kam er in Aschaffenburg an. Er ging durch die Bahnhofshalle. Ein dünner, großer Junge schlenderte an ihm vorüber, »Geiler Koffer, Alter. Echtes Baby drin?« Rose stellte seinen Koffer ab, riss den Baby-an-Bord-Aufkleber herunter und klebte ihn an einen Fahrkartenautomaten. Dann nahm er sich ein Taxi.

In der Cornelienstraße stellte er den Koffer im Flur ab. Das Telefon klingelte.

»Hallo, Rik. Hier ist Ines. Du hattest vorhin keinen Empfang.«

»Wann sehen wir uns? Ich möchte mit dir reden. Über deinen Job in Berlin, über Lisa und alles.«

»Ja. Wir müssen uns sehen.«

»Hast du dir überlegt, wann du kommst?«

»Darüber habe ich mir noch keine Gedanken gemacht.«

»Ines! Ich sitze und warte und sitze und warte. Du hast gesagt, dass du Samstag kommst, und den Termin verschoben. Ich weiß, Lisa war krank, aber du hättest noch einmal anrufen können. Die Art, wie du mich behandelst, ist mir unbegreiflich. Du hast keinerlei Mitgefühl für mich. Dass du keine Liebe mehr empfindest, ist eine Sache, aber kein Mitgefühl, ist eine andere, du behandelst mich wie einen Hund, und ich halte das nicht mehr aus. Ruf mich an, wenn du weißt, wann du mich sehen willst.«

»Gut«, sagte sie leise und legte auf.

»Warte, Ines.« Er wusste, dass er zu weit gegangen war. Sein Kopf schmerzte. Es war kindisch, ihr vorzuwerfen, dass sie keine Liebe mehr für ihn empfand, das wusste er. Er wusste auch, dass er zu viel Bier im Zug getrunken hatte, was ihn schneller reden als denken ließ. Er warf seine Kleidung auf den Boden, legte sich in sein Bett und löschte das Licht. Er wollte heute nichts mehr sehen, sondern nur schlafen, seinen Schmerz und sein Unglück vergessen.

Peschkes Endton

Karl Peschke war glücklich. Er war seinem Ziel ganz nah. Nicht mehr lange, und er würde sein Werk endlich vollenden. Sie schlachteten Rinder. Vor ihm stand ein schwerer, nervöser Bulle. Er beruhigte ihn mit seinen Worten und legte ihm, fast freundlich, die Hand mit dem Bolzenschussapparat auf die Stirn. Er drückte ab, bevor der Bulle das Unheil wittern konnte. Nach dem Abdrücken erstarrten Karl und das Tier, als wären sie für einen winzigen Augenblick gemeinsam aus der Zeit gerückt, bis dem Bullen die Vorderbeine plötzlich einknickten und er betäubt zu Boden krachte. Karl Peschke trat einen Schritt zur Seite, beugte seinen schweren Körper und legte mit festem Griff die Schlinge um eines der Sprunggelenke, woraufhin das Tier mit Hilfe eines Flaschenzuges angehoben und kopfüber in die Schlachtstraße geschwenkt wurde. Der Körper zuckte noch eine Weile, nachdem der Stecher die Jugulargefäße eröffnet und den Kopf dabei halb abgetrennt hatte. Das Blut stürzte aus dem aufgerissenen Körper wie aus einer umgestoßenen Wanne.

Peschke arbeitete gern mit dem Bolzenschussapparat. Ganz ruhig spannte er die Vorrichtung, indem er den Bolzen nach hinten in die Hülse zog, legte ein neues Zündhütchen ein und wischte den weichen, weißen Brei von dem Vorderende des Apparats, bevor er den nächsten Bullen streckte. Großtiere erlaubten eine ruhige, gewissenhafte Tötung, da genug Zeit pro Tier zur Verfügung stand.

Anders die Schweine. Pro Schweineschlachttag, der eigentlich eine Schlachtnacht war, da die Schlachtungen tief in der Nacht begannen, hatten sie zwölfhundert Tiere durchzuschleusen. Die Schweine kamen quietschend und beißend die Rampe hochgelaufen, angetrieben von Dieter Normann, dem Hallenmeister. Normann hielt eine lange Stange umklammert, die einen Stromschlag übertrug, sobald man das Ende auf die Haut der Tiere drückte. Den »Turbo-Schweinebeschleuniger« nannte Dieter Normann seinen Tiertreiber. Hatte er schlechte Laune, benutzte er den metallenen Elektrotreiber gern als Schlagstock und drosch auf die Ohren und Augen und die empfindlichen Rüssel der Schlachtschweine ein. Die Schweine rasten auf ihren kurzen Beinen die Rampe hoch, die sich nach oben hin verengte. Oben stand Karl Peschke. Hatten sie ihn entdeckt, versuchten sie umzukehren, doch durch die nachkommenden Tiere wurden sie auf den wartenden Peschke zugedrängt. Der packte eines nach dem anderen mit der großen Elektrozange hinter den Ohren, und der Starkstrom, der in diesem Moment durch den Kopf der Säue raste, ließ den ganzen Körper im Krampf erstarren. Ein starkes Zittern schüttelte den rosa Leib, während sich Peschke drehte und das Tier auf das Fließband warf. Das musste schnell gehen. Schweineschlachten hieß schnell schlachten, denn rasch kamen die nächsten Tiere angelaufen und wurden von der riesigen Zange in Peschkes Händen gepackt. Unter den akkordbedingten hohen Schlachtzahlen litt die Genauigkeit. Wurde ein Tier nicht sofort richtig gegriffen, war keine Zeit zum Umsetzen der Zange, und der Strom, der durch Augen oder Kiefer raste, löste keine tiefe Betäubung aus, was der Stecher zu spüren bekam, der auf der Schweineschlachtstraße den ersten Fließbandplatz inne hatte. Sobald er das Messer in den Hals des unzureichend betäubten Tieres rammte, sprang es auf und rannte, laut quiekend und Blut um sich spritzend, durch die Halle. Das Einfangen verminderte die Stundenschlachtzahl und hatte Ärger mit dem Chef zur Folge. Der Stecher warf sich in solchen Fällen auf das panische Tier und versuchte es ohne Betäubung abzustechen, was nicht immer einfach war. Die Wut des Schlachters, angefacht durch solche außerordentlichen Ringkämpfe, bekam Karl Peschke zu spüren, während die Wut des Kuttlers oder des Ausweiders dem Stecher zurückgegeben wurde, wenn die Tiere schlecht entblutet waren. Schweineschlachttage waren ungemütliche Tage. Die ganze Kopfschlächtermannschaft zeigte sich an solchen Tagen gereizt. Während der Frühstückspause in dem engen Aufenthaltsraum kam es nicht selten zu Streitereien. Karl Peschke ging, sofern es das Wetter zuließ, an diesen Tagen vor die Schlachthalle und aß sein Brot draußen, obwohl es eigentlich verboten war, mit Schlachtkleidung die Bezirke außerhalb der Schlachtstraße zu betreten.

Trotz seines kantigen und wenig mitteilsamen Wesens hatte Peschke eine tiefe Leidenschaft: Kaum nach Hause zurückgekehrt, schaltete er das Radio ein und hörte klassische Musik. Er liebte vor allem die langsamen Kompositionen, Nocturnes, Requiems und unaufgeregte Symphonien. Je mehr Lärm in der Schlachthalle herrschte, desto mehr sehnte er sich nach den beruhigenden Klängen der Streichinstrumente, der Oboen und Hörner.

Als er angefangen hatte, im Schlachthof zu arbeiten, war der Lärm kaum auszuhalten gewesen. Die Rinder brüllten, die Schweine schrien, die Sägen kreischten, das Fließband bollerte, die Borstenbrennkammer fauchte, die Ketten rasselten, die Absauger bliesen und Maschinen mahlten. Das alles wuchs zusammen zu einem dichten Lärmbrei, und in all der Lautstärke schien selbst das Blut zu schreien, wenn es aus den Tieren spritzte und den Schlachtern die Arme hinunterlief, die Schutzkleidung durchweichte und auf Helmen und Gesichtern verkrustete. Karl Peschke stand in diesem Matsch aus Blut und Krach und tat seine Arbeit.

Eines Tages, als er kurz davor war, den Bolzenschussapparat hinzulegen und die Halle zu verlassen, um nie wieder zurückzukehren, da hörte er es zum ersten Mal! Erst nur einen Ton, der zwischen den Dissonanzen schwebte, klar und rein. Dazu kam ein weiterer Ton, ein dritter wob sich ein, und langsam entstand aus all dem Lärm Musik, erwuchs aus all dem Blut eine zarte Melodie. Das Grummeln der großen Maschinen bildete das Fundament, den zugrunde liegenden Rhythmus, die Kettensägen waren die Streicher, die Brenner die Pfeifen und alle Lärmpartikel der Schlachthalle verwandelten sich in Teile eines großen Orchesters, eines großen Liedes. Das hörte Karl Peschke nicht sofort, doch nach und nach, Nacht für Nacht, erlangte er immer weitere Erkenntnis und identifizierte das große Thema dieser Stätte, das Lied vom Leben und vom Tod. Tag für Tag offenbarte sich ein Teil dieser großen Melodie, hörte er in der feuchten Schlachthausluft eine überirdische Symphonie wachsen. Peschke war glücklich. Warum er?, dachte er oft. Oder konnte jeder, der hören wollte, diese Melodie wahrnehmen? Hatte er ein Zeichen empfangen? Er war sich nicht sicher, doch hörte er es mit jedem Tag deutlicher. Am Anfang der Nacht war die Musik schnell, unstet, voller Angst und Unruhe, dann der zweite Satz, erzählte vom Leben und Sterben, von der Größe des Willens und bereitete den dritten Satz vor, die Überwindung des Todes und die Ankunft des ewigen Lebens, der mit dem Morgengrauen zusammenfiel. Nur der Schlussakkord fehlte, ihn hatte Karl Peschke bisher nicht vernommen. Er benötigte noch die letzten Noten, um Vollkommenheit zu erfahren. Doch so angestrengt er auch lauschte, die letzten Töne stellten sich nicht ein.

Darüber wurde er noch verschlossener. Er bekam seine Anweisungen, führte sie aus, man ließ ihn schweigen.

Dann kam der Bulle, den Peschke nicht mehr vergessen sollte. Das Tier war nervös, warf ständig den mächtigen Kopf auf und ließ sich nicht durch seine Stimme beruhigen. Da Peschke den Schussapparat nicht richtig platzieren konnte, schlang er den freien Arm um den Hals des Tieres und presste dessen Kopf an seine Brust, setzte auf der Stirn an und drückte ab. Der Bolzen durchschlug die Schädeldecke, zerquetschte den Hirnstamm, und kurz bevor der Körper des Bullen zusammenstürzte, drang ein Ton aus dem kleinen blutigen Loch im Kopf des Tieres.

Ja! Peschke schrie in den Lärm, er schrie in die Musik. Dann ging er in die Knie, beugte sich zu dem Bullen hinab und lauschte. Ganz weit im Innern des Tierschädels war der Laut noch nicht erstorben. Er kreiste in den Nebenhöhlen und verebbte allmählich, wie der Ton einer angeschlagenen Stimmgabel in den Weiten eines Raumes. Der nächste Bulle offenbarte ihm auch wieder einen leisen Ton, und durch jedes Schießen kam er dem Schlussakkord der Partitur ein Partikelchen näher. Aber der reine Endton, das punctum finis musicae, blieb ihm verwehrt, so viel er auch arbeitete.

Heute Nacht hatte er in bester Laune die Umkleidekabine betreten. Die Kollegen wunderten sich und beobachteten ihn argwöhnisch, als das Schlachten losging. Doch Karl Peschke arbeitete so gut wie immer, nur dass er es diesmal unterließ, sein Ohr an die Schusslöcher zu pressen. Diese Gewohnheit, die von den übrigen Kopfschlächtern anfangs mit verstecktem Lachen, später, als es für Peschke scheinbar zur unbeirrbaren Routine gehörte, mit Gleichgültigkeit aufgenommen worden war. Nachdem er den letzten Bullen geschossen hatte, setzte sich Peschke auf die Rampe und hörte dem ausklingenden Lärm des Schlachtbetriebes zu.

Als der Hallenmeister ihm im Vorübergehen freundschaftlich auf die Schulter klopfte, kippte sein schwerer Körper langsam zur Seite und schlug auf die Kacheln. Karl Peschke, ein Lächeln auf den Lippen, hatte ein kleines kreisrundes Loch in der Stirn. In den Händen hielt er noch den Bolzenschussapparat.

Telefon und Tätowierung

Rose tastete nach dem Wecker, bevor das aufdringliche Piepen beginnen würde. Seit einer Stunde lag er wach. Müde, schlaflos. Er fühlte sich wieder einmal durch und durch vergiftet. Obwohl er gestern früh zu Bett gegangen war. Waren es die fünf Bier im Zug oder die Zigaretten? Wahrscheinlich eine Mischung aus beidem. Polyfaktorielle Intoxikation. Er dachte an die morgendliche Situation zu Hause. Ines war ein echter Morgenmuffel. Er hatte gleich zu Beginn ihrer Beziehung verpasst, diese Rolle zu übernehmen, obwohl er morgens auch nicht gut gelaunt war. Vor neun Uhr musste man sie wie einen Eiskristall anfassen. Meistens deckte er den Frühstückstisch. Wehe, wenn das Geschirr zu eng stand oder zu weit auseinander oder wenn etwas fehlte oder etwas zu viel auf den Tisch geräumt war. Manchmal machte er sich den Spaß und stellte Teller, Besteck und Tasse ganz eng zusammen, wenn sie sich dann aufregte, lachte er über ihren Ärger, was auch sie zum Lachen brachte. Nach dem Frühstück war sie immer in Plauderlaune gewesen. Wenn er Zeit hatte und nicht zum Dienst musste, saßen sie noch lange am Tisch und redeten über Bedeutungsschweres und Belangloses. Erst seit Lisas Geburt war alles etwas verkrampfter geworden. Rose hatte oft den Eindruck, dass Ines mit ihrer Mutterrolle überfordert war. Sie wurde schnell ärgerlich, wenn etwas nicht funktionierte, schimpfte mit Lisa und forderte ihre Abwehr heraus.

Trotzdem liebte er das Frühstücken mit Ines und Lisa. Die kleine Lisa, die eine chaotische Note in die morgendliche Routine gebracht hatte. Und jetzt, sagte er sich, saß er hier, in einer fremden Stadt, in einer fremden Küche, allein und einsam. Er wollte sie zurück, er wollte sein Leben zurück. Und er konnte sie nicht einmal anrufen, um ihr zu sagen, dass er sie vermisste.

Wahrscheinlich war alles lange geplant gewesen. Wohnung, Job, Kindergarten, und dann plötzlich weg. Und er hatte nichts mitbekommen, toller Berufsschnüffler. Er spürte die Wut und fragte sich, ob er auf Ines oder sich selbst wütender war. Er konnte es nicht sagen.

Der Appetit war ihm vergangen. Ihm war sowieso übel. Er machte sich fertig und dann auf den Weg. Heute früh fand die montägliche Lagebesprechung statt, und er wollte pünktlich sein.

Er wartete auf den Bus, als Kremer anrief.

»Wo sind Sie? Ich stehe vor Ihrer Tür.«

»Ich bin an der Haltestelle in der Löherstraße.«

»Wo? Ach, im Löhergraben. Ich komme. Es gibt einen Toten.«

»Wer ist es?«

Aber Kremer hatte aufgelegt. In letzter Zeit wurde ihm entschieden zu oft aufgelegt.

Kurz darauf stoppte das Auto mit quietschenden Bremsen an der Haltestelle.

»Peschke, der Fleischer ohne Alibi. Wieder im Schlachthof.« Kremer beugte sich vor. »Was ist denn mit Ihrem Auge passiert?«

In der Vorhalle standen die Kopfschlächter herum und redeten laut durcheinander. Ihre Kittel und Gesichter waren blutverschmiert. Normann redete auf sie ein. »Und wenn die Spurensicherung durch ist, könnt ihr Schluss machen. Leute, ich kann doch auch nichts dafür. Jetzt beruhigt euch wieder.«

Ein Polizeibeamter versperrte die Tür zum Schlachtraum. Normann begleitete sie hinein.

»Wir waren fast fertig mit der Bullenschlachtung. Ich ging durch die Halle zu den Boxen, um zu schauen, ob noch Tiere draußen stehen, da sah ich ihn. Peschke saß auf der Stufe dahinten und rührte sich nicht. Ich ging zu ihm, sagte was und klopfte ihm auf die Schulter, und da kippte er ganz langsam zur Seite. Ich hab erst gar nicht kapiert, dass er tot ist. Verstehen Sie das? Schon wieder ein Toter. Und wieder finde ich ihn. Verstehen Sie das? Warum ausgerechnet ich?«

Peschke lag auf den blutverschmierten Fliesen. Der Kollege

der Spurensicherung machte Aufnahmen. Er versuchte Rose zu übersehen. Der Gerichtsmediziner, ein kleiner Mann mit einem an den Enden spitz zulaufendem Oberlippenbart, zog gerade seine Einweghandschuhe aus. Rose trat näher an Peschke heran und sah, dass er lächelte. Der Helm lag ein Stück weiter weg von ihm, und in der Stirn hatte er ein kleines Loch, aus dem ein dünnes rotes Rinnsal geflossen war und jetzt gemeinsam mit dem Blut der Tiere antrocknete.

»Eindeutige Selbsttötung. Er hat sich mit dem Bolzenschussgerät in die Stirn geschossen. Der Bolzen hat das Stirnbein durchschlagen und den Hirnstamm zerquetscht. Vielleicht ist er bis zum Kleinhirn vorgedrungen, was den schnellen Todeseintritt erklären würde.« Der Gerichtsmediziner packte seine Utensilien zusammen. »Genaueres nach der Obduktion des Schädels. Meine Herren.« Damit hastete er auf seinen kurzen Beinen davon.

Peschke wirkte glückselig, dachte Rose, als hätte er eine mühsame Arbeit beendet und wäre jetzt frei. Vielleicht hat er seine Schlachthofsymphonie abgeschlossen. Er dachte zu keinem Zeitpunkt daran, dass Peschke etwas mit dem Mord an Dr. Junker zu tun haben könnte.

Anders Mehling. Der Dienststellenleiter hatte Rose dringend in sein Büro gebeten. »Geständnis durch Suizid«, sagte Mehling, »leider kein Abschiedsbrief oder Ähnliches in seiner Wohnung. Nur diese Notenhefte. Wir können die Akte Junker schließen. Mord aus Geistesverwirrtheit. Es ist eine Tragödie.«

»Ich glaube nicht, dass er es war«, sagte Rose.

»Herr Kollege, ich bin überzeugt, dass Ihnen diese Lösung nicht schmeckt. Ihnen wäre eine Verschwörung lieber gewesen, à la Mord im Orientexpress. Peschke hatte kein Alibi, richtig? Peschke war Metzger, richtig? Peschke hatte Zugang zum Schlachthof, richtig?«

»Das stimmt alles«, sagte Rose, »aber es fehlt das Motiv.«

»Er war ein Spinner, fragen Sie seine Kollegen.«

»Außerdem waren es zwei Täter.«

»Wie kommen Sie auf diese These, Herr Rose?«

»Das sagte mir Dieter Normann, der Hallenmeister im Schlachthof. Anhand der Schnittführung glaubt er, dass ein Profi, also ein Metzger oder Schlachter, und ein helfender Laie am Werk waren.«

»Krude Theorien von Hobbyermittlern. Das kenne ich zur Genüge. Und jetzt möchte ich nichts mehr hören. Schreiben Sie Ihre Berichte, meine Herren. Und Sie, Herr Rose, können wieder nach München zurück. Grüßen Sie mir Ihre Dienststelle und vielen Dank für die kollegiale Hilfe. Auf Wiedersehen.«

Rose war nach einem Spaziergang zumute. Er verabschiedete sich von Böhm. Kremer hatte sich angeboten, ihn mit seinem Gepäck zum Bahnhof zu bringen.

»Anruf genügt«, sagte er, »und schon rollt der verzauberte Kürbis vor Cinderellas Küche.«

Er ging am Main entlang in die Stadt. Auf der Willigisbrücke blieb er stehen und betrachtete das Schloss, dahinter das Pompejanum. Der Fluss beschrieb vor dem Schloss einen breiten Bogen. Am Ufer flanierten Spaziergänger, junge Leute lagen auf der Wiese, spielten Federball, einer zupfte die Saiten einer Gitarre. Was sollte er in München? Warten, dass sie anruft, in der leeren Wohnung sitzen und an sein altes Leben erinnert werden? Aber wohin sollte er sonst? Hierbleiben und Sabine wiedersehen und diesen Typ, der ihn niedergeschlagen hatte? Es fuhr ihm wie ein neuerlicher Hieb ins Bewusstsein. Er sah Peschke vor sich, wie er auf den blutigen Fliesen im Schlachthof lag. Seine Ärmel waren hochgekrempelt, und auf dem Unterarm war eine große Tätowierung: zwei gekreuzte Äxte, das Zunftzeichen der Metzger. Die gleiche Tätowierung, die der Rothaarige im Schlappeseppel trug, der, der ihm nachts aufgelauert hatte. Er war ein Metzger. Rose wusste nicht, woher er die Sicherheit nahm, aber er wusste, es war einer der Mörder.

Er holte den Stadtplan hervor. Der kürzeste Weg zum Schlachthof, ein Stück den Fluss entlang, links, rechts, links. War nicht weit. Hier in dieser kleinen Stadt war eigentlich nichts sonderlich weit. Er lief am Floßhafen entlang, bog an einem unbewohnt wirkenden Neubau ab. »Obernauer Straße«

las er auf dem Straßenschild. Das Telefon klingelte. Wie bei jedem Klingeln hoffte er, dass es Ines wäre.

»Hallo, Rik. Hier ist Jakob. Ich habe gerade mit den Leuten vom K343 gesprochen. Sie hielten sich bedeckt, da sie an was dran sind. Aber so viel konnten sie mir sagen: Einer der Namen ist heiß. Peter Seim. Sexueller Missbrauch von Schutzbefohlenen. Die Anklage wurde mangels Beweisen niedergeschlagen. Trotzdem Zwangsversetzung nach Aschaffenburg. Arbeitet jetzt beim Roten Kreuz.«

»Was hat er gemacht?«

»Irgendwelche Zeltlager organisiert vom Arbeiter- und Samariterbund und sich an die Jungen rangemacht. Pädophiler Batzi. Noch was. Die Szene trauert um einen Mann, der irgendeine Schlüsselrolle hatte: Sugarman.«

»Welche Szene?«

»Die Pornoszene im Netz, besser die Kinderpornoszene. Sie wollten mir nicht viel sagen, da sie dabei sind, den Ring auszuheben. Hatten nur gerade einen Rückschlag. Sie wollten sich undercover einspeisen, aber die Keuschheitsprüfung ging schief.«

»Was ging schief?«

»Wenn du in eine *community* aufgenommen werden willst, musst du *pics* als Keuschheitsprüfung senden. Das heißt, du musst Pornobilder mitbringen, um zu zeigen, dass du sauber bist. Die Kollegen dürfen das natürlich nicht, haben aber halblegal Bilder aus dem Archiv geschickt, was dann aufflog, weil die *pics* bekannt waren. Das heißt, die Schweine sind gewarnt. Trotzdem haben sie mich dringend gebeten, diesen Peter Seim noch ein paar Tage in Ruhe zu lassen. Ich habe es ihnen versprochen, hörst du?«

»Okay. Und haben die Kollegen was über einen Klaus Wörner gesagt?«

»Keine Äußerung dazu. Aber wie gesagt, die hielten sich sehr bedeckt.«

»Danke, Jakob. Du hast mir sehr geholfen. Bohr noch ein bisschen bei den Kollegen nach.«

Rose wollte mit der Kinderpornoszene nichts zu tun haben. Er wollte von all dem Schmutz nichts wissen. Er wollte arglos mit Ines und Lisa im Englischen Garten spazieren gehen und danach ein Eis essen. Wann war er das letzte Mal mit Ines und Lisa spazieren gegangen? Er konnte sich nicht erinnern. Wenn sie doch nur anrufen würde.

Er rief Kremer an.

»Soll ich Sie zum Bahnhof fahren?«

»Nein, ich bleibe noch ein bisschen. Können wir uns sehen?«

»Der Fall ist zwar offiziell abgeschlossen«, sagte Kremer, »aber ich habe Kahlkopf Wörner überprüft.«

»Und?«

»Nichts weiter gefunden. Aber die Kollegen aus Frankfurt haben angerufen. Kleiner Dienstweg. Mehling weiß nichts davon.«

»Ja und?«

»Junker war bekannt dafür, dass er immer möglichst junge Stricher suchte.«

»Wollte er was Abartiges?«

»Könnte man es abartig nennen, wenn ein promovierter Schlachthausdirektor einen sechszehnjährigen Fixer in den Arsch pimpert, oder ist Ihnen das nicht abartig genug?«

»War er gewalttätig oder verlangte er etwas, was andere Freier nicht verlangten?«

»Davon haben die Kollegen nichts gesagt.«

»Kommen Sie bei mir vorbei?«

»So in einer Stunde.«

Rose stand vor dem Schlachthof. Oben, in ihrem Büro, war Sabine. Er kannte ihren Geruch, ihren Körper, wusste, wie sie sich bewegt. Er war ihr ganz nahe gewesen, und doch wusste er nichts von ihr.

»Rik.« Sie strahlte, und es erschien ihm so warm und ehrlich.

»Wer ist dieser Rothaarige?«

»Rothaarig? Meinst du Pumuckl?« Sie lachte ihn an. Ihr Haar glänzte in der Sonne wie lackiert, eine Strähne hing ihr in die Stirn. Er hätte ihr gern die Hand in den Nacken gelegt, den er unter diesem schwarzen Fittich ihrer Haare wusste.

»Dieser Typ, der hier mit dir Kaffee getrunken hat, als ich das letzte Mal hier war.«

»Pumuckl darf doch noch keinen Kaffee trinken.«

Sabine lehnte sich an ihren Schreibtisch. Langsam, mit auf Rose gerichteten Blick, öffnete sie einen Knopf ihrer Bluse. »Willst du nachsehen, Meister Eder, vielleicht hat er sich hier versteckt.«

Er wollte sie anfassen. Er wollte sie fest anfassen. Er wollte ihr wehtun. Sie auf den Schreibtisch werfen, ihr die Bluse vom Leib reißen.

»Der Typ, der mich überfallen hat.«

»Hat dich der böse Pumuckl überfallen? Armer Meister Eder.«

Er packte sie an den Armen und schüttelte sie. »Sag es mir, Sabine. Der Typ ist gefährlich. Ich glaube, er ist der Mörder deines Chefs.«

»Hör auf.« Sie versuchte, sich aus seinem Griff zu winden. Rose packte fester zu.

»Du tust mir weh.« Sie hatte Tränen in den Augen. »Ich kenne diesen Mann nicht.«

»Ist das wahr?« Er öffnete seine Hände und rieb vorsichtig über ihre Oberarme. Er glaubte ihr, er wollte ihr glauben. »Es tut mir leid, Sabine.«

Sie küssten sich. Sie zog ihn an sich. Er spürte ihre Brüste. Er schämte sich, weil er ihr wehgetan hatte, und gleichzeitig erregte es ihn. Fest griff er durch den Stoff ihrer Bluse an ihre Brüste. Sie zog ihn zu ihrem Schreibtisch. Sein Telefon klingelte. Er knöpfte ihr die Bluse auf, sie wartete es nicht ab und zog sie über ihren Kopf. Dann riss sie seinen Gürtel auf. Das Telefon klingelte.

»Lass es klingeln.« Sie biss in sein Ohrläppchen. Es tat weh. Das Telefon klingelte. Sie öffnete seine Hose. Vielleicht ist es Ines, dachte er und bückte sich, um nach seiner Hose zu greifen, die nach unten gerutscht war. Er wühlte nach dem Mobiltelefon. Sabine trat einen Schritt zur Seite und sagte: »Der wahre Polizist. Immer im Dienst.«

Das Läuten hatte aufgehört. Sie zog sich ihre Bluse wieder an. Bedauernd lächelte er sie an, bevor er das Zimmer verließ.

Vor dem Schlachthaus begegnete Rose dem Gespann aus dicker Frau und kleinem Hund. Das Hündchen kackte auf den kurz geschnittenen Rasen. Beim Vorübergehen wehte Rose ein übler Geruch in die Nase. Er wunderte sich darüber, dass ein kleines Wesen so stinken konnte.

»Brav, mein Burschi«, hörte er die Frau sagen.

Als er die Cornelienstraße erreichte, klingelte das Telefon.

»Bartoldy. Wo bist du, Rik?«

»Ich bin in Aschaffenburg.«

»Komm zurück. Der Fall ist abgeschlossen.« Bartoldy stöhnte. »Es gab Ärger. Mehling hat sich beschwert.«

»Der kann mich am Arsch lecken. Peschke war nicht der Mörder. Ich weiß noch nicht, was hier gespielt wird, aber ich werde es herausfinden.«

»Komm nach München. Ich habe zugesichert, dass ich dich abziehe, um weiteren Ärger zu vermeiden.«

»Es laufen hier irgendwelche Sauereien mit Kindern, und der Mörder ist auch noch auf freiem Fuß. Ich muss jetzt dranbleiben.«

»Es ist eine Anordnung.«

»Ein Befehl?«

»Wir sind nicht beim Militär. Komm auf dem schnellsten Weg zurück und melde dich bei mir. Der Fall liegt nicht mehr in deiner Hand.« Bartoldy legte auf, bevor Rose noch etwas erwidern konnte.

Rose saß am Küchentisch. Sein Kopf lag auf den Unterarmen. Er war müde. Draußen schien hell die Sonne. Draußen war das Leben. Hier war es still. Er wollte nur noch schlafen. Es klopfte. Die Küche war angenehm kühl. Es klopfte wieder. Er dachte an den Rothaarigen und dessen Fäuste, Fäuste wie Holz. Plötzlich war er hellwach. Er ging leise zum Eingang, fasste langsam die Klinke und riss die Tür auf.

»Salve.« Kremer stand vor ihm, Rose hatte ihn komplett vergessen.

»Kommen Sie rein, Herr Kremer.«

»Ernst.«

»Bitte?«

»Ernst«, sagte er, »lassen wir endlich den Förmlichkeitsquark.«
Sie reichten sich die Hand.

»Ich bin Rik.« Sie setzten sich an den Tisch. »Ich wurde zurückgepfiffen. Mehling hat sich beschwert.«

»Ich weiß. Aber was soll dabei Ernst, der Spezi vom Drogendezi, tun?«

»Weitermachen. Und ich versuche, so schnell wie möglich wiederzukommen.«

»Was hast du herausbekommen?«

»Ich sehe noch kein Land«, sagte Rose, »aber der Mord hat etwas mit Kinderpornografie zu tun.«

»Das ist nicht gerade mein Ressort.«

»Also, Junker wird hingerichtet, als Strafe für ihn und zur Warnung für andere, nehme ich an. Die Szene trauert um einen Sugarman, vermutlich Junker. Der Laptop und sämtliche Videofilme fehlen.«

»Pornodreck«, meinte Kremer, »seine Komplizen haben das Material zur Seite geräumt.«

»Wahrscheinlich. Samstag vor einer Woche zerrt Klaus Wörner, wie Junker Mitglied bei Paupera, einen vermutlich ausländischen Jungen in ein Taxi, Ziel unbekannt. Peter Seim, leitender Angestellter beim Roten Kreuz, bereits wegen Übergriffen auf Schutzbefohlene aufgefallen, hängt auch mit drin und ist Mitglied bei Paupera. Baille außerdem auch.«

»Paupera hat doch auch was mit Kindern zu tun.«

»Genau. Ich denke, der Verein ist Tarnung, um an Kinder heranzukommen und sie unbemerkt nach Deutschland zu bringen. Schließlich organisiert Paupera häufig Besuche von bedürftigen Kindern aus den östlichen Nachbarländern. Vollkommen unverdächtig unter dem Mantel der Nächstenliebe. Die Mehrzahl der Mitglieder weiß natürlich nichts von diesen Dingen. Die Frage lautet jetzt, wo ist der Junge, den Wörner in das Taxi zog, und wie gehen wir vor?«

»Wie gehe ich vor, heißt das. Du musst doch nach München zurück. Und mit Mehling ist im Moment schlecht Kirschen essen. Mit Personenobservierung brauche ich ihm kaum zu kommen.«

»Wir müssen zuerst das Taxi finden, dann wissen wir, wohin sie den Jungen gebracht haben. Das mache ich. Hier sind die Abholscheine für die Fotos. Wir brauchen eine Gästeliste.«

»Und das?« Mit einem Zeigefinger zog Kremer sein Unterlid herunter.

»Nach der Party bei Baille lauerte mir ein Metzger oder Schlachter auf und schlug mich nieder. Das ist der Mordverdächtige Nummer eins. Ich habe ihn auch schon im Schlappeseppel gesehen. Circa dreißig, rote, gelockte Haare, kräftig. Er hat das Zunftzeichen der Metzger, zwei gekreuzte Äxte, auf den Arm tätowiert und irgendwelche Runen. Du musst noch einmal die Namen von den Leuten, die im Schlachthof gearbeitet haben, überprüfen und die Metzgereien in und um Aschaffenburg befragen, ob bei ihnen einmal jemand gearbeitet hat, auf den die Beschreibung passt.«

»He, Mann. Wann soll ich das alles machen? Bin doch nicht hyperaktiv.«

»Wir hätten es schon letzte Woche machen müssen. Wer weiß, was gerade mit dem Jungen passiert. Außerdem möchte ich alles haben, was du über Sabine Pohl herausbekommen kannst.«

»Das ist aber mehr aus privatem Interesse, vermute ich lüstern, äh, nüchtern.«

»Nenn es, wie du willst, aber tue es bitte.«

»Roger. Soll ich dich zum Bahnhof fahren?«

»Danke, aber ich muss erst noch zu Wörner.«

Irgendetwas ließ Rose zögern, Wörner aufzusuchen. Er überlegte, ob er ihn mit seiner Beobachtung am Taxistand konfrontieren sollte. Was würde Wörner sagen, wie reagieren? Natürlich würde er alles abstreiten, wäre dann aber im Bilde, dass sie ihm auf der Spur waren. Einerseits könnte ihn das unruhig machen und zu unüberlegten Aktionen verleiten, andererseits wäre es aber auch die Gelegenheit für Wörner, Beweise verschwinden zu lassen. Rose zögerte. Dann rief er in dessen Firma an. Das Bauunternehmen lag in dem Vorort Goldbach. Rose erfuhr, dass Wörner auf einer Baustelle sei und anschließend nach Hause fahren werde. Rose studierte seinen zerfledderten Stadtplan und sah, dass Wörner unweit der Cornelienstraße in der Schwindstraße wohnte. Er suchte die Telefonnummer aus dem öffentlichen Telefonbuch und rief dort an.

»Mein Mann ist gegen zwei Uhr zu Hause«, sagte seine Frau. »Wenn es dringend ist, wird er sicher für Sie Zeit haben. Um was geht es bitte?«

»Ich komme um halb drei vorbei, wenn Sie das Ihrem Mann bitte ausrichten.«

Um viertel vor drei stand Rose vor der Villa in der Schwindstraße. Der Gründerzeitbau war frisch renoviert. Rose drückte den Klingelknopf, auf dem kein Name stand. Ein Kameraauge starrte aus dem bronzenen Klingelschild in sein Gesicht.

»Treten Sie ein«, sagte eine Frauenstimme. Er öffnete das Tor und ging durch den Vorgarten des Hauses auf die Eingangstür zu. Eine zierliche, blonde Frau öffnete ihm. Sie machte nicht einmal den Versuch, in ihr Lächeln echtes Gefühl zu legen, als er ihr die Hand gab. Sie drehte sich um und ging in das Innere des Hauses. Rose folgte ihr in ein geräumiges Wohnzimmer. Eine schwere Sitzgruppe machte sich breit.

»Wenn Sie hier einen Moment Platz nehmen wollen, mein Mann kommt sofort. Er hat Tennis gespielt und duscht gerade.«

Sie verließ den Raum. Rose war allein. Das Zimmer war geschmackvoll eingerichtet. Eine Spur zu protzig, dachte Rose. Er versank in den dunklen Polstern und betrachtete die Gemälde an den Wänden. Abstrakte Bilder, Farbflächen, geometrische Muster. Auf dem niedrigen Glastisch vor ihm lagen Zeitschriften aufgefächert wie in einem noblen Einrichtungshaus. Es war still in dem Zimmer, auch durch die Tür drang kein Geräusch. Er nahm eine der Zeitschriften vom Stapel und blätterte das Heft gedankenverloren durch. Schöneres Leben unter südlicherer Sonne wurde auf den Hochglanzbildern angepriesen. Rose erinnerte sich an einen Griechenlandurlaub mit Ines. Sie waren noch nicht lange zusammen, und jeder Tag war aufregend, voll frischer Liebe. Rose dachte an das quietschende, viel zu weiche Doppelbett, auf dem nur eine Decke lag, die sie sich nachts gegenseitig wegzogen. Sie hatten die Matratze auf den Boden gelegt, damit nicht alle Feriengäste hörten, wann sie sich liebten. Rose wurde schläfrig. Die Tür öffnete sich, und Wörner kam herein. Er trug einen Hausmantel, darunter ein weißes Hemd und Krawatte. In der Hand hielt er ein Glas mit einer klaren Flüssigkeit. Eiswürfel und eine Zitronenscheibe trieben träge in dem Drink.

Wörners Händedruck war eine Spur zu fest und zu lange haltend, sie musterten sich.

»Hauptkommissar Rose? Wie kann ich Ihnen helfen? Meiner Bürgerpflicht nachkommen?« Wörner lächelte, dann nahm er einen Schluck aus seinem Longdrinkglas.

Die Begegnung am Bahnhof fiel Rose wieder ein. Er hatte die Details beinahe vergessen, aber jetzt sah er wieder, wie dieser Mann den kleinen Jungen in das wartende Taxi gezerrt hatte. Sein kantiger Kopf erschien Rose wie ein Rammbock, der durch Türen und Wände brechen konnte, wenn es nötig wäre. Rose gestand sich ein, dass er vor diesem Mann einen seltsamen Respekt hatte, eine Zurückhaltung verspürte, die er als Junge vor Autoritäten verspürt hatte, vor seinem Vater, wenn dieser in seiner unberechenbaren Laune plötzlich herumschrie. Rose verspürte keine körperliche Furcht, vielmehr hatte er Angst vor seinen eigenen Reaktionen. Er konnte mit Menschen wie Wörner schlecht umgehen, ohne selbst die Beherrschung zu verlieren und auf ihre aggressive Art mit Gegenangriff zu antworten.

»Es geht um den Mordfall Dr. Junker.«

In Wörners Gesicht war keine Regung abzulesen.

»Nun?«, fragte er.

»Sie waren beide Mitglied bei Paupera.«

»Das ist nicht ganz korrekt. Dr. Junker war Mitglied, ich bin es noch.« Wörner setzte sich breitbeinig auf den Platz, auf dem Rose gesessen hatte. »Sie haben sich die Zeit vertrieben und etwas in den Zeitschriften geblättert, die hier ausliegen? Meine Frau braucht eine gewisse Ordnung, wie Sie sicher festgestellt haben. Ein kleiner, liebenswerter Tick.«

Er gab dem Zeitschriftenstapel einen Stoß mit dem Glas. Die Hefte verrutschten auf der Glasplatte.

»Haben Sie auch Familie?«

»Ging Ihre Bekanntschaft über die Mitgliedschaft bei Paupera hinaus, haben Sie sich auch privat getroffen?«

»Wissen Sie, Herr Rose, ich habe eine Baufirma, zweihundert Angestellte, dazu deren Familien, um die ich mich sorgen muss. Die Zeiten sind mies. Ich lebe für meine Firma und arbeite hart. Meine Kontakte sind somit allesamt geschäftlicher Natur, auch wenn sie einen privaten Charakter haben, falls Sie verstehen, was ich meine. Ich kannte Dr. Junker natürlich persönlich. Ich kenne jeden hier persönlich, der sich einer gewissen gesellschaftlichen Stellung rühmen darf. Mit Dr. Junker traf ich mich hin und wieder zu einem Tennismatch auf meinem Privatplatz.«

»Wann haben Sie ihn das letzte Mal gesehen?«

»Ist das für Ihre Arbeit so wichtig? Ich denke, am Donnerstag vor seinem unwürdigen Ableben. Zum Tennis.«

»Könnten Sie sich vorstellen, wer damit etwas zu tun hat?«

»Sie sind doch die Polizei.«

Rose spürte, wie er langsam zu kochen begann, später würde er seine Frage bereuen, das wusste er, in dem Moment, als er sie stellte.

»Was haben Sie mit dem Jungen gemacht, den Sie Samstag vor einer Woche am Bahnhof abholten und mit dem Sie in ein Taxi stiegen?«

Wieder konnte Rose keine Regung in Wörners Gesicht ablesen. Der Bauunternehmer schien eher belustigt als beunruhigt.

»Jetzt verlieren Sie sich aber in waghalsige Vermutungen, mein lieber Freund.«

Rose überhörte die vertrauliche Anrede. »Zufällig habe ich Sie an besagtem Tag gesehen.«

»Das ist sehr interessant. Es muss wirklich einen Doppelgänger von mir geben, das habe ich jetzt schon mehrfach gehört.«

Rose lachte kurz auf.

»Ich denke«, sagte Wörner und nahm einen Schluck aus seinem Glas, »wir sollten das Gespräch hier beenden, da wir uns in die Niederungen der seltsamsten Anschuldigungen begeben haben. Mein Herr.« Er stand auf und ging Richtung Tür. Als er an

Rose vorbeikam, hielt ihn der kurz am Arm fest. Wörner blickte auf Roses Hand.

»Ich kann es nicht leiden, wenn man mich anfasst, mein Freund.«

»Ich werde herausbekommen, was Sie mit dem Jungen gemacht haben.«

»Verrennen Sie sich nicht. Und jetzt entschuldigen Sie mich.« Wörner öffnete die Tür und ließ Rose vorgehen. »Sie finden den Ausgang?«

»Eine letzte Frage: Wo waren Sie, als Dr. Junker ermordet wurde?«

»Verdächtigen Sie mich? Das ist köstlich.«

»Also?«

»Fragen Sie meine Sekretärin, die plant meine Termine. Aber soweit ich weiß, hatte ich ein Treffen mit einem Bauherrn. Überprüfen Sie das aber besser.«

Wörners Frau hantierte im Vorgarten. Sie nickte, als Rose sich verabschiedete. Er blieb am Gartentor stehen und drehte sich noch einmal um.

»Sagen Sie, Frau Wörner, war Herr Dr. Junker häufig zu Gast bei Ihnen?«

»Fragen Sie das meinen Mann. Er mag es nicht, wenn ich mich in seine Privatangelegenheiten mische, und umgedreht ist es genauso.«

Rose beschloss, sein Gepäck in der Cornelienstraße zu lassen. Es würde nicht lange dauern, bis sich herausstellte, dass Peschke nicht der Mörder des Direktors war, dessen war sich Rose sicher.

Die alten Villen betrachtend, lief er die Grünewaldstraße hinab und nahm den Weg durch den Park Schöntal. Am Bahnhof kaufte er eine Fahrkarte nach München. Er musste eine Weile warten, da nur einer der fünf Schalter besetzt war. Vor ihm beschwerte sich ein alter Mann über die Verspätung, die ihm zugemutet worden war.

»Ich kann Ihren Ärger sehr gut verstehen«, sagte der Bahnangestellte.

»Einen Hundsfott können Sie. Ich habe zwei Stunden in Kleinostheim warten müssen. Wenn ich jünger wäre, hätte ich das in der Zeit zu Fuß gemacht.«

»Wegen der Fahrpreiserstattung, respektive Gutschrift muss ich Sie leider enttäuschen. Da die Verspätung durch den Regionalverkehr verursacht wurde, bin ich nicht berechtigt, eine Gutschrift auszustellen.«

Der alte Mann drehte sich schimpfend um und verließ den Schalter. Der Bahnbedienstete blickte ihm versonnen hinterher und murmelte etwas, dann blickte er zu Rose auf und lächelte. »Was kann ich für Sie tun?«

Mit der Fahrkarte in der Tasche ging Rose an den Taxistand. Niemand konnte sich an einen kahlköpfigen Mann erinnern, der einen kleinen Jungen in ein Taxi gezerrt hatte. Im letzten Wagen saß der Fahrer, der ihn bei seiner Ankunft in die Schlossgasse gefahren hatte. Rose stieg bei ihm ein, ohne sich große Hoffnungen zu machen. Es roch nach Vanille.

»Ich habe keinen Glatzkopf mit Kind gesehen«, sagte der Fahrer gelangweilt.

Rose blickte auf die Uhr. Noch zwanzig Minuten bis zur Abfahrt.

»Was wollen Sie von dem Mann?«

»Ich denke, der Junge ist entführt worden und braucht Hilfe.«

Der Taxifahrer beugte sich langsam zum Funkgerät. »Hallo, Zentrale, hier ist die Dreizehn. Hat letzte Woche, Samstag, gegen neunzehn Uhr ein Fahrer einen Glatzkopf mitgenommen, der gegen seinen Willen einen kleinen Jungen dabei hatte? Könnt ihr das mal durchgeben?«

»Hier Zentrale. Hallo, Ulli. Ich stelle dich auf Durchruf. Kannst loslegen.«

Ulli wiederholte seine Frage an alle Wagen in der Stadt. Nichts. Rose öffnete die Tür. Er wollte gerade aussteigen, als es im Lautsprecher rauschte, eine Frauenstimme war zu hören. »Hier Wagen neun. War das ein kleiner blonder Junge, so fünf, sechs Jahre alt?«

»Ja«, rief Rose.

»Exakt«, sagte Ulli. »Wohin ging die Fahrt?«

»Warte. Ja. Der Kleine weinte ständig und jammerte irgendetwas Russisches. Ich habe mich noch gewundert. Der Mann schüttelte ihn immer. Sie stiegen in der Schlossgasse aus. Zwischen Falstaff und Fegerer wollte er raus.«

»Fragen Sie, ob sie gesehen hat, wohin sie gingen.«

»Nein. Ich bin gleich weitergefahren.«

Rose stieg aus und ging zum Zug, dabei rief er Kremer an.

»Gut«, sagte der, »ich werde eine Liste der Anwohner besorgen und die Namen überprüfen.«

Das Telefon klingelte, während Rose in den ICE einstieg.

»Rik? Hier ist Ines.«

»Ines. Endlich. Hast du mich heute schon einmal angerufen?«

Er hatte einen Stein im Bauch, wenn er daran dachte, wie er mit heruntergelassener Hose nach dem Telefon suchte, während Sabine sich an ihm zu schaffen machte.

»Nein. Ich wollte dir nur sagen, dass ich am Wochenende kommen werde und ein paar Sachen mitnehme. Du kannst dich um Lisa kümmern, solange ich da bin.«

»Wir müssen reden.«

»Wir werden reden.«

»Ines. Ich möchte dich nicht verlieren. Ich werde mich ändern.«

»Darauf warte ich seit Jahren. Du hast dich nie geändert. Wir sehen uns am Wochenende.«

»Was habe ich falsch gemacht, wenn du mir das wenigstens sagen würdest.«

»Du warst nicht bei uns.«

»Ich war doch fast jeden Abend zu Hause, oder oft zumindest.«

»Selbst wenn du einmal da warst, warst du nicht bei uns. Es ging immer nur um dich, um deine Fälle, deine Toten, dein Leid. Lass uns das nicht am Telefon besprechen.«

»Wie lange soll ich denn noch warten? Ich warte jetzt schon wieder eine Woche, und wer sagt mir, ob du dann kommst. Ines, ich muss dich sehen, ich komme nach Berlin.«

»Gedulde dich bis zum Wochenende. Bis dann, Rik. Ich umarme dich.«

»Ja. Bis dann.«

Ihr letzter Satz raubte ihm die Fassung. Rose liefen Tränen über das Gesicht. Er wollte nichts mehr, als dass sie ihn umarmte, ihn festhielt, dablieb. Er konnte sich nicht erinnern, wann sie ihn das letzte Mal umarmt hatte oder wann er sie das letzte Mal in die Arme genommen hatte. Der Zug fuhr durch den Sommerabend. Draußen zog eine waldreiche Landschaft vorüber. Er wäre gern ausgestiegen und losgelaufen über die Hügel und Täler zu diesem fernen dämmrigen Horizont.

Hitzels Abfahrt

Hitzel hatte alles, was Rückschlüsse erlauben könnte, aus den Räumen der Malschule entfernt. Jetzt setzte er sich an den Schreibtisch und fuhr den Computer hoch. Sämtliche Daten mussten von der Festplatte gelöscht werden. Seine Finger bewegten sich schnell und routiniert über die Tastatur. Das Haus war still, friedlich. Nichts deutete auf die Aufnahmen mit den Kindern hin, nichts erinnerte an den Sprung des Jungen in die Nacht. Hitzel drückte die Enter-Taste. Alle Daten waren gelöscht. Er lud den Computer in seinen Golf. Dann fuhr er nach Hanau. Das war weit genug weg. Er kannte dort einen Gebrauchtwarenhändler, der alles nahm und keine Fragen stellte.

Er würde aussteigen. Wörner machte ihm Sorgen, der würde nicht gerade begeistert sein. Er hatte sich in die Sache hineinziehen lassen, weil auch er einen Teil des Kuchens für sich beanspruchte. Warum sollten nur die anderen abkassieren? Er wollte auch einmal Glück haben. Mit seinen kleinen Geschäften hatte er sich gerade über Wasser halten können, aber von einem adäquaten Einkommen konnte man noch lange nicht sprechen.

Bevor er für Paupera arbeitete und mit Wörner ins Geschäft kam, hatte er einigen Ärger gehabt mit ein paar Jungs, die ihm Geld für Parfumimitate geliehen hatten. Doch der Verkauf funktionierte nicht, wie er es ihnen versprochen hatte. Eigentlich verkaufte er gar nichts. Wörner redete mit den Typen, und von da an ließen sie ihn in Ruhe. Hitzel fühlte sich Wörner verpflichtet und erledigte für ihn dies und das. Erst später, als Wörner mitbekommen hatte, dass er sich gut im Internet auskannte, kamen sie richtig ins Geschäft. Hitzel machte die Aufnahmen, stellte die »Goodies« ins Netz, kleine Trailer für die Gemeinde, verkaufte die Filme, in denen Seim oder Junker sich mit den Kindern amüsierten. Die Kinder holte er meistens auch ab. Nach den Aufnahmen brachte sie Wörner nach Belgien und Frankreich. Damit hatte er selbst nichts zu tun. Aber die ganze Sache ekelte ihn immer mehr an. Die Kinder taten ihm leid, doch wenn er es nicht machte, würde es ein anderer tun. Mit dem Tod des kleinen Jungen hatten sie eine Schwelle überschritten. Er solle sich nicht aufregen, hatte Wörner gemeint, kein Mensch würde das Kind vermissen. Sie waren zu weit gegangen, das hatte er ihm auch ins Gesicht gesagt.

Im richtigen Moment kam der Anruf. Ein lukratives Geschäft, eine einmalige Sache, eine kleine Denunziation, ein paar Beweismittel, soweit er es verstanden hatte. Am Telefon wollte sie nicht darüber reden. Sie war ihm auch etwas schuldig, schließlich wusste er etwas, was ihm Macht gab. Vielleicht war das sein Sprungbrett, weg von Wörner, nach Tarifa oder Malle. Sonne und Party, hatte er sich das nicht verdient?

Es war zehn Minuten vor Mitternacht. Er fuhr mit seinem VW Golf auf der Bundesstraße Richtung Darmstadt. An dem Schild, das den Landschaftspark Schönbusch ankündigte, bog er nach links ab. Er zog die Ohrstöpsel des MP3-Players aus seinen Ohren. Dann drückte er die Menütaste. Er stellte das Gerät auf Aufnahme und schob es unter sein Hemd. Kleine Rückversicherung, sagte er sich und grinste. Der Parkplatz war verlassen, am hinteren Ende stand ein Wagen, es war ihrer. Nur eine kleine Lampe leuchtete in die Nacht. Er parkte etwa zehn Meter vor ihrem Auto und stieg aus. Sie öffnete die Wagentür, er erkannte sie im Licht des Innenraums, das wieder erlosch, als sie die Tür zudrückte. Ihre dunkle Gestalt lehnte an dem Wagen.

»Welches Geschäft?« Er stand jetzt vor ihr.

»Niemand soll und darf es wissen.«

»Laber nicht. Welches Geschäft?« Er hatte ein ungutes Gefühl.

Sie fuchtelte mit den Armen und lachte. »Ein großes Geschäft«, rief sie, »zu groß für dich. Zu groß für mich. Zu groß für Gott.« Sie kam auf ihn zu und lachte wieder.

Er trat einen Schritt zurück.

Sie ist übergeschnappt, dachte er, dann dachte er nichts mehr, er wollte nur noch die Schlinge um seinen Hals los werden, Luft bekommen, leben.

Der Angreifer hatte sich im Dunkeln unbemerkt von hinten

genähert und ihm ein dünnes Kabel um den Hals gelegt. Er drückte mit großer Kraft zu. Das Elektrokabel schnürte ihm direkt über dem Kehlkopf die Luftröhre ein. Der Druck brach sofort den dünnen Knochen des Zungenbeins und zerdrückte die Knorpelspangen der Trachea. Die Luftröhre knickte wie eine Papprolle ein, die man zusammenlegt, bevor man sie in das Altpapier wirft, anfangs ein gewisser Widerstand, dann entsteht der Knick beinahe ohne Kraftanwendung. Doch diese Gedanken machte sich Markus Hitzel nicht mehr. Er sah elektrische Entladungen als kleine Explosionen auf seiner Netzhaut. Blitze schossen ihm durchs Bewusstsein. Er ruderte mit den Armen, versuchte die Finger zwischen das Kabel und seinen Hals zu bekommen. Als wäre sein Mund mit einer harten Masse ausgefüllt. Ihm wurde ein Knie in den Rücken gedrückt, das Kabel schnitt noch tiefer ein. Er riss sich ein Büschel Haare aus, bei dem Versuch, sich irgendwo festzuhalten. Er pisste. Der Urin lief ihm warm an den Beinen herab. Die Nacht wurde hell, dann rabenschwarz. Er wurde an dem Kabel einen Moment in die Luft gehoben, als löse er sich von der Last der Erde, sein Körper schüttelte sich, als wolle er etwas Unangenehmes loswerden, dann fiel er in sich zusammen.

Der Mann mit dem Kabel senkte seine Arme. Hitzels Leichnam sackte haltlos auf den Boden, als hätten sich mit dem letzten Hauch die stützenden Knochen aufgelöst. Seine Augen waren weit aufgerissen, noch immer fassungslos, noch immer verwundert Ausschau haltend, wo das Leben geblieben war. Sie blickten in die Nacht. Dann legte sich ein trüber Schleier über die toten Augen.

Bubis Gesang

Von dem Tod des kleinen russischen Jungen erfuhr Rose erst am nächsten Vormittag.

Er saß an seinem Schreibtisch und wartete. Nach der Ankunft in München war er in seine Wohnung gegangen. Lange hatte er im Kinderzimmer gestanden und Lisas Sachen betrachtet. Alles erinnerte an Ines, an ihre Ehe, an ihr Scheitern. Es war nicht auszuhalten. In der Eckkneipe hatte er noch drei Halbe getrunken, das beruhigte. Am Morgen war er ohne zu frühstücken zur U-Bahn gegangen. Er blickte aus dem Fenster. Er wartete. Er wartete, dass Ines anrufen würde, oder Kremer.

»Rik.« Bartoldy stand vor ihm, Rose hatte nicht bemerkt, wie er ins Zimmer gekommen war. »Dein Telefon läutet.«

Rose fingerte nach dem Apparat in seiner Hosentasche, aber das Klingeln war bereits verstummt. Nummer unterdrückt.

»Du fährst wieder nach Aschaffenburg.«

Er schaute Bartoldy verständnislos an. So schnell hatte er damit nicht gerechnet.

»Mehling rief vorhin an. Er hat wohl mit einem Kollegen geredet, der mit dir zusammenarbeitet und glaubt, dass zwischen dem Mord im Schlachthof und der Kindsleiche ein Zusammenhang besteht.«

»Kindsleiche?«

»Sie haben eine Leiche gefunden, ein Kind, ein Körper ohne Kopf.«

Als er im Zug nach Aschaffenburg saß, klingelte wieder das Telefon. Er schaltete es aus. Nichts hören. Nichts von toten Kindern, nichts von Verlassen oder Zurückkommen, einfach nichts. Er starrte aus dem Fenster und weinte, und es war ihm scheißegal, was die anderen Fahrgäste dachten.

Kremer holte ihn am Bahnhof ab.

»Wir waren zu langsam«, sagte er. »Der Kleine ist schon ein paar Tage tot. Ein Jogger hat ihn im Morgengrauen im Main gefunden. Er war ans Ufer getrieben worden, direkt am Ochsenfelsen. Unterhalb des Pompejanums. Der Kollege von der Wasserschutzpolizei sagte, dass dort gerne die Wasserleichen hochkommen. Wegen der Strömung.« Kremer hielt kurz inne. »Er hat keinen Kopf.«

»Woher willst du wissen, dass es der kleine Russe ist?«, fragte Rose.

»Das Alter, die Größe. Die zeitliche Übereinstimmung. Ich glaube es einfach.«

»Ich möchte ihn sehen.«

Sie fuhren eine lange Allee entlang. Links lag ein großer Park. Kremer bemerkte seinen Blick.

»Das ist der Schönbusch. Ein englischer Landschaftspark. Der schönste in Bayern, heißt es. Aber wir müssen hier rein, Endstation Waldfriedhof.«

Er bog rechts von der Landstraße ab. Vor einem geduckten Klinkergebäude hielten sie, dahinter war der Friedhof zu sehen.

Die Tische in der Sektionshalle glänzten. Ihre kalten Edelstahlplatten waren leer, unbelegt. Bis auf eine. Der Gerichtsmediziner kam auf sie zu. »Ich wollte gerade gehen, da haben Sie Glück, meine Herren.«

Er zog mit einem Knall die Plastikhandschuhe aus und zwirbelte seinen König-Ludwig-Bart.

»Wahrscheinliche Todesursache Excapitation.«

»Ohne Kopf lebt es sich auch schlecht«, sagte Kremer.

»Ich wollte damit zum Ausdruck bringen, dass die Enthauptung möglicherweise die Todesursache ist und nicht nachträglich durchgeführt wurde, aber ohne den Kopf lässt sich das nicht mit Sicherheit sagen. Er kann auch frischtot abgetrennt worden sein.«

Rose trat an den Tisch. Der Pathologe hatte den Torso auf der Vorderseite eröffnet und die Organe entnommen. Dünn- und Dickdarm waren in gleichmäßigen Zügen auf den Tisch gelegt worden und auf der ganzen Länge aufgeschnitten. Um an die Brustorgane zu gelangen, hatte er den Thorax parallel zum Brustbein durchtrennen müssen und weggeklappt. Der blau angelaufene Körper des Jungen war aufgequollen. Die Haut sah unwirklich aus, wie eine Nachahmung aus Wachs. Um die Hüfte hatte sich ein schwarzer Ring in die Haut gefressen.

Der Gerichtsmediziner deutete auf die Stelle. »Ein Tau oder Ähnliches schabte die Haut weg. Der Tote war nackt, daher verfing er sich auch nicht mit der Kleidung unter Wasser. Er muss mit Hilfe des Taus und einer Last, vielleicht eines Steins, beschwert worden sein. Nur war der Strick oder was auch immer wohl nicht wasserfest, und der Knoten löste sich auf. So trieb der Kleine ab, und die endogene Gasbildung ließ ihn später aufsteigen. Aufgrund der wenig fortgeschrittenen Fäulnis und der vorherrschenden Wassertemperatur schätze ich, dass er zwei bis vier Tage tot ist.«

»Ist er sexuell missbraucht worden?«, fragte Rose.

»Kann ich leider nicht mehr feststellen. Der Schließmuskel sieht ziemlich intakt aus, also sind massivere Invasionen unwahrscheinlich. Aber das ist nicht sicher. Auch Hämatome sind aufgrund des Wasserkontaktes und der ödematösen Dermis herausgewaschen und schwer feststellbar.«

»Können Sie sagen, ob der Kopf professionell abgetrennt wurde, also von einem Metzger oder dergleichen?«

»Das ist schwer zu sagen.« Der Pathologe zog sich einen Handschuh an und tastete die Schnittstelle ab. »Der Hals eines Kindes bietet weniger Widerstand als der eines Erwachsenen, obgleich die Wirbelsäule eine feste Verbindung darstellt. Der oberste der vorhandenen Halswirbel ist recht rau, in der Knochenhaut hängen multiple Fragmente, und das Zungenbein ist zersplittert. Ich denke, ein Metzger hätte genauer gearbeitet und zwischen den Wirbelspalten einen glatten Schnitt gesetzt. Aber das ist nur eine Vermutung. Der Täter hat ihm das Haupt vom Larynx, also vom Kehlkopf her abgesetzt, besser gesagt abgesäbelt.«

Beim Zurücktreten bemerkte Rose aus den Augenwinkeln eine kurze Bewegung unter dem Tisch. In einem Edelstahleimer, der mit Blut und Gewebefetzen halb gefüllt war, schlängelte sich etwas.

»Ach, das ist ein Aal«, sagte der Pathologe, »war auch für mich ein kleiner Schreck. Hatte sich durch die Incisur am Hals gearbeitet und es sich im Thorax gemütlich gemacht. Den gibt es am Sonntag.«

»Wie?«, stieß Kremer hervor.

»Na, geräuchert.«

Sie glotzten den kleinen Mann sprachlos an.

Der Pathologe bedeckte den Torso mit einem weißen Tuch, dann kicherte er. »War ein Witz.«

»Gehen wir«, sagte Rose.

Als sie im Wagen saßen, fragte er Kremer, wo seiner Meinung nach der Junge in den Fluss geworfen wurde.

»Da gibt es laut Wasserschutzpolizei nur zwei Möglichkeiten. Aufgrund der Frische des Toten und der Strömungsgeschwindigkeit nicht weiter als die Nilkheimer Eisenbahnbrücke oder von einem Boot.«

»Fahren wir los.«

»Wohin?«

»An die Brücke.«

Kremer meinte, dass es nur von einer Seite möglich sei, heranzufahren. Sie betrachteten die Stahlbogenbrücke und überlegten, wie der Körper des Jungen am einfachsten hinaufgebracht worden sein könnte. Die Böschung war dicht mit Brombeeren bewachsen. Sie suchten sie von zwei Seiten ab. Rose ging auf dem Damm neben den Schienen.

»Ernst. Komm runter.«

»Ich komme, rief Dornröschen.«

»Sieht aus, als wäre hier etwas hochgezogen worden.«

Der Boden war trocken und hart, trotzdem konnte man eine Schleifspur ausmachen. Das Laub war zur Seite gedrückt, und dunkle Stellen auf der hellen Erde konnten eingetrocknetes Blut bedeuten.

»Glück muss man haben«, sagte Kremer und deutete auf ein paar Haare, die sich in einer Brombeerranke verfangen hatten.

»Dann war es nicht Wörner, zumindest nicht allein«, sagte Rose.

»Wieso nicht?«

»Er hat keine Haare. Und jetzt holen wir die Spurensicherung.«

»Es ist fast sieben. Da müssen wir den Dauerdienst anrufen.«

Sie warteten auf die Kollegen. Rose bat sie, auch aus dem Taxi, das Wörner und den Jungen gefahren hatte, Proben zu nehmen und sie mit der DNA des toten Kindes zu vergleichen. Sie ließen die Kollegen der Spurensicherung allein und fuhren in die Stadt zurück.

»Die Überprüfung der Anwohner in der Schlossgasse hat nichts gebracht. Keine Auffälligkeiten. Wir bekommen keinen Hausdurchsuchungsbefehl für eine ganze Straße. Die Gästeliste von Bailles Party, so weit wir sie aufgrund der Fotos bisher erstellen konnten, liegt im Büro, sieht aber auch mager aus. Unter diesen Umständen ist ein kurzer Urlaub im Kopf angeraten. Wie wäre es mit einem Bier im Schlapp? Ich lade dich ein.«

Kremer fuhr die Dalbergstraße hoch und bog nach links in die Schlossgasse ein.

»Lass mich hier raus, ich laufe das letzte Stück.«

Rose ließ den Wagen passieren, wartete kurz, dann ging er langsam die Straße entlang und betrachtete die Häuser. Hier irgendwo war Wörner ausgestiegen und hatte den Jungen in ein Haus gezerrt, vielleicht hatte er auch nur seinen Wagen hier geparkt oder war abgeholt worden. Er sah den dicken Mann in seinem Fenster lehnen, Bubi, der Buddha vom Dalberg. Rose grüßte ihn und rief: »Prächtiges Wetter, nicht wahr.«

Der Dicke blickte Rose an, regungslos wie eine Statue. Als er ein Stück weitergegangen war, hörte Rose eine helle Stimme, gerade so laut, dass er sie noch verstehen konnte.

»Ein Kind? Ist es wahr? Im Wasser, im Main, am Ochsenfelsen?«

Rose drehte sich um. Aber da war nur Bubi. Er wackelte einmal mit dem Kopf hin und her und sagte noch einmal: »Ist es wahr?«

Rose ging auf ihn zu. »Ja. Es ist ein Kind. Sie haben ihm den Kopf abgeschnitten und den Körper ins Wasser geworfen.« Er wusste nicht, warum, aber er sagte es ihm einfach.

»Das ist schlimm. Ich habe nichts gesehen und nichts gehört. Ich sehe nie etwas. Ich höre nie etwas.«

»Ja«, sagte Rose und wollte gehen.

»Ich habe nicht gesehen, wie nachts das Auto kam und etwas einlud. Ein Bündel, ein Teppich vielleicht, ein Kind vielleicht.«

Rose blieb stehen, abrupt. »Wo? Wo war das? Welches Haus?«

»Dort das weiße Haus. Ich habe nichts gesehen. Ich werde nichts sagen.«

Ein kleines Stück weiter stand an der Einmündung einer Gasse das Häuschen, es sah unbewohnt aus. Rose ging darauf zu und entdeckte ein kleines Schild: »Malschule des Paupera e.V.« Wie hatte er das Schild übersehen können, schließlich war er schon mehrmals hier vorbeigekommen? Neben der Tür waren zwei Klingeln. An der oberen stand »Malschule«. Auf dem unteren Klingelschild entzifferte er den handgeschriebenen Namen »Markus Hitzel«. Rose streckte die Hand zur Klingel aus, zögerte, zog die Hand zurück.

Dann ging er Richtung Schlappeseppel. Bubi saß in seinem Fenster. Die Sonne ging unter, und die Figur über dem Kirchenportal strahlte in reinstem Gold.

Hexen und Zauberer

Mehling windet sich wie ein Aal, dachte Rose, dabei fiel ihm der Eimer unter dem Sektionstisch ein. Mehling hatte ihn am Mittwochmorgen sehen wollen. Er habe den Fall zu voreilig abgeschlossen, meinte Mehling, und Roses Argumenten zu wenig Gehör geschenkt. Er konnte sich jetzt auch einen gewissen Zusammenhang zwischen einigen Paupera-Mitgliedern und den Morden vorstellen. Die Akteneinsicht in die Geschäftspapiere des Vereins war beantragt, und natürlich lag der Durchsuchungsbefehl für die Malschule vor. Ohne näheren Verdacht hatte der Untersuchungsrichter für die Wohnung unter der Malschule keine Erlaubnis zur Durchsuchung ausstellen wollen.

Mehling hob ein Briefkuvert hoch. »Hier ist vorsorglich mein Austrittsbegehren. Sie wissen ja, dass selbst ich Mitglied bin – der Bürgermeister übrigens auch. Wird noch heute an Paupera e.V. abgeschickt. Und Sie, Rose? Kann ich noch etwas für Sie tun?«

Rose ließ sich von einem Streifenwagen zum Schlachthof fahren. Er stieg die schwarze Marmortreppe hinauf. Grabsteine, dachte er, jede Stufe ein Grabstein. Aufgrund seiner morbiden Gedanken musste er lächeln. Er klopfte an Sabines Tür, wartete, dann drückte er die Klinke herunter. Verschlossen.

Als er das Gebäude verlassen wollte, traf er auf den Hallenmeister.

»Herr Normann, arbeitete hier einmal ein rothaariger Metzger, etwa dreißig, fünfunddreißig Jahre alt?«

»Natürlich, der schöne Harry. Harry Schoner. Vor vier Jahren ist er nach Frankfurt. Hatte Querelen mit dem Chef.«

»Um was ging es dabei?«

»Fragen Sie mal die Pohl. Die weiß es. Müsste gleich zurückkommen.«

Rose ging vor das Gebäude und rief Böhm in der Dienststelle an.

»Herr Böhm, ich muss wissen, ob ein Harry Schoner auf der Liste der ehemaligen Schlachthofmitarbeiter steht.«

»Harry Schoner, sagen Sie? Einen Moment. Nun, dieser Name ist nicht aufgeführt. Nein, gibt die Liste, die wir vom Schlachthof erhalten haben, nicht her. Wenn es im Interesse des Falles ist, werde ich den Namen überprüfen lassen.«

Rose hatte das Telefon gerade in die Tasche gesteckt, da klingelte es.

»Hier Kremer. Wir wären jetzt so weit für die Hausdurchsuchung. Alle an Bord. Ich habe die Leute vor dem Objekt abgestellt, einer sichert die Rückfront.«

»Gut. Dann hol mich bitte am Schlachthof ab, wir statten Baille einen Besuch ab und lassen uns den Schlüssel von ihm geben.«

Baille war überrascht, als sie einen Durchsuchungsbefehl für die Malschule auf seinen Schreibtisch legten.

»Ich hoffe, Sie sind sich der Konsequenzen bewusst, wenn es eine schlechte Presse gibt. Ich bin mitten im Wahlkampf. Ich weiß gar nicht, was Sie dort suchen. Ich bin zwar der Vorsitzende des Vereins, aber den Schlüssel müssen Sie sich woanders holen. Herr Hitzel leitet die Schule für uns, und ich selbst war nur einmal bei der Eröffnung dort. Also, Guten Tag, meine Herren, ich habe zu tun.«

»Ziemlich nervös, der Junge.« Kremer lachte. »Mal sehen, was uns dort erwartet.«

Rose rief Böhm an und bat ihn, einen weiteren Durchsuchungsbefehl für die Wohnung von Hitzel im Eilverfahren zu beantragen, da nur Markus Hitzel den Schlüssel hätte und nicht erreichbar sei.

»Gefahr in Verzug? Sonst gibt es keinen D-Befehl«, meinte Böhm.

»Woher weißt du, dass Hitzel nicht erreichbar ist?«

Rose gab Kremer die Hand. »Ein Bier, dass er nicht da ist?«

Kremer lenkte den Wagen in die Schlossgasse und parkte direkt vor dem Haus der Malschule. Die Beamten der Spurensicherung standen beisammen, einige rauchten. Etwas abseits trippelte ein kleiner, schmaler Mann auf der Stelle. Er steckte in einer blauen Latzhose und hatte ein gleichfarbiges Käppchen auf dem Kopf, das er weit zurückgeschoben hatte.

»Das Frettchen vom Schlüsseldienst ist auch schon da«, sagte Kremer und riss die Wagentür auf. Der Mann in der Latzhose öffnete die Haustür. Überall im dunklen Treppenhaus lagen Pakete mit Prospekten von Paupera, Ankündigungen über Veranstaltungen und Werbematerial. Hinter der Tür stand ein offener Sack für die Plastikabfälle, daneben lag eine Rolle mit weiteren Recycling-Säcken. Rose ließ die Tür zu Hitzels Wohnung öffnen. Es roch muffig, feucht, schimmlig. Im vorderen Zimmer stand ein Tisch in der Mitte, dazu zwei Stühle. Eine ungeöffnete Fischkonserve lag auf der klebrigen Tischplatte. In einer Ecke lehnte eine große Rolle mit Abdeckfolie. Sonst war der Raum leer. Im hinteren Zimmer waren ein Bett und eine provisorische Küche, ein Kocher auf einer Holzplatte, die auf Böcken ruhte, neben einem Kühlschrank und Waschbecken untergebracht. Außerdem gab es ein Regal mit Küchenutensilien und weiteren Fischkonserven. Nebenan lag das Bad mit Toilette und Dusche und ein weiterer Raum, in dem ein Tisch und ein Schreibtischsessel standen.

»Tolle Bude«, meinte Kremer und fuhr mit dem Zeigefinger über den Tisch, »kriegt Muttis Liebling ja eine Staublunge.«

»Nichts anfassen. Hände in die Taschen«, rief ein Mann der Spurensicherung.

Kremer zog schnell den Finger von der Platte. »Heiß, heiß, heiß.«

»Hier stand ein Computer«, sagte Rose. »Man kann noch die Umrisse auf dem Tisch erkennen, und hier«, er deutete auf Steckdose und Telefonbuchse, »war möglicherweise der Internetzugang. Leider sind sie gewarnt worden. Alles weggeräumt. Wir müssen überprüfen, auf wen der Anschluss angemeldet war.«

»Du bist ja Meister im Entdecken des Nichtmehrentdeckbaren. Ich gebe Böhm gleich Bescheid, damit der sich nicht nur Computerspiele und Sudokus reinzieht«, sagte Kremer und schniefte.

Die Leute von der Spurensicherung begannen ihre Arbeit. Fingerabdrücke, Faserproben, die Suche nach mikroskopischen Hinweisen, das Übliche. Der Mann vom Schlüsseldienst öffnete eine Treppe höher die Tür und verabschiedete sich schnell.

»Der Panzerknacker kann kein Blut sehen und verzieht sich sicherheitshalber, ist angeblich schon mal umgefallen, direkt auf eine Leiche«, sagte Kremer.

»Weshalb nehmt ihr nicht einen anderen?«

»Weiß ich auch nicht. Seine Nummer ist halt gespeichert.«

Kremer betrat als Erster die Räume der Malschule. Er ging umher. »Nichts«, abermals schniefte er kurz.

Die drei Räume waren fast leer. In dem größten stand ein quadratischer Tisch. Seine Platte war voller Farbreste, wie sie entstehen, wenn auf einem Tisch ohne weitere Unterlage Bilder gemalt werden und die Pinsel über den Rand des Bildes Farbspuren hinterlassen. In einem Regal waren Farben und Papier und Wassergläser untergebracht, daneben stand eine große Rolle mit Folie. In einem der kleineren Räume lehnten zwei Standscheinwerfer an der Wand, wie sie für Film- und Fotoaufnahmen verwendet werden, und einige Stühle, am Boden lagen in wirren Haufen Verlängerungskabel und Mehrfachstecker. In der Ecke hinter der Tür stand ein zusammengebautes Feldbett. Im dritten Raum waren ein paar grobe Wolldecken, ein Zehnerpack Toilettenpapier und einige Rollen Haushaltsfolie in eine Ecke geworfen worden, darüber hinaus befand sich hier nichts mehr.

»Nichts«, sagte Kremer noch einmal, »nichts außer Staub und Gestank. Es riecht hier wie eine Mischung aus meiner Oma und schlecht gelüfteter Turnhalle.«

Er deutete auf die große Rolle mit Plastikfolie.

»Stand unten nicht auch so eine Rolle?« Kremer bohrte sich einen Finger in das rechte Ohr.

»Die Folie ist definitiv nicht für den Tisch«, sagte Rose, »damit wurde etwas anderes abgedeckt. Vielleicht der Linoleumboden bei speziellen Aufnahmen. Folie, Feldbett, Filmscheinwerfer.«

»In letzter Zeit wurde hier wohl nicht gearbeitet, weil keine gebrauchte Folie herumliegt.«

Rose schlug Kremer auf die Schulter. »Scharfsinnig, Watson!«

Er rannte die Treppe hinunter, riss den Gelben Sack hinter der Tür auf. Nichts.

Kremer rief von oben, ob alles in Ordnung wäre mit ihm.

»Wo kommen die Gelben Säcke hin?«

»Auf den Recyclinghof.«

»Schick sofort ein paar Leute hin, sie sollen alle Gelben Säcke zur Seite räumen, die im Lauf der letzten Woche abgeliefert wurden. Wir müssen alle kontrollieren.«

»Was suchen wir denn?«

»Blut, Gewebe, Haare. Wir brauchen die Folie.«

»Du willst alle Säcke durchsuchen? Von einer ganzen Stadt? Und wenn sie schon eingeschmolzen sind?«

»Sag Mehling Bescheid. Wir setzen Polizeischüler für die Suche ein.«

»Oje«, er schniefte, »ich kümmere mich darum. Danach essen wir was. Der Schlapp ist ja nur hundert Meter weiter.«

Kremer und Rose gingen die Schlossgasse entlang. Vor dem Schlappeseppel waren alle Tische besetzt. Die Sonne und das Bier röteten die Wangen der Gäste. Lachen und Gläserklirren mischten sich in die Sommerluft. Sie setzten sich an einen der großen Tische in dem kühlen Schankraum. Die Bedienung strich Kremer über das Haar. Er bestellte ein Hacksteak und ein Bier.

»Für mich dasselbe«, sagte Rose, und zu Kremer gewandt, »ich dachte, du hättest die Anwohner überprüft, Ernst. Ist dir die Paupera-Malschule eigentlich nicht aufgefallen?«

»Muss man alles selber machen, könntest du noch dazusetzen. Nein, ist mir nicht aufgefallen. Ich habe mir eine Liste der Bewohner faxen lassen vom Einwohnermeldeamt. Da stand keine Malschule drauf und auch kein Hitzel. Reicht das?«

»Ich wollte nur deine Kritikfähigkeit testen.«

»Das ist dir reichlich gelungen. Prost.«

Rose ließ sich nach dem Hacksteak am Schlachthof absetzen.

Er ging langsam die Treppe hoch. Der Geruch von Bier und Nikotin hing an ihm, vermischte sich mit dem Geruch von Fleisch und Fett hier im Vorraum. Der Geruch von Blut und Lüge an Sabine. Auf der halben Treppe bemerkte er ein Auto, das vor dem Gebäude stehen blieb und hupte. Die Tür zu Sabines Büro flog auf, und ein kleines Mädchen rannte auf den Flur. Es blieb vor Rose stehen, schaute ihn mit großen Augen an. Rose lächelte. Keiner sagte etwas, dann drehte es sich um und rannte zurück in das Büro.

»Sabine, da steht ein Mann.«

Rose betrat das Büro. Sabine Pohl lächelte ihn an, beugte sich zu dem Kind und küsste es.

»Das ist nur ein Bekannter, mein Schatz. Grüß die Mama.«

Die Kleine rannte aus dem Büro die Treppe hinab. »Tschüss, Sabine, halt die Ohren steif.«

»Melanie ist mein Patenkind. Sie ist meine kleine Sonne.«

»Die Mitarbeiterliste, die du der Dienststelle übermittelt hast, ist nicht vollständig.«

»Sollte sie aber sein.« Sie packte Stifte und einen Malblock zusammen.

»Ein Harry Schoner fehlt.«

Sie hielt kurz inne. »Harry Schoner arbeitete hier. Das ist schon einige Jahre her. Ich weiß nicht, wie in der Mitarbeiterliste sein Name fehlen kann.«

Sie sagte es in einem Plauderton, der Rose wütend werden ließ. Er blickte sie voller Verachtung an. Er hatte ihr geglaubt, er hatte ihr glauben wollen, er hatte ihrem Körper, ihrer Haut vertraut, und er hatte damit ein bisschen mehr von der schwindenden Hoffnung zerstört, die ihm noch blieb, wenn er an Ines dachte.

»Ich hatte damals was mit Harry. Das war aber schnell wieder vorbei. Er spielte sich auf, hing hier im Sekretariat herum und legte sich mit dem Chef an. Dr. Junker sorgte für seine Entlassung. Er zog weg, angeblich nach Frankfurt. Ich habe Jahre nichts mehr von ihm gehört, bis er plötzlich, vor etwa vier Wochen, vor meiner Tür stand. Er wollte unser altes Verhältnis wieder aufleben lassen. Ich wollte das aber nicht. Ständig tauchte er auf, ich bat ihn, mich in Ruhe zu lassen. Dann sagte ich ihm, dass ich in einen anderen verliebt bin. Seitdem lässt er mich wirklich in Ruhe.«

Er selbst war wohl derjenige, in den sie angeblich verliebt war. Deswegen hatte er Harrys Wut und dessen Fäuste auf sich gezogen.

Plötzlich weinte Sabine. Sie hatte sich weggedreht. Ihr schmaler Rücken zitterte leicht. Er trat an sie heran und nahm sie in seinen Arm.

»Was ist damals passiert?«

»Er wollte einfach nicht wahrhaben, dass es aus ist. Aufbrausend war er ja schon immer, aber er hatte mir nie etwas getan. Er kam nachts angetrunken zu mir, kurz bevor er nach Frankfurt zog. Harry war ganz verzweifelt und flehte mich an, bei ihm zu bleiben. Dann wurde er aggressiv. Ich wollte ihn rausschmeißen, da schlug er zu. Er gab mir eine Ohrfeige, ich fiel hin, und da trat er mir in den Bauch. Ich hatte tagelang Blutungen, bis sie das Myom in meiner Gebärmutter feststellten.«

Sie tat Rose leid, er wusste nicht, was er sagen sollte.

»Ich habe Angst vor ihm«, sagte sie. »Er ist gefährlich. Er hat gedroht, jeden aus dem Weg zu räumen, der sich zwischen uns stellt. Dann sagte er noch, dass er den Beweis schon erbracht hätte und weitermachen würde. Rik, ich habe Angst.«

Sein Mobiltelefon klingelte. Sabine ging zum Fenster, als er den Apparat hervorkramte.

»Hier Böhm. Der Telefonanschluss ist auf den gemeinnützigen Verein Paupera registriert. Hohe Internetgebühren sind in den letzten achtzehn Monaten angefallen. Markus Hitzel ist in der Schlossgasse nicht gemeldet. So viel dazu. Und den Namen Harry Schoner habe ich auch überprüft. Einige Anzeigen wegen Körperverletzung, sonst keine Vorstrafen. Ist nicht in Bayern gemeldet. Ich denke, das war es.«

»Geben Sie bitte eine Fahndung raus. Mordverdacht. Harry Schoner, Wohnort wahrscheinlich Frankfurt.«

»Ich eile ohne Weile.«

»Tun Sie das. Ach, Herr Böhm, sind Katja Hitzel und Markus Hitzel eigentlich verheiratet? Beide arbeiten bei Paupera. Mir ist die Namensdopplung bisher gar nicht aufgefallen.«

»Katja und Markus waren verheiratet«, redete Sabine dazwischen, »sie sind seit zwei Jahren geschieden.«

Rose steckte das Telefon in die Hosentasche.

Er hatte den Impuls verspürt, wieder zu Sabine zu gehen und sie an sich zu drücken, ihre Wärme zu spüren, doch etwas hielt ihn zurück. Vielleicht die Müdigkeit, die ihn plötzlich überfiel, oder war er müde, weil ihn etwas zurückhielt, Sabine zu umarmen, ihr näher zu kommen?

»Du weißt nicht, wo ich Harry Schoner oder diesen Markus Hitzel finde, nicht wahr?«

Sie schüttelte den Kopf und blickte weiter aus dem Fenster hinaus.

Er ging langsam zur Tür, öffnete sie und schloss sie wieder hinter sich. Ihm war noch, als hätte sie seinen Namen gesagt, als er die Tür schon geschlossen hatte.

Er wollte gehen, seine Füße spüren, die Taubheit aus seinem Körper laufen. Dabei rief er Jakob in München an und bat ihn, das K343 nach Paupera zu befragen und zu versuchen, noch etwas herauszubringen.

»Die sind verstockt. Aber ich bohr noch etwas herum«, sagte Jakob, »erwarte dir nur nicht zu viel.«

Rose ging am Main entlang Richtung Dienststelle. Er hoffte, die zwei Buben wiederzusehen, die hier kürzlich geangelt hatten. Ihr Anblick hatte ihn an seine eigene Kindheit erinnert, eine Zeit voller Unschuld, frei von Verbrechen und Blut, eine Zeit, in der die Sommer noch groß waren, als ihn noch Geheimnis und Abenteuer erwarteten. Sie standen für ein Bild, das es in seinem Leben nicht mehr gab. Alles schien ihm durchdrungen von einem Heulen, einem Ton, wie er durch ein hohles Schneckenhaus dringt. Er hätte sie gern wiedergesehen, doch niemand angelte am Ufer des Flusses.

Rose überquerte die Straße, die ins Zentrum führte, und ging an der Dienststelle vorüber. Dahinter erreichte er den Hof der

Rettungsleitstelle des Bayrischen Roten Kreuzes und betrat das Haus, in dem sich das Büro von Paupera befand.

Katja Hitzel trug wieder die gleichen Shorts. Um das obere Ende ihrer Wade, direkt über dem tätowierten Drachen, war ein rosafarbener Verband gewickelt.

»Ich habe mir einen Engel mit einer Lanze machen lassen. Total abgefahren. Hat sich nur etwas entzündet und nässt jetzt ziemlich. Na ja, wird auch wieder. Muss ja. Die Tätowierung war nicht billig. Ich verdiene hier ja nicht die Welt. Heutzutage was Richtiges zu bekommen, ist verteufelt schwer. Arbeite mich auch nicht bucklig, wenn nicht gerade was ins Haus steht. Dann heißt es aber klotzen, keine freie Minute mehr. Aber größere Veranstaltungen sind selten. Zum Glück.«

Sie strich über ihren Verband. Dann richtete sie sich auf und lächelte kurz. Als sie Rose anblickte, war es ihm, als schaue sie in eine ferne Welt hinter ihm. Sie schüttelte kurz den Kopf.

»Warum wollen Sie etwas über Markus wissen? Hängt er da in irgendwas mit drin oder was, na, würde mich nicht wundern. Mein Chef hat ihn auch schon gesucht.«

»Baille? Wann hat er ihn gesucht?«

»Nein, der andere. Wörner. Er rief gestern und heute an und fragte, ob ich wüsste, wo Markus sich aufhält. Er war irgendwie sauer auf ihn. Woher soll ich wissen, wo er ist? Wir sind schon zwei Jahre geschieden. Ich habe mir erst überlegt, ob ich meinen Mädchennamen wieder annehme, aber dann ließ ich es. Jetzt heiße ich mein ganzes Leben Hitzel, als wenn es meine Kindheit nicht mehr gäbe oder zumindest nicht mehr ganz so. Sie wissen schon, was ich meine. Also, der Markus, der arbeitet auch bei Paupera, durch ihn habe ich den Job hier bekommen. Er ist das Mädchen für alles. Macht Fahrdienste, bringt Hilfsgüter zu den Waisenhäusern und was weiß ich alles. Aber ich sehe ihn kaum noch, wissen Sie, unsere Trennung war nicht so, wie sie hätte sein können, wurde viel Dreckwäsche ausgebreitet, war kein Schonwaschgang, Sie wissen schon. Er hat sich ziemlich verändert, finde ich. Bisschen arrogant ist er geworden und gehetzt.«

Sie blickte wieder in die Ferne.

»Wo wohnt er?«

»Markus? Ich glaube, er wohnt bei irgendeiner Frau, ist ja auch sein gutes Recht. Aber wo, weiß ich nicht. Seine Telefonnummer habe ich auch nicht. Tut mir leid.«

Als er sich bereits verabschiedet hatte, fiel ihm noch etwas ein. »Sagen Sie, wie trägt er seine Haare?«

»Markus hat meistens einen Pferdeschwanz, offen trug er sie nur zu Hause, zumindest früher.«

»Dunkelblond?«

»Ja, dunkelblond. Er hat schöne Haare.«

Rose beeilte sich auf die Dienststelle zu kommen. Er überlegte, was Katja Hitzel ihm über ihren Exmann gesagt hatte. Was steckte hinter dem Gespräch? Gab es irgendeinen Hinweis, den er nicht sah? Hören Sie auf die Worte, hatte Stillman gesagt.

Böhm hielt wie immer die Stellung an seinem Schreibtisch. Er füllte gerade ein japanisches Zahlenrätsel in einer Zeitschrift aus, als Rose hereinkam. Es war ihm sichtlich peinlich, dass er dabei überrascht wurde.

»Das hält die grauen Zellen auf Trab«, sagte er, »dann arbeitet man doppelt so schnell. Kennen Sie Sudokus, Herr Rose? Ist anregend und entspannend zugleich. Sehen Sie, ein Sudoku ist eine quadratische Anordnung, wobei jede Zeile, jede Spalte und jedes Quadrat die Zahlen eins bis neun beinhalten muss.«

»Können Sie bitte veranlassen, dass die Haare, die wir an der Eisenbahnbrücke fanden, mit Proben aus der Wohnung Schlossgasse verglichen werden? Bei einer Übereinstimmung geben Sie eine Fahndung nach Markus Hitzel raus. Es eilt.«

Auf Böhms Wangen erschien ein Anflug von Röte. Er nahm die Zeitung vom Tisch und griff zum Telefonhörer. In diesem Moment klingelte es.

»Kommissariat 1, Kriminalhauptkommissar Böhm am Apparat. Ja. Gut. Warten Sie«, er wandte sich an Rose, »Frau Pohl, die Schlachthaussekretärin, ist überfallen worden. Eine Streife ist bereits vor Ort.«

Sie hatte geweint, schwarze Schlieren trockneten auf ihrer Wange. Rose schickte die Kollegen weg.

»Harry kam hier ohne Vorwarnung hereingestürzt, schrie herum, dass ich für ihn bestimmt sei, und dann sagte er, entweder mit mir oder gar nicht. Er würgte mich, ich dachte, er bringt mich um.« Tränen liefen ihr aus den verweinten Augen. Rose nahm sie in den Arm. »Auf einmal waren da Stimmen in der Vorhalle, er ließ mich los und rannte davon.«

»Ich werde mich um Personenschutz für dich kümmern, bis wir ihn haben.«

Sie schüttelte den Kopf. »Kann ich nicht bei dir bleiben? Wenn er mich sucht, dann bestimmt bei mir zu Hause.«

»Keinesfalls.«

»Bin ich dir lästig?«

»Sabine, dein Chef wurde ermordet, und ich ermittle in der Sache.«

»Ins Bett konntest du mit mir. Hast du da auch ermittelt?«

»Das war privater Natur.«

»Dann nimm mich ganz privat mit. Nur diese eine Nacht.«

»Ich weiß nicht.«

»Bei dir fühle ich mich sicher. Bitte.«

Sie verließen das Büro. Unten im Treppenhaus stand Normann mit einem Burschen in einer blauen Latzhose.

»Langsam reicht es mir.« Normann war aufgebracht. »Zum dritten Mal fummelt ihr an der Selbsttränke herum, und es funktioniert immer noch nicht!«

»Ich weiß auch nicht, was es ist«, sagte der Handwerker und schaute Rose hilfesuchend an.

»Bis morgen«, sagte Sabine und winkte Normann über die Schulter, dann hängte sie sich bei Rose ein.

An ihrer Wohnungstür wartete er, bis sie einige Sachen zusammengesucht hatte für die Nacht. Er dachte an Normann, er war ziemlich laut gewesen, als er dem Klempner die Meinung gesagt hatte. Im Büro hatten sie davon nichts gehört, die Tür war schalldicht.

»Ich bin so weit«, rief Sabine, und er versuchte sich an ihre Worte zu erinnern. »Es waren Stimmen zu hören in der Vorhalle, da ließ er mich los und rannte davon.«

Sie hatte sich umgezogen. Die Tatsache, dass ihre Bluse mindestens eine Nummer zu klein war, erschütterte für einen Moment sein logisches Denkvermögen. Er holte tief Luft, um sich zu fassen, bevor er seine Frage stellte.

»Hatte Schoner die Tür hinter sich zugemacht, als er dich angriff?«

»Ich denke schon.« Sie blickte ihn verwirrt an. »Weshalb fragst du? Ist das von Bedeutung? Vielleicht war sie auch auf. Ich weiß es nicht mehr. Er hat mich gewürgt, ich dachte, er bringt mich um, da habe ich nicht auf offene oder geschlossene Türen geachtet. Was soll die Fragerei. Sag nicht, das ist dein Job.«

Rose sagte nicht, dass es sein Job sei, er legte seine Hand kurz auf ihr Knie und lächelte in Ermangelung einer angemessenen Antwort.

Mittlerweile war es sechzehn Uhr. Er wollte die Fotos für Stillman im Café Hench abgeben, um seinen Teil der Abmachung zu erfüllen. Er sagte ihr, dass er dort noch etwas zu erledigen hätte.

»Ich muss noch ein paar Besorgungen machen, in der Fußgängerzone bin ich sicher«, sagte Sabine. »Wir treffen uns dann im Hench.« Vor dem Parkhaus küsste sie ihn flüchtig auf den Mund. Ihm war diese Nähe unangenehm. Rose ärgerte sich, dass er keinen Personenschutz beantragt hatte. Er war sich bewusst, dass er sich immer mehr in die Sache verwickelte.

Sein Mobiltelefon klingelte. Er suchte seine Taschen ab. »Das ist ein mittlerer Mount Everest«, hörte er Kremers Stimme, »nur aus Plastik. Unglaublich, was alles aus Plastik ist. Die Jungs vom Recyclinghof sind sauer, weil wir ihren halben Hof blockieren.«

»Ernst, wir müssen Schoner und Hitzel finden«, sagte Rose, als er das Café betrat. Stillman saß an seinem Tisch. »Kannst du noch Personenschutz für Sabine Pohl beantragen? Ab morgen.«

»Apropos Sabine Pohl. Ich sollte sie doch für dich überprüfen?«

»Ja?«

»Ihre Akte ist sauber.«

»Und?«

»Böhms Ehrgeiz schaltete sich ein, als er sah, dass ich nichts finde.«

»Weiter!«

»Die Computerassel hat natürlich noch etwas entdeckt. Er hat nicht nur Sabine überprüft, sondern auch noch ihre Eltern. Ist ja kaum zu stoppen, wenn er erst loslegt.«

»Was hat er gefunden?«

»Eine alte, unschöne Sache. Als Elfjährige hat sie zugesehen, wie ihre Mutter den eigenen Mann, also Sabines Vater, erstach. Der Alte war wohl häufig handgreiflich, mehrere Anzeigen wegen Körperverletzung. Es gibt auch noch ein psychologisches Gutachten von damals, das auf eine Missbrauchsgeschichte hindeutet. Hat wohl ziemlich was mitgemacht als kleines Mädchen.«

»Sabines Mutter hat ihren Vater getötet?«

»Freispruch wegen Notwehr.«

Rose hatte einen trockenen Mund. Ihm fiel das Gespräch mit Sabine wieder ein und ihre wütende Reaktion, als er nach ihrem Vater fragte.

Stillman schnitt mit einer winzigen Schere Artikel aus Zeitungen. Es ging um den Fund des enthaupteten Jungen.

»Kannten Sie ihn?« Rose setzte sich neben den weißen Mann.

»Herr Rose. Welche Freude.«

Stillman legte die Schere auf den Tisch. »Um zu Ihrer Frage zu kommen. Ich kannte den Boy nicht. Aber vielleicht erinnern Sie sich an meine Worte: Die Leidtragenden sind immer die Kinder. Das findet wieder einmal«, suchend blickte er kurz zur Decke, »traurige Bestätigung in diesen Artikeln.« Er lächelte.

»Ich habe noch etwas für Ihre Sammlung.«

»Oh. Ich wusste, Sie würden Wort halten. Thank you.« Er nahm den Umschlag mit den Tatortfotos und legte ihn ungeöffnet neben sich auf einen Stuhl.

»Ich habe den Jungen gesehen, Samstag vor einer Woche«, sagte Rose.

»Das ist interessant.«

»Er wurde von Wörner in ein Taxi gezogen und in die Schlossgasse gefahren. Sie kennen Wörner, er sprach auf Bailles Party mit Ihnen. Der Glatzkopf.«

»Well«, Stillman suchte nach den passenden Worten, dann sprach er weiter in seiner stockenden Art, »und ich soll Ihnen helfen, Ihr schwarzes Gewissen zu beruhigen. Es liegt nicht in Ihrer Hand, diesen Jungen lebendig zu machen.«

»Aber es liegt in meiner Hand zu verhindern, dass noch mehr sterben.«

»Einer Ihrer deutschen Denker, ich glaube, es war Kant, sagte, man soll sich nicht der Illusion hingeben, Gott zu sein.«

»Man kann aber versuchen, wie Gott zu handeln.«

»Sie kennen Ihre Philosophen, Herr Rose. Ich möchte Ihnen etwas erzählen. Meine Kindheit war dunkel und ohne Worte. Ein Policeofficer holte mich weg davon. Mein Vater war sehr religiös, man könnte sagen, er war besessen von seinem Glauben und seinen Ansichten. Ich werde Ihnen die Einzelheiten ersparen, it is so boring.« Er stockte, das Sprechen strengte ihn an. Auf seiner Stirn und auf dem Nasenrücken hatte sich ein Schweißfilm gebildet. Die Ausdünstung glänzte im Nachmittagslicht, das durch die Deckenfenster auf sie herabstrahlte. »Heute fasziniert mich das Böse auf eine andere Art. Ich sammle es und halte damit eine dunkle Tür in mir verschlossen, die sich sonst öffnen könnte, und was dann herauskommt, ist nicht sehenswert, um es vorsichtig auszudrücken. Ich urteile nicht, ich sehe und sammle. Ich habe Kontakte und ich benutze und benötige sie.«

»Das heißt, Sie wollen mir nicht helfen.«

Stillman holte ein weißes Taschentuch aus seiner Hosentasche und wischte sich den Schweiß von der Stirn. Das mühsame Formen der Worte, dazu die Erklärung, der Einblick in seine Motivation hatten ihn erschöpft.

»Es tut mir leid.«

Diesen letzten Satz kannte Rose, er hatte seine letzten Wochen überschattet. Es waren die gleichen Worte, die ihm Ines auf dem Anrufbeantworter hinterlassen hatte.

Stillman packte seine Zeitungen zusammen und verstaute sie und den Umschlag mit den Fotos in einer beigefarbenen Stofftasche, dann legte er ein paar Münzen auf den Tisch.

»Ich habe auch eine Tochter«, sagte Rose, »ich weiß momentan nicht einmal, wo sie ist. Aber ich weiß, dass ich alles tun werde, dass es nicht noch mehr Kinder trifft.«

»Würden Sie dafür auch ein Verbrechen begehen?«

»Ich bin Polizist.«

»Ich habe es nicht vergessen. Ich wollte nur sehen, wozu Sie fähig sind.« Stillman lächelte und blickte an die Decke, dann stand er auf. »Goodbye, Mister Rose.« Er reichte Rose seine weiße, kühle Hand.

»Sie werden Ihren Vater mit all dem Schmutz nicht beeindrucken«, sagte Rose. Stillman schlug mehrmals schnell die Augenlider auf und zu, wie ein aufgeregter Schmetterling auf einer Blüte mit den Flügeln schlägt, dann beruhigten sich seine wasserblauen Augen wieder.

»Auf bald.«

Stillman ging grußlos davon, sein Gang kam Rose noch ruckartiger und steifer vor als sonst.

Rose hatte gehofft, dass er den Amerikaner überreden könnte, Wörner zu überführen. Wörner. Rose verspürte heiße Wut, wenn er an diesen Mann dachte. Er war sich bewusst, dass es nicht nur der semmelblonde Junge war, der Wörner ausgeliefert gewesen war. Was hatten er und Junker, der Sugarman, diesen Kindern angetan, fragte er sich, als Sabine lächelnd auf seinen Tisch zukam. Sie war bepackt mit ihren Einkäufen.

Er erkannte das saugende Geräusch der Luft beim Öffnen einer Weinflasche, wenn der Korken herausgerissen wird. Das Klappern und Klirren von Tellern und Besteck drang an sein Ohr. Populärmusik dudelte aus dem Radio. Er saß am Rand der Badewanne und hörte Sabine, die in der Küche hantierte. Sie hatte Tomaten und Wein, Käse und Weißbrot ausgepackt und deckte auf dem Balkon den Tisch. Er wollte sie und ihre gute Laune am liebsten zum Teufel schicken. Dann tat sie ihm wieder leid, wegen der Sache mit ihrem Vater. Er begehrte sie und wollte bloß ihren Körper. Es kam ihm noch unendlich lange vor, bis Samstag, bis er Ines wiedersehen würde. Wenn sie denn käme. Er atmete tief ein, um den Ärger zu unterdrücken, wenn er daran dachte, dass Ines ihn wochenlang ohne ein vernünftiges Gespräch sitzen gelassen hatte, im Ungewissen. Er atmete noch einmal tief ein. Dann stand er auf, ging in die Küche und trank einen großen Schluck Rosé aus dem Glas, das ihm Sabine lachend hinhielt.

Das Telefon klingelte. Er hoffte auf Ines, hörte dagegen Kremers Stimme.

»Nichts Neues im Westen. Die Kollegen aus Frankfurt waren bei Harry Schoner, Fehlanzeige. Seine Wohnung wird observiert. Aber ich weiß jetzt, wo ich die Frau finde, bei der Hitzel angeblich wohnt.«

»Gute Arbeit. Halte mich weiter auf dem Laufenden«, sagte Rose und beendete das Gespräch.

Sie saßen auf dem Balkon. Die Schwalben flogen tief auf ihrer Jagd nach Insekten. Sabine prostete ihm zu.

»Rik. Ist es nicht herrlich. Das Wetter, der Wein. Trinken wir auf den Nachtisch.«

Er überhörte ihre anzügliche Bemerkung. »Eine Schwalbe macht noch keinen Sommer.«

Damit hatte er sie gekränkt. Sie hatte sich wirklich Mühe gegeben, beinahe hätte er gesagt, dass es ihm leid täte, aber er vermied diesen Satz, der in letzter Zeit seinem Befinden nach viel zu oft gefallen war. Er stand auf und küsste sie auf die Stirn. Sabine legte die Arme um ihn und drückte ihre Lippen auf seinen Mund, das wiederum hatte er nicht gewollt, zumindest nicht bewusst.

Zwei Stunden später klingelte sein Telefon.

»Hier Rose.«

»Wenn Sie mich sehen wollen, dann kommen Sie um halb neun in die Q-Bar. Allein.«

»Mit wem spreche ich?«

»Markus Hitzel. Halb neun. Q-Bar. An der Theke.« Der Anrufer hatte aufgelegt.

»Wie spät ist es?«, fragte er Sabine.

»Kurz nach viertel neun.« Sie zog sich das Kissen über den Kopf.

»Wie viel Uhr ist das?«

»Zwanzig Uhr siebzehn.«

»Kennst du die Q-Bar?«

»Gleich am Anfang der Sandgasse. Was ist los?«

»Hitzel ist in zehn Minuten dort.«

»Du willst mich doch jetzt nicht alleine lassen!«

Er suchte seine Hose. »Ja, ich habe die Kneipe schon ein paar Mal im Vorbeilaufen gesehen. Mach alle Türen zu, auch den Balkon.«

»Bleib hier, Rik.«

»Ich bin bald zurück.« Er setzte sich auf das Bett und beugte sich zu Sabine.

Sie drehte den Kopf zur Seite.

»Keine Angst. Schoner weiß ja nicht einmal, dass du hier bist.«

Sie richtete sich auf und hielt ihn am Arm fest.

»Ich will nicht, dass du gehst. Sei heute kein Polizist, bitte.« Sie nahm seine Hand und legte sie zwischen ihre Beine.

Rose stand auf und begann sein Hemd anzuziehen. Er musste sich beeilen.

Sabine verließ das Zimmer.

Als er nach dem Schulterholster griff, sah er, dass die Pistole fehlte. »Sabine!«

»Du bleibst hier.« Ihre Stimme drang aus der Toilette.

Rose rüttelte an der verschlossenen Tür. »Mach auf, ich muss los.«

»Du gehst nicht. Ich werfe das verdammte Ding in die Kloschüssel.«

»Du wirst das Ding nicht in die verdammte Schüssel werfen. Das Ding ist geladen.«

»Das ist mir egal.«

»Mach die Scheißtür auf!« Er trat dagegen.

»Nein!«

Er musste los, wenn er Hitzel treffen wollte. »Wir reden darüber, wenn ich zurück bin.«

Rose schlug die Haustür zu und warf einen Blick in den Hof, bevor er auf die Straße trat. Der Hof lag ruhig und friedlich im Abendlicht. Schnell ging er die Cornelienstraße hinab und auf die Sandkirche zu, die am Eingang der Innenstadt stand. Er hätte Sabine ohrfeigen können. Er musste diese Sache so schnell wie möglich beenden.

Die roten Mauern der Kirche strahlten die Wärme des Tages ab, angereichert mit einem schwachen, modrigen Geruch, der den alten Steinen entströmte. Die Tische vor der Q-Bar waren alle besetzt. Er ging hinein und blickte sich um. Es war genau halb neun. An der Theke saß ein Mann. Er hatte kurze schwarze Haare und starrte wieder in sein Bierglas, nachdem er ihn kurz gemustert hatte. Drinnen war die Kneipe leer, die Musik spielte draußen. Er setzte sich auf einen Barhocker, bestellte ein Bier. Um fünf nach halb kamen vier junge Frauen kichernd herein und setzten sich an einen Tisch, alle vier trugen kurze T-Shirts, die ihre zu breiten Hüften zum Vorschein brachten. Die Hosen hingen tief unter den Speckwülsten. Drei von ihnen hatten sich in einem Anfall von verirrtem Modebewusstsein im Lendenbereich eine verschlungene Ornamentik tätowieren lassen. Diese Arschgeweihe und Tätowierungen überhaupt, sagte er sich, sind doch schon wieder total unmodern, was sich aber bis zu den drei Frauen wohl noch nicht herumgesprochen hatte.

Zwanzig vor neun. Er bestellte sich noch ein kleines Bier. Um Viertel vor neun blickte der Barkeeper auf die Uhr, dann fragte er ihn, ob er Herr Rose sei.

»Rose. Ist ein schöner Name. So blumig. Um drei viertel neun soll ich Ihnen das geben, mit Grüßen von Markus Hitzel.« Er reichte ihm einen Umschlag mit einer Videokassette.

»Wann hat er Ihnen das gegeben?«

»So vor einer Stunde. Er sagte, die Überraschung gelingt nur, wenn ich es Ihnen nicht vor drei viertel gebe. Um neun Uhr trifft er Sie vor der Schöntalruine.«

»Wie komme ich dort hin?«

»Machen Sie so eine Schnitzeljagd oder was?«

»Eher oder was.«

»Verstehe. Sie gehen die Straße hier vor. Nach etwa hundert Metern, nach dem Einstein, biegen Sie rechts ab. Nach zwanzig Metern durch ein Tor, und schon stehen Sie vor der Schöntalruine.«

Rose zahlte und ging die Fußgängerzone entlang. Er bog wie beschrieben ab und ging unter dem Tor in einer Sandsteinmauer hindurch. Vor ihm lag der Park. Die Ruine, aus rohen Sand- und Feldsteinen erbaut, stand auf einer Insel inmitten eines Teiches. Sie kam Rose wie eine romantische Kulisse vor. Eine kleine, steinerne Brücke führte hinüber, doch der Weg war durch ein Tor versperrt. Daneben hing eine bronzene Tafel. Rose las: »Kirche zum heiligen Grab der ehemaligen Beginen. Niederlassung erbaut 1543/44. Zerstörungen 1547 und 1552. Parkstaffage seit 1780.«

Trauerweiden standen gebeugt am Ufer, ein paar Enten zogen träge durch das trübe Wasser. Abendliche Vögel raschelten im Laub. Rose lehnte an der Brüstung der Brücke. Es war ein romantischer Fleck, nur stimmte etwas nicht. Er fühlte sich beobachtet. Das Fehlen der Pistole erinnerte ihn an seine Wut gegen Sabine. Irgendetwas tat sich da vor ihm in dem Eibenwäldchen. Ein Graben führte in das dunkle Dickicht. Er versuchte in die Dämmerung zwischen den Bäumen zu blicken, um zu erkennen, was da vor sich ging. Lichter erschienen und bewegten sich von dort unten auf ihn zu, seltsame Gestalten schienen über den Weg zu schweben. Spitze Hüte, Laternen. Eine Schar Zwerge. Rose erkannte erleichtert Zauberer, Hexen, verkleidete Kinder und ihre Mütter, ein paar Männer waren auch dabei. Sie zogen an ihm vorüber, zu dem Tor in der Parkmauer.

»Heute darf ich so lange aufbleiben, wie ich will«, sagte ein kleiner Zauberer.

»Das neue Buch ist voll geil«, hörte er, »das gibt es doch erst um Mitternacht.«

»Huhu«.

Zwei Mütter passierten ihn langsam. »Und wie heißen die Zwillinge?«

»Fiona und Tamino.«

»Oh, schön.«

»Ja, das passt gut zu ihrem Charakter. Sie hat sie auch schon abgegeben. So eine überängstliche Mutter ist sie nicht.«

Eine kleine Hexe schrie. »Du bist ja gar nicht Harry Potter.« Gemächlich verschwand die Prozession aus Roses Blickfeld, die Stimmen wurden leiser. »Du bist ja gar nicht Harry Potter«, hörte er wieder, »du bist der Falsche, du bist nur der Ludwig.« Die Worte schwebten wie Glühwürmchen in der Abenddämmerung.

»Du bist der Falsche«, wiederholte Rose. Halb zehn. Er beeilte sich, wieder in die Bar zu kommen. Vor der Eingangstür standen die Potterkinder und schwenkten ihre Laternen.

Rose ging an den Tresen, winkte den Barmann heran. »Wie sah er aus? Hatte er einen Pferdeschwanz?«

»Sie meinen den von der Schnitzeljagd? Der hatte kurze rote Haare.«

Sabine nahm das Telefon nicht ab. Er lief die Cornelienstraße hoch. Harry Schoner war bei ihr. Rose wusste es. Er rannte. Er bekam keine Luft. Am Hoftor verschnaufte er einen kleinen Moment. Er wollte nicht wieder aus dem Hinterhalt angegriffen werden, er kannte Schoners hölzerne Fäuste. Am unteren Ende der Straße ging gerade blutrot die Sonne unter. Er hörte durch das gekippte Wohnzimmerfenster ihr Telefon klingeln. Die Haustür war abgeschlossen. Auch die Wohnungstür. Er rammte den Schlüssel in das Schloss und riss die Tür auf.

Sabine saß auf dem Boden im Flur, sie trug einen blauen, seidenen Bademantel, der offen stand. Darunter war die weiße Haut zu sehen. In ihrem Schoß lag der Kopf von Harry Schoner, eine Blutlache breitete sich unter seinem Körper aus. Das dunkelrote, venöse Blut bildete einen seltsamen Kontrast mit den grünen Fliesen. Das verlöschende Licht des Tages. Die ganze Szenerie erinnerte Rose an ein Gemälde aus der Schule der Nazarener. Es war ein geronnenes Heiligenbild. Der vom Kreuz genommene Jesus im Schoße seiner schmerzensreichen Mutter. Hatte er die Ausstellung über den Lukasbund mit Ines gesehen, fragte er sich, oder war es ein Bild, das Stillman im Schloss betrachtet hatte? Er verspürte den Drang, sich anstelle Schoners in den Schoß von Sabine zu legen und seinen Kopf streicheln zu lassen, wegzudämmern. Er war müde. Sabine musste Schoner aus nächster Nähe erschossen haben, auf seinem Rücken war ein hässliches, ausgefranstes Loch, das die ausgetretene Kugel und Knochenfragmente des Schulterblatts gerissen hatten.

»Ich wollte nur kurz auf den Balkon.« Ihre Stimme war kaum zu hören. »Plötzlich war er da, ich wollte ihn nicht erschießen.«

Tod mit der Dienstwaffe. Sex mit Verdächtigen. Strafvereitelung. Deinen Job bist du auch los, sagte eine hämische Stimme in Roses Kopf.

Fleischhaken und Datenträger

Rose war ratlos. Die halbe Nacht hatte die Spurensicherung in seiner Wohnung gearbeitet. Sabine hatte man in Untersuchungshaft gebracht. Rose stand schweigend herum, untätig, machtlos. Die Kollegen behandelten ihn zurückhaltend, wie einen Kranken, von dem man nicht weiß, ob sein Gebrechen ansteckend ist. Mehling betrat die Wohnung.

»Der kommt sonst nie«, meinte Kremer, der bei Rose stand und der Einzige war, der mit ihm redete. »Wenn der Alte vom Olymp steigt, ist Ärger im Anzug.«

Mehling ging wortlos durch die Wohnung. Niemand sprach ihn an. Dann erst kam er auf Rose zu.

»Ich habe am Vormittag eine Besprechung mit dem Landrat. Sie möchte ich um dreizehn Uhr in meinem Büro sehen. Kremer und Böhm sollen noch heute Nacht Ihren Bericht zu der Sache aufnehmen. Sie sind natürlich bis zur Klärung der Umstände beurlaubt.« Damit ging Mehling grußlos.

In der Dienststelle wurden Rose die Fingerabdrücke abgenommen. Die übliche Prozedur, damit sie mit den am Tatort gefundenen verglichen werden konnten. Und doch fühlte er sich schuldig und nicht als Zeuge, dem lediglich ein Dienstvergehen angelastet wurde.

»Wie kam Frau Pohl in deine Wohnung?« Kremer stellte die Fragen. Böhm tippte bereits mit, obwohl das Tonband lief. »Stand ihr gut, das kleine blaue Ding.«

»Kremer, das ist wohl deplatziert«, meinte Böhm.

»Das kann man sehen, wie man will, aber wenn Sie meinen, dass das kleine, blaue Ding deplatziert war, will ich nicht widersprechen.«

Rose wusste nicht, welches kleine Ding Kremer meinte, fühlte aber auch keinen Drang, Kremer zurechtzuweisen, der mit seiner Äußerung eigentlich zu weit ging. Es war Rose egal, was Kremer sagte, oder Böhm, oder wer auch immer.

Böhm und Kremer mussten ihn vernehmen, er wusste, das war nicht einmal der Anfang. Später würde ein Disziplinarverfahren wegen Dienstvergehen eingeleitet werden, aber auch das war ihm egal. Er fragte sich, wie sich Sabine wohl jetzt fühlte. Die Sache mit ihrem Vater kam ihm in den Sinn. Jetzt hatte sie einen Menschen erschossen, wenn auch nur in Notwehr. Ob sie Schoner einmal geliebt hatte? Und ihn, Rose? Wie waren ihre Gefühle ihm gegenüber und seine Gefühle für sie? Im Moment fühlte er nichts. Er fühlte sich selbst wie ein abgestorbenes Stück Holz, das einen Fluss hinabtreibt.

Am Himmel zeigte sich bereits ein weiches, türkisfarbenes Licht, als ihn eine Streife nach Hause fuhr. Die Wohnung war von der Spurensicherung mittlerweile freigegeben worden.

»Ist aber noch nicht gereinigt«, sagte der Kollege auf dem Beifahrersitz.

Rose winkte müde ab. Er ließ sich am Schlachthof absetzen, um ein Stück zu Fuß zu gehen. Der Parkplatz stand voller Autos, Lieferwagen von Metzgereien, Pkw mit Anhängern. Über dem Gebäude hing ein feiner Dunst, und die Geräusche der Schlachtung drangen gedämpft bis zu ihm auf die Straße. Am anderen Ende der Grünanlage sah er eine dicke Frau stehen. Ihren winzigen Hund konnte er im frühmorgendlichen Dämmerlicht kaum erkennen. Er dachte an Karl Peschke und seine Schlachthofsymphonie. Rose wollte die Melodie hören.

Wieder war es der Lärm, der ihn als Erstes, beinahe körperlich, umfing. Er blieb am Eingang der Schlachthalle stehen und betrachtete die Vorgänge. Die Kopfschlächtertruppe hatte Peschke durch einen neuen Schießer ersetzt. Es war ein dünner, junger Mann mit schütterem Haar. Er erinnerte Rose an ein aus dem Nest gefallenes Vögelchen. Der Nestling sprang nervös auf der Rampe herum und versuchte die Schweine zu packen. Die Tiere schrien, die Sägen kreischten, das Fließband bollerte, es fauchte die Brennkammer, und die Ketten rasselten. Rose war es, als hörte er einen Rhythmus in dem Lärm. Einen dumpfen, monotonen Rhythmus, der aus der Erde unter dem Schlachthof zu kommen schien, wie aus tiefen Kellern, Schächten, Stollen.

Aber eine Melodie konnte er nicht ausmachen. Der Mann, der die Tiere ausweidete, packte gerade eine Leber und steckte sie auf ein freies Hakengestänge. Rose musste an die Bilder von dem zerstückelten Toten denken. Auf den Bildern war auch ein Hakengestänge zu sehen gewesen, behängt mit den Innereien Junkers, und ein weiterer, einzelner Haken mit dessen Geschlechtsteil. Es war auf den untersten der Haken gehängt. Rose beobachtete den Schlachter weiter. Mit einem schnellen, glatten Schnitt löste er die Leber aus dem nächsten Tier und spießte sie auf das Gestänge. Auf den obersten Haken.

»Wollen Sie Schutzkleidung?« Normann schrie durch den Lärm. Rose winkte ihn in die Vorhalle.

»Sagen Sie, die Haken«, er deutete auf den Schlachter durch die offene Tür, »werden immer von oben behängt, oder ist das Zufall?«

»Nee, von oben. Der Hakenbaum wackelt unten zu sehr, wenn er leer ist. Kein Gewicht.«

»Erinnern Sie sich an die Leiche von Dr. Junker?«

»Ich sagte Ihnen doch, dass da einer dabei war, der nicht vom Fach ist.«

»Ja, aber wieso nahm er den untersten Haken?«

»Na, war ein kleiner Kerl, kam nicht höher.«

»Kann es auch eine Frau gewesen sein?«

Er zuckte mit den Schultern. »Warum nicht? Wollen Sie jetzt Schutzkleidung?«

Rose ging langsam zur Cornelienstraße. Ihm fiel die Teetasse auf Junkers Schreibtisch wieder ein, als er Schoner am Schlachthof gesehen hatte. Er hatte Sabine bedroht und gewürgt, und sie sollte ihm eine Tasse Kaffee angeboten haben? Das war schwer nachvollziehbar. Dann hatte sie behauptet, Schoner hätte von ihr abgelassen, weil er Stimmen auf dem Flur gehört hatte. Durch die schallgedämpfte Tür hatte Rose nicht einmal Normann gehört, als er mit dem Klempner schimpfte.

Ihm kam die gestrige Geschichte zu glatt vor. Schoner lockt ihn weg, dann taucht er bei ihr auf. Sie hat Roses Pistole zufällig in der Hand, sie erschießt ihn. Am gleichen Tag hatte sie ganz offiziell auf der Dienststelle angerufen, weil sie bedroht worden war. Sie hatte nicht bei ihm, Rose, angerufen, sondern alles schön zu Protokoll gegeben. Und wenn Schoner sie gar nicht bedroht hatte? Er war sich sicher, dass Schoner der Mörder von Dr. Junker war, aber wer war sein Komplize? Kleiner Kerl, sagte Normann. Warum keine kleine Frau, warum nicht Sabine? Meine Abwesenheit, meine Pistole in ihren Händen, alles nach Plan, nach ihrem Plan, und sowohl Schoner als auch ich funktionierten wie dressierte Hündchen, für ihn mit tödlichem Ausgang. Aber weshalb das alles? Und was war auf der Videokassette? Die hatte Mehling an sich genommen. Und der Junge? Waren es verschiedene Mörder, wie hing das alles zusammen? Rose schloss die Tür auf. Ein großer Blutfleck, der Kreideumriss des Toten. Sein Kopf schmerzte. Es war bereits hell, als er sich ins Bett legte. Es roch nach Sabine.

Der Wecker klingelte um halb zwölf. Die Kopfschmerzen meldeten sich zurück, als Rose aufstand und versuchte, das Blut wegzuwischen. Es war eingetrocknet. Er schüttete Wasser auf den braunroten Fleck. Mit einem Putzlappen schrubbte er daran herum. Er holte ein Messer und kratzte das Blut und winzige Gewebefetzen aus den Fugen der Fliesen. Dann wischte er die Spritzer an der Wohnungstür ab. An der verputzten Wand blieben bräunliche Flecken zurück, als er Blut und Gewebefetzen wegschabte. Den Putzlappen schmiss er in die Mülltonne.

Er roch an seinen Händen, als er Richtung Löhergraben zur Bushaltestelle ging. Sie rochen nach Blut.

Das Telefon klingelte. »Hallo, Rik. Hier ist Ines.«

»Ines.«

»Du hörst dich nicht gut an.«

»Wie läuft es in Berlin?«

»Gut.«

»Was macht unser Engel?«

»Ihr geht es gut. Am Samstag kommt ein Bekannter mit, er hat einen Transporter. Für meine Sachen.«

»Ist er das?«

»Ich habe dir doch gesagt, dass es keinen anderen gibt.«

»Ja.«

»Dann bis übermorgen.«

»Ja.«

Er erreichte gerade noch den Bus nach Nilkheim. Er war müde. Er akzeptierte jetzt Ines Entschluss, ihn zu verlassen. Es gab im Moment kein Zurück. Dabei hatte er immer gedacht, dass ihre Beziehung etwas ganz Besonderes sei, dass ihre Liebe etwas Spezielles sei, wohl deshalb, weil Ines die erste Frau war, mit der er sein Leben verbringen wollte, mit der er alt werden wollte. Sie sei die Frau seines Lebens, hatte er immer zu ihr gesagt. Am Ende, sagte er sich, war ihre Liebe genau wie überall, klein und abgenutzt und wertlos und schließlich achtlos wie ein Papiertaschentuch fallen gelassen. Er wusste, dass er dafür verantwortlich war, dass sie nicht miteinander geredet hatten. Er hatte oft gespürt, wenn Ines reden wollte, und solche Momente ausgeschwiegen.

Er war es, der es unmöglich machte, gestand er sich ein. Irgendetwas hatte ihn getrieben, den Rest von Hoffnung zu zermalmen, und jetzt glaubte er auch, dass Ines ihn verlassen musste, damit er einen Knoten in sich öffnen konnte. Seine Gedanken rasten in seinem Kopf. Er hatte etwas in Gang gesetzt, eine Maschinerie, die alte, verstaubte Strukturen aufwirbelte, damit er überhaupt begriff, dass sie dort unten lagerten. Weshalb aber hatte er mit Sabine seiner Beziehung noch den Rest von Atem ausdrücken müssen? Musste er ganz unten aufschlagen, um zu kapieren, dass etwas mit ihm nicht stimmte? Er wusste, dass er noch viel in sich hineinzuhorchen hätte, dass er bei sich bleiben musste, ohne, wie früher, zu fliehen, in Arbeit, in Alkohol, in Ablenkung und Lüge. Er würde jetzt viel Zeit dazu haben. Vielleicht mehr, als ihm lieb war.

Um dreizehn Uhr betrat er die Dienststelle. Er ging direkt zu Mehling. Kremer und Böhm waren bereits da.

»Setzen Sie sich, setzen Sie sich, dann können wir endlich anfangen.« Mehling ging hinter seinem Schreibtisch hin und her. Es war vier nach eins.

»Ich habe mit den Pressevertretern gesprochen. Es ist nicht durchgesickert, dass die Tat, eindeutig Notwehr, mit Ihrer Dienstwaffe verübt wurde, Herr Kollege. Das sollte auch besser unter uns bleiben. Auch dass Frau Pohl beinahe nichts anhatte, ist für den Tathergang irrelevant. Gut. Vergessen wir das.« Er öffnete eine Schublade in seinem Schreibtisch und holte Roses Pistole hervor. »Weshalb führen Sie eine Walther PPK und keine Heckler & Koch? Na egal. Stecken Sie die wieder ein. Ich glaube, Ihnen keinen Rat geben zu müssen, was das Überlassen der Dienstwaffe an Dritte anbetrifft. Natürlich muss ich den Vorfall an Ihren direkten Vorgesetzten, Kriminaloberrat Bartoldy, melden, er wird wissen, was zu tun ist.«

Rose atmete erleichtert auf, Mehling ersparte ihm jede Menge Ärger.

»Ich wollte Sie wieder nach München schicken. Nach dem, was vorgefallen ist, ist es eigentlich nicht zu verantworten, Sie mit im Boot zu lassen, wenn ich das einmal bildlich ausdrücken darf. Aber ich muss zugeben, dass wir ohne Sie noch immer in der falschen Richtung ermitteln würden. Sie können also bleiben.«

Mehling blätterte eine Weile in einem Aktenordner herum, dann sprach er weiter. »Nun zu den laufenden Ergebnissen. Die Haare, die Sie an der Eisenbahnbrücke fanden, stammen mit ziemlicher Sicherheit von Markus Hitzel. Verschiedene Proben aus der Wohnung, wie Badutensilien et cetera, sind vom gleichen Ursprung. Die Proben aus dem Taxi sind nicht auswertbar, zu viel Fremdmaterial. Und die Kassette, die ich gestern von Ihnen erhielt, zeigt aller Wahrscheinlichkeit nach Dr. Junker bei perversen Handlungen mit Kindern. So schwer es mir fällt, ich muss zugeben, dass ich mich in diesem Menschen, und das über Jahre, sehr geirrt habe. Es ist einfach zum Kotzen. Also, so wie es aussieht, haben wir den Mörder von Dr. Junker in Gestalt des toten Harry Schoner. Motiv, nach Aussagen Frau Pohl, krankhafte Eifersucht gegenüber einem vermeintlichen Nebenbuhler. Zweitens ist Markus Hitzel Mittäter oder Helfer bei dem Mordfall des russischen Jungen, der allem Anschein nach mit Hilfe des Vereins Paupera hierher geschleust wurde. Wir haben eine Spur in ein Waisenhaus zurückverfolgen können, mit dem Paupera Verbindung hatte. Das konnte Herr Kollege Böhm anhand der Geschäftspapiere des Vereins aufdecken. Last, but not least sind wir weiter dabei, die Recyclingsäcke nach Spuren einer Gewalttat in der Malschule Paupera zu untersuchen. Und ich war Mitglied in diesem Verein, unglaublich.«

Es klopfte. Ein Beamter brachte einen Zettel herein, den Mehling wortlos entgegennahm. Er las, dann blickte er auf.

»Der Wagen von Markus Hitzel ist gefunden worden, auf dem Parkplatz des Schönbusches. Er ist aufgefallen, weil von ihm ein seltsamer Geruch ausgeht und überall Fliegen sitzen würden. Meine Herren, dann los.«

Kremer und Böhm verließen das Zimmer. Rose blieb zurück, er hatte Kremer gebeten, vor dem Gebäude auf ihn zu warten.

»Ich möchte Wörner eine Falle stellen«, sagte er zu Mehling, der noch immer den Zettel in der Hand hielt.

»Ich halte Sie nicht zurück, solange Sie auf dem Pfad der Legalität wandeln.«

»Ich brauche die Videoaufzeichnung dazu.«

»Sie haben gehört, was ich gesagt habe, Herr Kollege. Das ist Beweismaterial.«

Rose wandte sich zur Tür.

»Warten Sie«, sagte Mehling und nahm die Kassette vom Schreibtisch. Er wiegte sie in der Hand, stöhnte, dann hielt er sie Rose hin. »Sie können sie sich gerne einmal ansehen und mir irgendwann zurückgeben. Sie hat noch keine Registriernummer der Asservatenkammer.«

Kremer wartete mit laufendem Motor vor der Dienststelle. Rose stieg ein. »Zuerst in die Stadt, Café Hench. Hitzels Wagen muss noch etwas warten.«

»Die Kollegen und die Feuerwehr sind bereits dort. Vielleicht gehen wir anschließend Kaffee trinken.«

»Es dauert nicht lange, Ernst. Es ist wichtig.«

»Na gut, toter wird er nicht mehr.«

»Wer?«

»Hitzel, oder weshalb sollen Fliegen auf dem Auto sitzen, Mitfahrgelegenheit abpassen etwa? Ich verwette meine Oma, dass der im Kofferraum liegt und bereits ausläuft.«

»Ernst, du bist wirklich ein Fuchs.«

»Das sagte meine letzte Freundin, die dumme Gans, auch immer. Jetzt sag mir aber, was du vorhast.«

Kremer lenkte den Dienstwagen auf den Parkplatz am Freihofsplatz. Er setzte sich eine Sonnenbrille auf und klappte die Rückenlehne zurück.

»Ich observiere die Umgebung. Weck mich dann.«

Rose lief die Freihofsgasse hinauf. An den Caféhaustischen saßen heute nur alte Damen, die ihren Diätkuchen aßen. Stillmans Tisch war leer. Kurze Zeit später war er zurück am Wagen.

»Fehlanzeige. Er ist nicht im Hench. Also zum Schönbusch.«

»Lerne ich Markus Hitzel auch mal kennen«, sagte Kremer. Er schniefte und startete den Motor.

»Ihr hättet euch vielleicht gut verstanden.«

»Wie das?«

»Na, so frisurmäßig.«

Auf dem Schönbuschparkplatz wurden sie von einigen uniformierten Beamten und den Leuten der Spurensicherung erwartet. Schaulustige standen hinter dem Absperrband, das um den VW Golf angebracht war. Mit einer großen, blauen Zange und einem Hebeleisen brachen zwei Feuerwehrmänner den Kofferraum auf. Der Aasgeruch, der um das Fahrzeug wahrnehmbar gewesen war, verstärkte sich mit dem Öffnen der Kofferraumklappe schlagartig. Die Feuerwehrleute wandten ihre Köpfe ab und traten schnell von dem Wagen zurück. Das Gesicht der Leiche im Innern war blaugrau angelaufen, Hitzels Augen quollen hervor. Die Zunge hing schwarz und dick zwischen seinen Lippen. Um den Hals hatte sich ein scharlachroter Streifen gelegt. In die Schaulustigen kam Bewegung, ein Schieben und Stoßen auf den Kofferraum zu. Polizisten drängten sie zurück. Eine Frau schrie auf. Rose blickte in ihre Richtung und sah, wie ein Mann in einem weißen Anzug ihm ruckartig zuwinkte.

»Ich dachte mir, dass ich Sie hier treffen würde«, sagte Stillman. »Ich hoffe, es geht Ihnen gut.«

Rose hob das Absperrband und ließ Stillman zum Kofferraum gehen. Stillman betrachtete eine Weile den Toten. Er holte eine winzige Kamera hervor und lächelte Rose an.

»Ich darf doch?« Dann machte er eine Aufnahme von dem blaugrauen Gesicht des Getöteten.

»Ich brauche Ihre Hilfe«, sagte Rose.

»Ich habe Ihre Worte gehört und darüber nachgedacht.«

Rose zog die Kassette aus seinem Jackett.

Stillman griff schnell danach. »Was soll ich tun?«

»Bieten Sie das Wörner an, locken Sie ihn zu einem Treffpunkt, bringen Sie ihn zum Reden, den Rest übernehme ich.«

»Deus ex Machina. Die Aufnahmen müssen echt sein, wenn ich glaubhaft sein soll.«

Rose nickte.

»Dann sehen wir uns morgen zum Frühstück.« Stillman steckte die Kassette ein. »Sie haben nichts dagegen, wenn ich mir das kopiere? Für meine Sammlung.«

»Sie bringen mich noch in Teufels Küche, Stillman.«

»Es gibt dunklere Räume in Satans Haus. Bis morgen dann, Mister Rose. Es war mir wie immer ein Vergnügen.« Er drehte sich um und verschwand zwischen den Schaulustigen.

»Wie kommt denn Heino hierher?«

»Der Mann ist mir ein Rätsel, Ernst. Fahren wir zurück.«

Als sie die Dienststelle fast erreicht hatten, deutete Kremer mit dem Daumen zur Leitstelle des Roten Kreuzes.

»Armes Mädchen, schon die zweite Beerdigung innerhalb eines Monats. Sie ist zwar eine dumme Gans, aber das hat sie nicht verdient.«

»Moment mal«, sagte Rose. »Du meinst doch nicht Katja Hitzel mit der dummen Gans? Du hattest was mit ihr?«

»Schon mal einen Roboter geküsst?«

»Katja Hitzel?«

»Bis vor Kurzem hatte sie noch eine Zahnspange und überhaupt da und dort viel Metall, an Stellen, deren genauere Beschreibung meine Höflichkeit verbietet.«

»Wo bin ich denn hier hingeraten?«

»Kleinstadt.«

»Und weshalb zweite Beerdigung?«

»Ich habe Katjas Alibi natürlich überprüft. Baille meinte, dass sie sich am Tag von Junkers Schlachtung, ich meine Ableben, frei genommen hat wegen einer Beerdigung. Baille schimpfte noch herum, weil an dem Tag so viel zu tun gewesen wäre, ein Treffen mit dem Stadtrat oder so.«

»Hat das jemand überprüft?«

»No, Sir. War nicht nötig. Sie war ja mit deiner feschen Pohl unterwegs.«

Rose erinnerte sich an das Gespräch mit Katja Hitzel, ihm kam Stillmans Rat in den Sinn: *Höre auf die Worte*.

»Lass mich hier raus.«

»Roger. Dann kannst du auch gleich den Todesboten spielen.«

Rose lief über den Hof aus Verbundsteinpflaster. Es war niemand zu sehen. Er dachte an Peter Seim, der auch hier in der Dienststelle arbeitete und im Visier der Ermittler gegen Kinderpornografie im Internet war. Jakob hatte ihn gebeten, Seim noch ein paar Tage in Ruhe zu lassen, um die Arbeit des Kommissariats 343 nicht zu gefährden. Noch ein paar Tage. Rose stieg die Treppe hinauf und klopfte an der Tür zu Frau Hitzels Büro. Keine Aufforderung. Er klopfte noch einmal, wartete, klopfte, dann öffnete er die Tür.

Katja Hitzel saß auf ihrem Bürostuhl, der zum Fenster gedreht war. Der Kopf lag nach hinten gebeugt auf der Lehne, sie rührte sich nicht. Das Fenster war geöffnet, der Vorhang wehte in dem Zug, der durch die geöffnete Tür entstand. Laut schlug hinter Rose die Tür ins Schloss. Katja Hitzel fuhr auf ihrem Stuhl aufgeschreckt herum. Sie hatte geweint.

»Ich habe Sie gar nicht hereinkommen hören«, sagte sie, »ich war in Gedanken.«

Sie blickte durch Rose hindurch. Ihm fiel auf, dass sie einen langen schwarzen Rock und ein schwarzes T-Shirt trug. Ein silberner Drache, den eine üppige Amazone ritt, war auf der Vorderseite des Hemdchens abgedruckt.

»Er war eigentlich ein guter Kerl«, sagte sie, halb zu sich, halb zu Rose gewandt.

»Sie wissen, dass Ihr Ex-Mann tot ist?«

»Ja.«

»Aber woher? Wir haben erst vor einer halben Stunde den Wagen aufgebrochen!«

Sie blickte ihn an, als erkenne sie erst jetzt, wer vor ihr stand.

»Eine Freundin kam zufällig vorbei und sah die Polizei und das Auto, und sie sah Markus. Sie rief mich gleich an.«

Rose holte seinen Notizblock hervor.

»Wie heißt die Freundin, ihre Telefonnummer?«

»Warum wollen Sie das wissen?«

»Ich werde es überprüfen. Ich werde Ihren Apparat überprüfen, wer heute alles angerufen hat. Ich werde das Alibi, das Sie Frau Pohl gegeben haben, überprüfen und Sie dabei auseinanderpflücken.«

»Sie wollen mir Angst machen.« Sie blickte ihn mit aufgerissenen Augen an. Rose hatte den Eindruck, dass sie gleich wieder anfangen würde zu weinen. »Warum machen Sie das? Was habe ich Ihnen getan?«

»Sie haben falsch ausgesagt. Sie haben eine Beerdigung vorgetäuscht, um kurzfristig frei zu bekommen, damit Sabine ein Alibi durch Sie bekommt. Sie können jederzeit in die Stadt zum Einkaufen und Kaffee trinken und was weiß ich alles. Aber ausgerechnet an dem Tag, als Dr. Junker getötet wurde, müssen Sie angeblich auf eine Beerdigung, obwohl hier einmal etwas zu tun war, und gehen dann aber lieber mit Sabine, mit Frau Pohl, aus. Ich glaube Ihnen kein Wort, deshalb überprüfe ich jetzt Ihre Freundin, Ihre Anrufe, und wenn ich herausbekomme, dass das nicht stimmt, nehme ich Sie auf der Stelle fest und stecke Sie hundert Meter weiter in eine hübsche Zelle wegen Beihilfe zum Mord an Dr. Junker und an Markus Hitzel.«

Rose tippte eine Nummer in das Handy. »Hier Rose, ja, überprüfen Sie bitte den Anschluss von Frau Hitzel im Büro der Paupera, alle heute eingegangenen Anrufe. Dringlich wegen Verdunkelungsgefahr. Ja, ich warte.«

Katja Hitzel bedeckte ihren Mund mit einer Faust. »Warten Sie«, sagte sie leise, »ich wurde nicht angerufen. Ich wusste, dass er tot ist, aber ich habe damit nichts zu tun.«

»Wer war es?«

»Sabine sagte es mir.«

»An dem Tag, als Dr. Junker getötet wurde, wann haben Sie da Sabine getroffen?«

»Um drei.« Sie blickte durch ihn hindurch, auf einen fernen Horizont, der tröstlich, doch unerreichbar war.

»Kommen Sie«, sagte er und berührte ihren Arm. »Wir gehen ein bisschen spazieren.«

Sie stand auf und ließ sich von Rose wie eine Schlafwandlerin aus dem Raum führen, die Treppe hinab und langsam die Straße zur Dienststelle entlang.

»Weshalb hat Sabine Dr. Junker getötet?« Es fiel ihm schwer, einen ruhigen, ausgeglichenen Ton zu finden.

Sie blieb stehen, zu ihm gewandt. Er sah in ein Paar Augen, die in Räume blickten, welche anderen verborgen blieben, er sah etwas Abseitiges, einen aus der Realität verrückten Blick.

»Aber er war ein böser Mann.«

»Und Markus, war das auch ein böser Mann?«

»Ja. Er hat mich verlassen. Er hat mich verspottet. Er hat geholfen, den Kindern wehzutun.«

»Welchen Kindern? Wie hat er ihnen wehgetan?«

»Wer sind Sie? Wo bringen Sie mich hin? Ich möchte nach Hause.«

»Katja. Welchen Kindern?«

»Ich möchte nach Hause.«

»Ich bringe Sie später nach Hause. Kommen Sie, wir gehen erst einmal hier hinein und schreiben auf, was Sie mir gesagt haben.«

»Ich möchte nach Hause. Verstehen Sie doch.«

Die Glastür zur Dienststelle stand offen. Der Beamte hinter dem Empfang winkte überschwänglich und drückte den Türöffner zur inneren Pforte. Rose führte Katja Hitzel über den Flur zur Treppe. In einem Vernehmungsraum, dessen Tür geöffnet war, sah er Kremer mit zwei älteren Frauen reden. Beide trugen bunte Kopftücher und dünne, zerknitterte Sommermäntel. Er hörte, wie sich die zwei Frauen auf Russisch berieten, sah, wie Kremer ihm zuwinkte und den Kopf einzog, als er seine Begleitung erkannte. Rose bedeutete ihm nach oben zu kommen und brachte Katja Hitzel in ihr Büro. Böhm saß hinter seinem Schreibtisch und telefonierte.

»Meine Biene Maja, sag der Mama, dass ich mich heute Abend darum kümmern werde. Ich muss jetzt auflegen. Küsschen.«

Rose brachte die Frau zu einem Stuhl.

»Das ist Katja Hitzel. Sie ist etwas verwirrt. Ihr Mann ist ermordet worden. Sie wusste davon. Außerdem gab sie Frau Pohl ein falsches Alibi. Versuchen Sie bitte ein Protokoll zu schreiben, holen Sie raus, was Sie weiß, aber immer sachte. Am besten rufen Sie eine Psychologin dazu.«

Kremer kam um die Ecke und deutete in das Büro. Rose schüttelte den Kopf. »Das macht Böhm. Wir fahren in die Stadt zu Sabine Pohl.«

Kremer fuhr vom Parkplatz der Dienststelle und bog auf die Großostheimer Straße Richtung Aschaffenburg ab. Kurz vor der Adenauerbrücke sahen sie die zwei Frauen mit den bunten Kopftüchern am Straßenrand entlanggehen.

»Da sind ja meine Wolgagrazien.«

»Was wolltest du von denen?«, fragte Rose.

»Hab ich ganz vergessen. Die zwei Frauen suchten einen Jungen, der aus ihrem Waisenhaus vermittelt wurde. Über Paupera.«

»Mein Gott. Halt an.«

Kremer stoppte den Wagen knapp hinter den Frauen. Doch die gingen unbeirrt weiter. Die Sommermäntel flatterten im Luftzug der vorüberfahrenden Autos. Kremer stieg aus und rief: »Babuschka, daweij.«

Er öffnete die Hintertür und verbeugte sich. Als die Frauen eingestiegen waren, stellte sich Rose vor. Er schüttelte zwei Hände, blickte in blassblaue Augen.

»Sie haben Hitzel auf einem Foto wiedererkannt. Den bezopften Mann, der den Jungen abgeholt hat. Aber ob das der Kleine aus dem Main ist …« Kremer unterbrach sich und schniefte.

»Warum kommen Sie den weiten Weg von Moskau hierher?«, fragte Rose.

»Meine Freundin, Nadja Wladimirowna«, sagte die ältere der Frauen. »Sie müssen wissen, macht sich große Sorgen um den kleinen Oleg. Anderes Kind weint immerzu. Ein Gefühl, etwas stimmt nicht, deshalb sind wir hier, Kind suchen.«

»Mit zwölf Euro und dem Rückfahrschein für den Bus«, ergänzte Kremer.

»Jetzt zu Bahnhof, Zug nach Frankfurt, dann Bus nach Hause. Kind nicht finden, Zeit vorbei.«

»Sie waren bei Paupera und haben keine Auskunft erhalten. Mit Wörner haben sie wohl auch telefoniert, der hat aber nur rumgeschrien.«

»Wir bringen Sie zum Bahnhof«, sagte Rose. »Wenn wir etwas Konkretes wissen, melden wir uns. Schreiben Sie mir bitte eine Telefonnummer und Ihre Namen und Adresse auf.« Er reichte ihnen sein Notizbuch nach hinten.

Als sie den Bahnhof erreichten, griff Rose in die Innentasche seines Jacketts und holte das Portemonnaie heraus.

»Njet!«, riefen beide Frauen.

Er hielt ihnen einen Fünfzig-Euro-Schein hin. »Das ist eine Spende für das Waisenhaus.«

Nadja hob abwehrend die Hände vor sich.

»Für die Kinder«, sagte Rose. Die Frauen tauschten kurz einige Sätze aus, dann nahmen sie das Geld.

Rose reichte ihnen die Hand zum Abschied. Nadja Wladimirowna hielt sie fest, dann holte sie ein Foto aus ihrer Handtasche und sagte etwas auf Russisch. Ihre Freundin übersetzte.

»Hier sehen Sie Bild von Oleg, wenn Sie ihn treffen, wiedererkennen.«

Rose nahm das Foto. Auf dem Bild war ein kleiner, semmelblonder Junge zu sehen, der ernst in die Kamera blickte. Er wirkte neugierig, dabei zurückhaltend. Es war ein hübsches Kind. Rose erkannte den Jungen, den Wörner in das Taxi geschoben hatte, den Jungen, den sie im Main gefunden hatten. Nadja sah seinen Blick, als er ihr das Foto zurückgab. Sie nahm Rose kurz in den Arm und drückte ihn.

Die zwei Frauen gingen untergehakt davon und verschwanden hinter den Glastüren des Bahnhofsgebäudes.

»Großer Bahnhof«, sagte Kremer und startete den Motor. »Wohin nun?«

»Immer noch zum Schlachthof.« Rose blickte zum Bahnhof hinüber.

»Ich denke, im Schlachthof haben wir kein Glück, es ist fast fünf Uhr. Aber läute mal durch.«

Rose schaute noch immer zum Bahnhofsgebäude, als warte er auf etwas. Dann nahm er sein Telefon aus der Jackentasche und suchte die Nummer des Schlachthofes in seinem Verzeichnis.

»Hebt niemand ab«, sagte Rose und richtete sich auf. »Dann zu ihrer Wohnung.«

Er rief Sabines Mobiltelefon an. »Abgeschaltet.« Er wählte ihre Festnetznummer.

Sie war nicht zu Hause. Kremer fuhr zum zweiten Mal über den Kreisel am Ende der Elisenstraße.

»Wir hätten sie gar nicht erst aus der U-Haft entlassen sollen. Aber es sah ja alles nach Notwehr aus«, sagte Kremer. Er schniefte. »Captain, my Captain. Wohin nur, wohin?

Rose stöhnte. »Cornelienstraße. Und gib eine Fahndung heraus. Mordverdacht.«

Kremer setzte ihn vor seiner Wohnung ab. »Soll ich später noch einmal vorbeikommen?«

»Danke, Ernst. Nicht nötig. Ich habe meine Dämonen zur Gesellschaft.«

Rose ging in die Wohnung und blickte auf die Stelle, an der Schoner gelegen hatte. Dann öffnete er den Kühlschrank. Ein kalter Atem wehte ihn an. Seine Finger tasteten nach einer Bierflasche. Er hielt sie einen Moment in der Hand, fühlte die Kühle des Glases, dann schob er die Flasche zurück. Er dachte an Nadja Wladimirowna. Er wollte ihr helfen, dabei hatte sie ihm geholfen, mit ihrer Geste, als sie ihn in den Arm nahm. Er sah den kleinen, blonden Jungen vor sich, am Bahnhof. Warum hatte er sich nichts dabei gedacht? Die selbstverständliche Gewalt Wörners, dieses schicken, aufgeblasenen Typen; dagegen der kleine, verängstigte Junge, in seinen armseligen Kleidern. Es hätte ihm auffallen müssen.

Sein Telefon klingelte.

»Hallo, Rik. Hier ist Ines.«

»Ines!« Er hatte den ganzen Tag, seit dem morgendlichen Gespräch, das ihm endlos weit weg vorkam, nicht an sie gedacht, so viel war passiert, und jetzt überwältigte ihn ihre Stimme beinahe. »Schön, dass du anrufst. Wie geht es euch?«

»Lisa möchte dir Gute Nacht sagen. Wir sehen uns übermorgen.«

»Ja.«

»Rik?«

»Ja?«

»Bitte lass Klaus in Ruhe.«

»Ich kenne keinen Klaus.«

»Meinen Bekannten, er wird uns bringen.«

»Natürlich.« Seine Hand formte sich zur Faust.

»Ich gebe dir jetzt Lisa.«

»Warte.«

»Ja?«

»Gibt es noch Hoffnung?«

»Rik. Lass es erst mal, wie es ist.«

Er hörte die Stimme seiner Tochter. Wenn er sie nur in den Arm nehmen könnte, dachte er.

An diesem Abend ging Rose früh zu Bett. Er versuchte, sich abzulenken, nicht an Ines und Lisa zu denken, für heute Nadja und Oleg und Sabine und den toten Hitzel zu vergessen. Er holte sich ein Buch aus dem Wohnzimmer seiner Vermieterin, wahllos griff er in das Regal, legte sich hin und schlug das Buch auf. »Tausendseenland« las er auf dem Umschlag, den fremdländischen Namen der Autorin vergaß er sofort wieder. Er las, doch zwischen den Zeilen streckten Peschke und Normann, seine Frau und seine Tochter und all die anderen, die er für heute gern aus seinen Gedanken verjagt hätte, ihre Hände nach ihm aus, riefen nach seiner Aufmerksamkeit, buhlten um Beachtung. Er kam wieder an im Bahnhof und sah den Jungen, den Wörner in das Taxi zerrte, und auch der Junge streckte die Hände nach ihm aus, und Wörner lachte. Er sah einen Metzger mit roten Haaren, der einen Menschen zerteilte, und ein Kind ohne Kopf auf kaltem Metall. Doch langsam begann er die Geschichte eines kleinen Mädchens dazwischen zu hören, das sich seinen Weg sucht in einer fremden Kultur, er las, und allmählich gewannen die Worte Kraft, die Gedanken in seinem Kopf zu bannen und ihm Ruhe zu schenken. Und er las lange und schlief gut in dieser Nacht.

Der amerikanische Freund

Rose blickte auf das Haus gegenüber, die Ellenbogen auf den Küchentisch gestützt. Ein kleines Mädchen in einem bunten Kleid kam aus der Haustür und setzte sich auf die Eingangsstufe in das warme Licht der Morgensonne. Es unterhielt sich mit seiner langen, schmalen Stoffpuppe, die es an einem stöckchendünnen Ärmchen hielt. Ernst redete das Mädchen auf das baumelnde Etwas ein. Rose sah deutlich die Lippenbewegungen, die es mit Gesten der freien Hand unterstrich. Am liebsten wäre er stundenlang so sitzen geblieben, das Mädchen betrachtend, die Zeit und sich vergessend.

Langsam richtete er sich auf, als laste ein schwerer, feuchter Sack auf seiner Schulter. Er zog sein Jackett über, öffnete die Tür und verließ das Haus. Er winkte der Kleinen, die aufschaute und zurückwinkte, um sich sofort wieder dem Gespräch mit ihrer Puppe zu widmen. Dann ging er die Cornelienstraße hinab, die ihm mittlerweile vertraut erschien. Schritt für Schritt verschwand die Last, das Gewicht auf seiner Schulter wurde leichter durch das Laufen.

Es ging ihm häufig so, dass er durch die Bewegung, die Rhythmik der Schritte, das beständige, regelmäßige Luftholen Erleichterung erfuhr; dass durch die Verbindung aus Fortbewegung und Atmen auch seine Probleme leichter wurden, sich lockerten wie ein Stein auf unruhiger Erde, sich drehten, sich von allen Seiten betrachten, abwägen und bewerten und schließlich bearbeiten ließen. Wenn man so geht, geht es schon, sagte er sich häufig. Noch vor wenigen Minuten am Tisch in der beinahe fremden Wohnung war ihm alles, was der Tag für ihn bereithielt, zu schwer, untragbar erschienen, er hätte am liebsten die Augen geschlossen vor dem Kommenden, doch jetzt war er in Bewegung, jetzt war er bereit. Er konnte nun wieder daran denken, Wörner eine Falle zu stellen, und der Tatsache ins Auge blicken, dass er durch Sabine von seinem Weg abgekommen war.

Er betrat das Café Hench und setzte sich an den Tisch, an dem er Stillman das erste Mal gesehen hatte. Er zündete eine Zigarette an und wartete. Der Mann mit der Pfeife hielt seine Post unter dem Arm. Er setzte sich an den ersten Tisch, einen Tisch, an dem er immer saß, wenn Rose ihn sah. Sie nickten sich zu, wie alte Bekannte sich zunicken, ohne großen Gestus. Dann widmete sich der Mann seiner Post. Eine Viertelstunde später kam Stillman. Er bewegte sich ruckartig auf Roses Tisch zu. Blieb stehen. Er nimmt Haltung an, dachte Rose, und Stillman sagte, dass er sich außerordentlich freue, Rose zu sehen, und ihm eine Mitteilung machen wolle. Er hielt inne und setzte sich. Als er saß, winkte er der Bedienung kurz zu, die bereits auf sein Zeichen gewartet hatte. Sie nickte verschwörerisch. Dann wandte Stillman sich wieder an Rose.

»We are on the way. Mister Wörner hat angebissen. Er möchte die Aufnahmen auf der Videokassette unbedingt in seinen Händen haben. Ich konnte ihn überzeugen, da ich zehntausend Euro dafür fordere. Er ist ein Geschäftsmann, you see.«

»Trauen Sie ihm?«, fragte Rose.

»Gott nein. Ich traue niemandem. Aber ich vertraue auf die Macht des Geldes und den Willen zur Macht, mein lieber Freund.«

»Haben Sie einen Treffpunkt vereinbart?«

»Unser Rendezvous findet bereits heute Abend statt. Um zweiundzwanzig Uhr. Ich habe mir erlaubt, mich mit ihm am Denkmal der amerikanischen Hilfe zu verabreden.« Stillman sprach schneller als gewöhnlich, er holte ein weißes Taschentuch hervor und tupfte sich die Lippen. »Es ist nicht ohne ein Augenzwinkern gewählt, wenn auch der Anlass ernst genug ist und sicher nicht ohne Gefahr für meinen eigenen Leib, befürchte ich.«

»Es wird Ihnen nichts passieren, dafür garantiere ich«, sagte Rose, obwohl er sich da nicht ganz sicher sein konnte.

»Das ist ein Punkt. Mister Wörner darf nichts merken, bis die Falle zuschnappt, sonst bin ich der Gejagte. Das heißt, dass keine Cops an den Ecken stehen dürfen.«

»Außer mir werden gar keine da sein. Die Sache entspricht nicht ganz der üblichen Polizeiarbeit.«

»Oh.« Stillman schien enttäuscht.

»Sie müssen Wörner ein Geständnis entlocken. Er muss erzählen, dass er den Jungen ermordet hat oder andere strafrelevante Dinge. Idealerweise sollte er Baille mitbelasten, aber das wäre vielleicht etwas zu viel verlangt.«

»Das wäre in der Tat etwas zu viel verlangt«, sagte Stillman und lächelte, »denn Baille hat mit all dem nichts zu tun, das kann ich Ihnen versichern, dear Mister Rose.«

»Aber die Party, Paupera, der Kontakt zu Hitzel.«

»Ich habe Ihnen von der Party bei Mister Baille erzählt, weil Sie Wörner sehen sollten, er ist der Drahtzieher. Baille weiß von nichts, ahnt nichts. Nur weil er, ich hoffe, Ihnen damit nicht zu nahe zu treten, mein Freund, nur weil er Ihnen«, er hielt inne und blickte im Raum umher, »unsympathisch ist, ist er kein schlechter Mensch.«

Rose wollte sich wehren, was Stillman da behauptete, ging ihm zu weit. Aufgrund von Antipathie würde er niemanden verdächtigen. Oder etwa doch? Was hatte Baille eigentlich verdächtig gemacht? Er gestand sich ein, dass Stillman vielleicht doch recht hatte.

»Ich muss Sie noch verkabeln lassen.«

»Ich sehe nicht, was Sie meinen.«

»Sie benötigen ein Aufnahmegerät versteckt an Ihrem Körper, um Wörners Worte aufzuzeichnen.«

Stillman griff in seine Tasche und zog einen flachen, silbernen Gegenstand heraus, drückte kurz auf eine kleine Mulde an dem Gerät und Rose hörte sich sagen: »Benötigen ein Aufnahmegerät versteckt an Ihrem Körper, um Wörners Worte aufzuzeichnen.«

»Ich trage immer einen Sprachaufzeichner bei mir.« Die Bedienung brachte Stillmans Frühstück. Milch, ein Ei im Glas und Weißbrot.

»Das sieht großartig aus, Frau Leuchte, as always.«

Die Bedienung lächelte. Stillman hob vorsichtig das Glas an die Lippen und trank einen kleinen Schluck. Das Mobiltelefon klingelte. Kremer schniefte in Roses Ohr.

»Moin. Wir haben die Braut. Ich meine Frau Pohl. Sie kam

heute Morgen wie gewöhnlich zur Arbeit. Ich wollte sie verhören, aber sie redet nur mit dir, sagt sie.«

»Ich mache mich gleich auf den Weg, bis dann.«

»Noch was«, sagte Kremer abschließend, »die Suche auf dem Recyclinghof haben wir eingestellt, negativ.«

»Gehen Sie ruhig«, sagte Stillman, »wir haben alles geklärt, sozusagen die Falle mit einem Köder ausgestattet. Ich bin der Käse.«

»Bis heute Abend.« Rose stand auf und winkte der Bedienung.

Der Bus nach Nilkheim fuhr, kurz nachdem Rose die Haltestelle im Löhergraben erreicht hatte.

Ernst Kremer saß neben Helmut Böhm an dessen Schreibtisch. Vor ihnen lag eine Zeitschrift.

»Eine Drei, wenn ich es dir sage, Alter.« Kremer wollte den Kugelschreiber aus Böhms Faust ziehen, der zog sie weg.

»Kollege Rose«, sagte Böhm und nahm die Zeitschrift vom Tisch, »Frau Pohl will nur exklusiv von Ihnen vernommen werden.«

»He, lass das Sudoku da«, schimpfte Kremer. »Hallo, Rik, Sabinchen wurde ziemlich nervös, als sie hörte, dass Katja ihre Aussage geändert hat.«

Rose betrat das Verhörzimmer. Es roch nach Metall. Sabine saß ruhig an dem Tisch, der mitten im Raum platziert war. Durch das hohe Fenster fiel die Vormittagsonne auf die Frau. Ihr Umriss war scharf konturiert. Die weiße Bluse leuchtete in dem schräg einfallenden Licht, das schwarze Haar glänzte wie lackiert. Sie blickte auf und lächelte. Wie schön sie ist, dachte Rose, grausam und schön, wie ein Panther.

»Rik, bring mich hier weg.«

»Ich fürchte, das geht nicht, Sabine.«

»Ich dachte, uns verbindet etwas.«

»Uns hat etwas verbunden, Sabine. Meine Einsamkeit, meine Lust vielleicht. Du bist sehr anziehend für mich, noch immer. Leider hast du mich benutzt, mich angelogen. Und ich war sehr dumm. Dir meine Dienstwaffe zu überlassen, grenzte schon an geistigem Verfall. Du hast alles geplant, du wolltest Schoner aus dem Weg räumen, nachdem er die Drecksarbeit für dich erledigt hatte. Ich habe eine Weile gebraucht, um zu verstehen, weshalb er mich überfallen hat, jetzt weiß ich es.«

Sabine zog eine Augenbraue hoch.

»Er war eifersüchtig. Ganz banal. Ich denke, er war dir verfallen, dir hörig oder sonst etwas. Wie ein Hund führte er deine Befehle aus. Ihr locktet mich weg, dann kam er in meine Wohnung, und du hast ihn erledigt. Einen Menschen getötet, der dich liebte. Wie konntest du nur so eine Grausamkeit begehen?«

»Ich dachte, er sei ein Mörder. Hast du das nicht gesagt?«

»Er handelte auf deinen Befehl. Clever war, zuvor so zu tun, als ob er dich verfolgt. Jeder hat geglaubt, dass es Notwehr war. Niemand vermutete einen kaltblütig geplanten Mord.«

Sabine lachte kurz auf. »Die Theorie eines zurückgewiesenen Liebhabers. Du willst doch nicht gegen mich aussagen, mein Hübscher?«

»Du hast ja mittlerweile erfahren, dass dein Alibi perdü ist, nicht wahr? Außerdem trug deine Freundin Katja schon am Morgen, als wir Markus Hitzel fanden, Trauer. Sie erzählte mir, dass du ihren Ex-Mann getötet hast.«

»Sie ist nicht zurechnungsfähig. Das weißt du.«

»Erzähl mir von dem Tod deines Vaters.«

Die Farbe wich aus ihrem Gesicht. Es dauerte einen Moment, bis sie sich fassen konnte. »Er hat sich an mir vergangen. Als meine Mutter mir helfen wollte, hat er sie verprügelt. Er hat immer wieder auf sie eingeschlagen.« Sie schlug die Hände vor ihr Gesicht. »Ich legte das Messer in ihre Hand. Sie stach zu. Immer wieder. Ich war ein Kind.« Sie blickte Rose an. »Aber was sollen diese alten Geschichten? Das beweist nichts, mein Lieber«, sagte sie ruhig.

Es klopfte an der Tür. Böhm winkte Rose in den Vorraum. Er hatte ein kleines Tonbandgerät in der Hand.

»Gute Nachrichten«, sagte er, »die Spurensicherung hat einen MP3-Player oder so was bei dem toten Hitzel gefunden, hier ist eine Kopie der Aufnahme. Seine letzten Worte sozusagen.« Böhm drückte die Starttaste.

Rose erkannte sofort Sabines Stimme. Er wollte es nicht glauben. »Noch mal, bitte«, sagte er leise, als die Aufnahme zu Ende war.

Sabine lächelte ihn an. Er war versucht, ihr ins Gesicht zu schlagen. »Du bist eine miese Mörderin, und ich habe mich mit dir eingelassen, es widert mich an.«

»Ich weiß nicht, wovon du redest. Es war Notwehr.«

»Und Hitzel? Zu groß für dich. Zu groß für mich. Zu groß für Gott! Was sollte das überhaupt, denkst du, du kannst über Leben und Tod richten?«

»Ich weiß, was du willst«, zischte sie. »Du bist es, der sich als Richter aufspielt. Nur eins: Du weißt genauso gut wie ich, dass Junker ein Dreckschwein war, ein Vieh, das Kinder missbrauchte, ihnen ihre Unschuld, ihre Zukunft, ihr Leben nahm. Er war ein Stück Dreck, das man in den Boden stampfen muss, und es hätte ihn viel früher erwischen müssen.«

Sie schnaufte, ihre Wangen glühten im Sonnenlicht.

»Man musste ihm das Handwerk legen«, sagte Rose, »aber ihn abschlachten?«

»Er war kein Mensch, er war Abschaum. Hast du die Bilder gesehen? Hast du nicht gemerkt, was diese Bilder bedeuten? Er tötete ihre Seelen, er nahm ihnen alles.«

»Wie bist du dahintergekommen?«

»Es war Zufall.« Sie lachte. »Junker war nicht da, und ich musste dringend den Antrag wegen der neuen Kühleinrichtung weiterleiten. Er hatte seine Aktentasche stehen lassen, was er sonst nie machte. Und dann fand ich sie: miese, dreckige Fotos von ihm und unschuldigen, verängstigten Kindern. Es hat mich total umgehauen. Ich wurde krank und glaubte, dass ich alles nur im Fieberwahn geträumt hätte. Als ich wieder im Büro war, habe ich die Augen offen gehalten und allerhand mitbekommen. Dann hat er sich an Melanie rangemacht, mein Patenkind. Ich kam in sein Zimmer, da saß sie auf seinem Schoß. Ich riss sie von ihm herunter und schrie ihn an. Drei Tage später lag die Kündigung auf meinem Tisch. Er wollte mich loswerden. Aber das mit Melanie hat ihn endgültig den Hals gekostet. Ich sage dir noch eines, es hat mir Spaß gemacht, ihn leiden zu sehen, sein Blut auf den Kacheln zu verspritzen. Als wir fertig waren, hat mich Harry an Ort und Stelle genommen, so erregt war ich, kannst du dir das vorstellen, Rik? Zwischen all dem Blut hat er mich genommen.«

»Hör auf! Ich will es nicht hören.«

»Das gehört aber dazu, mein Lieber. Harry war ein Stier.«

»Und du hast ihn getötet! Warum?«

»Er wollte mich zwingen, dich umzubringen. Ich habe dich nur geschützt.«

»Du bist verrückt.«

»Rik, ich liebe dich.« Sie kam auf Rose zu, breitete die Arme aus. Rose stieß sie zurück.

»Geh mir aus den Augen.« Er wollte weglaufen, schreien.

»Und Hitzel, warum Hitzel?«, rief er.

»Er war schwach. Aber verrottet. Ein mieser kleiner Helfershelfer dieser Kinderschänder. Du weißt doch, was sie mit dem Jungen gemacht haben.«

»Aber er war der Mann deiner Freundin Katja.«

»Sie ist eine dumme, drogenkranke Kreatur. So dumm, dass sie Markus etwas steckte und er uns auf die Schliche kam. Er wollte mich erpressen, dieser kleine Molch. Ein Hosenpisser. Ja, er hat sich in die Hose gepisst, es war köstlich. Und wie er japste, als Harry sich ihn vornahm. Alles Hosenscheißer.«

»Sabine. Es ist gut. Behalt den Rest für dich.« Rose setzte sich wieder an den Tisch.

»Wo sind die Kassetten und Junkers Laptop?«

»Harry hat sie.«

»Harry ist tot.« Er blickte Sabine an und glaubte, einen fremden Menschen vor sich zu sehen.

Dann verließ er den Raum, schaltete nebenan das Tonband aus und verständigte Böhm.

Es war ein heißer Tag, Rose schwitzte, noch bevor er den Main erreicht hatte. Er ging am Ufer entlang und verspürte das Verlangen, seine Schuhe auszuziehen und sich in das Wasser des Flusses zu legen, langsam wegzuschwimmen, um an einer fremden, stillen Stelle zu landen, wo er als ein anderer aus dem Wasser steigen könnte. Sein Telefon klingelte. Ohne Hast suchte er es und drückte die Empfangstaste.

»Bingo! Rechtzeitig zum Wochenende eine Mordreihe geklärt.« Kremer lachte. »Ich wollte dich zum Abfeiern einladen.«

Rose fiel Stillman ein. »Ich brauch dich heute Abend. Wir werden Wörner schnappen, wenn alles gut geht.«

»Meinen verdienten Feierabend habe ich mir anders vorgestellt. Wann und wo?«

»Sei um neun bei mir, wir müssen zum amerikanischen Denkmal.«

»Kenn ich nicht.«

»Das Denkmal für die amerikanische Hilfe, heißt es, glaube ich.«

»Haben wir hier nicht.«

»Es muss aber eines geben. Ruf die Stadtverwaltung an oder den Geschichtsverein oder wen auch immer.«

»Am Freitagnachmittag? Eine Behörde? Da ist nicht einmal der Anrufbeantworter erreichbar.«

»Versuch es herauszubekommen, es ist wichtig.«

»Ich melde mich.«

Rose ging jetzt schneller, Ernst musste in Erfahrung bringen, wo das Denkmal war. Wie hatte er so dumm sein können, Stillman nicht danach zu fragen, wo der Treffpunkt mit Wörner genau war? In der Cornelienstraße duschte er und zog sich dunkle Kleidung an, dann überprüfte er seine Pistole. Er sah den toten Harry Schoner vor sich, das Blut auf den Fliesen. Mit dieser Waffe war ein Mensch getötet worden, wegen seiner Dummheit. Sie hatte ihn schützen wollen. Es war alles ein finsteres Chaos aus Blut und Sünde. Wie sollte er die Schuld, die er in letzter Zeit auf sich geladen hatte, wieder gutmachen, fragte er sich. Nur noch diese Sache zu Ende bringen, Wörner überführen und dann? Er wusste nicht, was dann kommen sollte, wie sein Leben weitergehen würde. Kremer meldete sich auch nicht. Und wenn Stillman etwas passierte, weil er zu töricht war, den Treffpunkt ausfindig zu machen, wo die Falle zuschnappen sollte? Er rief Kremer an.

»Nichts bisher. Vielleicht hat dich der amerikanische Heino auf die Schippe genommen mit seinem amerikanischen Denkmal. Der amerikanische Freund fällt mir da ein. Kennst du den?«

»Wen?«

»Na, so ein Film mit Bruno Ganz, glaube ich, und mit Dennis Hopper.«

Es klingelte an der Tür.

»Ruf mich an, wenn du was weißt.« Rose öffnete. Frau Schröder stand im Treppenhaus.

»Man sieht und hört ja gar nichts von Ihnen. Wollen Sie einen Kaffee trinken?«

»Ja, gern.«

»Sagen Sie, was war denn da los am Mittwochabend? So viel Polizei.«

»Haben Sie es noch nicht mitbekommen?«

»Ja, die sind zu Ihnen gekommen. Ich weiß nicht, ob meiner Tochter das recht ist, wenn Sie hier so viele Gäste haben. Mich stört es ja nicht, aber meine Tochter ist da eigen.«

»Wir hatten einen Zwischenfall in der Wohnung.« Rose sprach jetzt lauter.

»Ja. Die Wohnung. Also, wenn Sie einmal einen Kaffee wollen, kommen Sie hoch. Auf Wiedersehen.« Sie begann langsam die Treppe hochzusteigen.

»Frau Schröder. Eine Frage.«

»Bitte?«

»Kennen Sie das Denkmal für die amerikanische Hilfe?«

»Ja, die Amerikaner haben uns sehr geholfen nach dem Krieg.«

Er sprach sehr laut. »Ein Denkmal für amerikanische Hilfe.«

»Das vergesse ich denen nie. Wir haben sogar ein Denkmal für die Hilfe damals in der Jägerkaserne. Aber ich habe es noch nie gesehen. Die Frau Schmidt hat gesagt, es ist nur ein Haufen Schrott. Das haben die Amis auch nicht verdient.«

Rose ging auf sie zu und schrie in ihr Ohr. »Wo ist die Jägerkaserne?«

Sie deutete in Richtung Haustür. »Nur ein Stück die Würzburger Straße hoch, gegenüber vom Bäcker Wissel, aber schreien Sie doch nicht so.«

Die Backsteingebäude waren nicht zu übersehen. Mächtig, dickwandig umstanden sie einen großen Platz im Innern des Gründerzeit-Ensembles. Alles war restauriert, offen zugänglich. Ein hagerer Mann, der in einem zu kleinen Anzug steckte, eilte um die Ecke. Auf Roses Frage machte er mit seinem Aktenkoffer eine ausholende Bewegung.

»Das war die Jägerkaserne, Hort der Gewalt, nun der Wissenschaft ein Garten. Mechatronik, die Poesie in der physikalischen Forschung.« Sprach es und eilte weiter.

»Fachhochschule Aschaffenburg« stand auf einer bronzenen Orientierungstafel am Eingang des Geländes. Auf der Wiesenfläche ruhte das Denkmal der amerikanischen Hilfe 1945: Rostige Eisenkuben, aufeinandergeschichtet. Die metallene Anordnung war von einer niedrigen Brombeerhecke umgeben. Rose hatte sofort die Assoziation zu der Carepakethilfe. Pakete auf Paletten gestapelt, die Erinnerung jetzt zu massiven Eisenblöcken geronnen. Und das in einer ehemaligen Kaserne. Er überlegte, wo er sich am Abend am besten postieren sollte, und wählte die Installation als solche. Die Metallträger waren etwa zwei Meter hoch, es war ein Leichtes, an ihnen hochzuklettern und sich auf die Oberfläche zu legen. In der Dunkelheit würde er dort nicht zu entdecken sein. Nur musste Stillman nahe genug am Denkmal stehen, damit er die Unterhaltung mitbekam.

Er blickte sich um, prägte sich die Umgebung ein. Am Rande der Wiese stand ein Sofa aus Gras. Ernst könnte sich dahinter verbergen. Das Objekt war von Spoerri, las Rose, einem Schweizer Künstler, der ihm geläufig war. Ines hatte zu Beginn ihrer Beziehung viel über Kunst gesprochen und häufig mit ihm Ausstellungen und Museen besucht. Sie hatte ihm gezeigt, dass die Oberfläche und der Anspruch nicht zwangsläufig eine Einheit bildeten und dass hinter scheinbar ungeordnetem, handwerklich wenig Aufwendigem oft ein aufregendes, strukturiertes Konzept steckte. Sie machte ihn frei von dem Gedanken, dass nur das, was man sieht, da ist, und führte ihn zu einer Betrachtung, die eine Auseinandersetzung mit der Arbeit forderte. Ines. Er bemerkte, dass er ohne Trauer oder Groll, sondern voller Dankbarkeit an sie dachte. Sie hatte sein Leben aufgewertet. In ihrer Partnerschaft hatte ein Geschenk gelegen, ihr Geist, ihre Vorstellung vom Leben, ihre Moral. Er freute sich auf den morgigen Tag. Wenn er sie wiedersehen würde, könnte er ihr all das sagen. Morgen. Heute hatte er noch einen Job zu erfüllen. Er überquerte die Straße und rief Kremer an.

»Ich habe das Denkmal gefunden, es ist in der ehemaligen Jägerkaserne. Du musst spätestens um neun bei mir sein.«

In einem Bäckerladen roch es nach Pflaumen. Ein Mann saß auf einem Stühlchen in der Ecke. Er schaute mit glasigem Blick auf seine Bierflasche.

»Noch zwei Stückchen vom Vortag«, sagte eine alte Frau zu der Verkäuferin.

»Ich lege Ihnen noch eins von heute dazu, Frau Müller.«

»Das ist lieb von Ihnen, Frau Wissel, ich weiß das zu schätzen.«

Rose hielt der Frau die Tür auf. Sie tätschelte im Vorübergehen seinen Arm.

»Zwei belegte Semmeln«, sagte Rose.

Der Mann in der Ecke setzte die Bierflasche ab. »Weck, heißt das hier.«

»Lass die Leut in Ruh, Hans.« Die Verkäuferin reichte Rose eine Papiertüte. »Zweisechzig, der Herr.«

»Nichts für ungut, der Herr«, sagte der Biertrinker, »einen schönen Tag noch, der Herr. Auf Wiedersehen, der Herr.«

Um einundzwanzig Uhr fünf öffnete Rose die Tür. Er deutete auf Kremers Umhängetasche. »Machen wir einen Ausflug an den Badesee?«

»Ohne belegte Brote lässt Mama ihren Liebling nicht aus dem Haus.«

Es dämmerte, als sie die Fachhochschule erreichten. Kremer verschwand hinter dem Möbelstück aus Gras. Rose kletterte auf das Denkmal der amerikanischen Hilfe. Er legte sich auf die obersten Eisenblöcke. Seine Pistole fühlte sich warm an, er repetierte eine Kugel in den Lauf und legte sie neben sich. Der Rost der Skulptur färbte seine Hände rot, in der Dämmerung sahen sie blutig aus. Eine Amsel zeterte in einem Baum. Er atmete tief durch und wartete wie ein Jäger, der in ruhiger Gespanntheit auf das anwechselnde Wild lauert. Einmal sah er Kremers Kopf neben dem Grassofa auftauchen, dann nahm die Dunkelheit zu und verwischte die Konturen. Die wenigen Laternen standen als einsame Lichtinseln in der Nacht. Ein kurzes Hupen drang von der Würzburger Straße. Kein Mensch war zu sehen, keine Bewegung auszumachen. Schwarzgrau hing der Himmel über dem Hochschulgelände. Ein Regentropfen fiel in Roses Nacken. »Nur das nicht«, sagte er tonlos und blickte vorsichtig auf seine Uhr. Zweiundzwanzig Uhr. Ein Schemen tauchte auf, wie ein Nebelstreif. Eine weiße Gestalt zeichnete sich in der Nacht ab. Mit abgehackten Bewegungen kam sie auf das Denkmal zu. Mensch oder Maschine, dachte Rose wieder und lächelte über Stillmans Pünktlichkeit. Stillman blieb abrupt stehen, dann erst blickte er sich langsam um, dabei drehte er seinen ganzen Körper wie ein Kind, das ein Karussell nachahmt. Rose hörte Stillman murmeln. »Tyger! Tyger! Burning bright, in the forests of the night.«

»Der Dschungel ist bewohnt ...«, sagte Rose leise.

»... und sehnt sich nach der Nacht«, antwortete Stillmann. »Ich freue mich ganz außerordentlich von Ihnen zu hören. Oh, ich glaube, er kommt.«

»Stillman, wo verstecken Sie sich?« Wörners Stimme klang laut durch die Dunkelheit.

»Ich verstecke mich nicht, und zwar hier.«

Rose konnte eine Gestalt neben Stillman erkennen.

»Hallo, Stillman. Sie sind sich für keine Überraschung zu schade. Aber Erpressung hätte ich Ihnen nicht zugetraut.«

»Mister Wörner. Ich bedauere Ihre Ausdrucksweise. Erpressung ist ein unschönes Wort. Ich erpresse Sie nicht, sondern unternehme vielmehr eine kleine«, Stillman stockte, dann sagte er, »Transaktion. Ein Tauschgeschäft.«

»Und wer garantiert mir, dass es keine Kopie gibt?«

»Aber es gibt eine Kopie. Ich habe sie meiner Sammlung einverleibt.«

»Dann sehe ich keinen Handlungsbedarf. Ich gebe Ihnen doch nicht das Geld für eine Kopie einer Kopie.«

»Sie bekommen das Original der Vorgänge mit Sugarman,

und wenn ich mich nicht irre, sind auch Sie im Hintergrund, wenn auch nur kurz, zu sehen.«

Wörner lachte auf. »Junker war schon ein perverses Schwein. Wo ist die Kassette?«

Rose hörte hinter sich ein Geräusch wie das Reißen von Stoff. Jemand näherte sich dem Denkmal. Leises Fluchen drang an sein Ohr. Dann schlich ein Mann an den Eisenträgern entlang und schob sich vorsichtig nach vorn, er war jetzt genau unter Rose stehen geblieben und verharrte. Ihre Köpfe waren kaum einen halben Meter voneinander entfernt. Rose hielt die Luft an. Er hörte leises Atmen unter sich. Ein stickiger Schweißgeruch breitete sich wie eine klebrige Wolke aus.

»Die Kassette ist hier auf dem Gelände. Ich hole sie, wenn Sie mir das Geld überreicht haben.«

Rose hörte ein Rascheln aus Stillmans Richtung. Das Geld.

»Danke, Mister Wörner. Noch eine Frage, warum haben Sie den Jungen getötet, er war doch sehr geeignet.«

»Diese Idioten Hitzel und Seim haben ihn aus dem Fenster springen lassen und mir ein dickes Geschäft verdorben.«

Der Mann unter Rose schnaufte empört, es musste Seim sein, dachte Rose, der verschwitzte Typ vom Roten Kreuz.

»Sie wollten ihn vermitteln, wenn Sugarman den Boy benutzt hat?«

»Klar. Aber was fragen Sie, Stillman? Wollen Sie mich reinlegen?« Rose konnte erkennen, wie Wörner Stillman an sich zog. Er hörte Stillman röcheln.

»Wo ist die verdammte Kassette? Sie haben noch genau eine Minute, bis ich sie in meiner Hand halte.«

Er stieß Stillman von sich weg. Die weiße Gestalt machte zwei Schritte rückwärts und fiel dann auf den Rücken. Rose tastete nach seiner Pistole, dabei stieß er sie mit den Fingerspitzen an. Sie rutschte scheppernd zwischen zwei Eisenträger.

»Das ist eine Falle!« Der Mann unter Rose sprang nach vorn.

»Du Dreckschwein!«, rief Wörner und machte einen Schritt in Stillmans Richtung.

Ein Scheinwerfer flammte auf. Rose hörte Kremers Stimme: »Hier spricht die Polizei, nehmen Sie die Hände hoch.«

Ein Schuss krachte. Rose sah einen Feuerstoß in der Nacht aufblitzen. Jemand schoss in Kremers Richtung. Wörner rannte los. »Seim! Mach den Verräter fertig!«, rief Wörner. Seim richtete die Waffe auf den am Boden liegenden Stillman.

Rose reagierte reflexhaft, er dachte nicht, sondern sprang Seim in den Rücken. Beide fielen auf die Erde. Ein Schuss löste sich. Rose hörte einen Schrei. Er schlug auf die Gestalt am Boden ein. Er schlug ihm seine Wut ins Gesicht, seine Angst, seinen Hass. Es knackte wie trockenes Holz.

Kremer kam mit dem Strahler und erleuchtete die Szenerie. Er packte Rose am Arm und zog ihn weg. Der Mann unter ihm rührte sich nicht mehr. Kremer hob Seims Pistole auf und leuchtete die Wiese ab. Eine weiße Gestalt saß im Gras und rieb sich den Knöchel. Rose blickte zu ihm hinüber. Stillman wirkte erschöpft, dabei lächelte er entrückt. Der Lichtkegel tastete einen Körper ab, der ein Stück weiter bäuchlings auf der Wiese lag. Kremer ging mit vorgehaltener Pistole auf die Gestalt zu. Die Glatze spiegelte das Licht der Lampe. Kremer kickte den Körper am Boden in die Seite. Wörner war tot.

»Sauberer Genickschuss«, sagte Kremer. »Seims zweite Kugel muss ihn erwischt haben.«

Mehrere Polizeiwagen mit Martinshorn und Blaulicht rasten auf die Wiese. Türenschlagen, Rufe, Befehle. Seim wurde abgeführt. Kremer setzte sich neben Rose.

»Wollen wir jetzt ein Bier trinken gehen, Rik?«

»Ich zahle. Aber leuchte erst mal hier herüber.« Rose stand auf und fand seine Pistole am Fuß des Eisenstapels. Dann ging er zu Stillman. Ein Sanitäter wickelte gerade einen Verband um dessen Knöchel.

»Mister Rose. Ich möchte mich bei Ihnen bedanken.«

»Ich muss Ihnen danken für die amerikanische Hilfe«, sagte Rose. »Sie haben sich für die Gerechtigkeit in große Gefahr begeben.«

»Gerechtigkeit ist etwas für Romantiker. Aber dieser Abend heute hat mir etwas gezeigt. Er hat mir gezeigt, dass das Leben bisweilen sehr aufregend ist. Grau ist alle Theorie und grün des Lebens goldner Baum, wusste schon good, old Goethe.«

»Machen Sie es gut, Herr Stillman, es war mir eine Ehre, Sie kennengelernt zu haben.« Rose schüttelte ihm die Hand und wandte sich zum Gehen.

»Hold on.« Stillman stand auf und umarmte ihn ungelenk. Er fühlte sich wirklich an wie aus Holz.

»Gehe hin und tue Gutes«, sagte Stillman.

Seite an Seite verließen Kremer und Rose die Fachhochschule und trotteten die Würzburger Straße hinab. Kremer klopfte Rose den Roststaub von der Schulter. »Schlappeseppel?«

Sie kamen an einer kleinen Pizzeria vorüber. Durch die Glasscheibe leuchtete die Glut in einem Holzofen. Die Tische vor dem Lokal waren leer.

»Die machen eine gute Pizza«, sagte Kremer.

»Lass uns hier was essen und ein Bier trinken, mir ist nicht nach Trubel.«

»Okay, Käpt'n Ahab, dann ein Bier in Bescheidenheit.«

Sie saßen in der lauen Nacht. Rose dachte an die Vorfälle des Abends. Wörner hatte Oleg nicht umgebracht. Der Missbrauch der Kinder, der Handel mit ihnen war in Roses Augen nicht weniger verwerflich, aber Wörner war kein Mörder gewesen.

Kremer schniefte kurz. »Seims Kugel hat den Richtigen erwischt«, Rose blickte ihn erstaunt an, widersprach aber nicht, »wenn man sich vorstellt, wie viel Quadratmeter Landschaft um Wörner war und wie klein sein Hals dagegen, als hätte die Kugel ihn gesucht. Zufall oder Schicksal bleibt Spekulatius.«

Nach dem Essen bestellte Rose die Rechnung. Er suchte in seinem Jackett nach dem Portemonnaie. In der Seitentasche fühlte er einen Umschlag. Es dauerte einen Moment, bis er verstand. Stillman hatte ihm Wörners Geld bei seiner Umarmung zugesteckt. Ihm fielen dessen Worte wieder ein. »Gehe hin und tue Gutes.« Stillman war ihm ein Rätsel.

Er zahlte und verabschiedete sich von Kremer. Blaue Lichtblitze brachen sich an den Rändern der schwarzen Wolken, die sich über der Fachhochschule drängten. Es begann zu regnen.

In dieser Nacht entlud sich ein Sommergewitter über der Stadt. Der warme Regen flutete die Kanäle, an den Rinnsteinen entstanden Wasserläufe, die Bäume duckten sich unter dem Donnergrollen und erstrahlten jäh in den Blitzen, die den schwarzen Himmel zerrissen. Der Wind zerrte an den alten Holzläden vor Roses Schlafzimmer, als wollte er gewaltsam eindringen. Rose schlief ruhig.

Am Morgen, zwischen Wachsein und Traum, sah er sich auf ein großes, altes Haus zugehen. Aus den Fenstern blickten Kinder. Nadja stand auf der Treppe und erwartete ihn. Er gab ihr einen Umschlag und ging wieder davon.

Rose lag im Bett und dachte darüber nach. Wörner war tot. Er musste das Geld abgeben, alles andere wäre ungesetzlich. Er versuchte sich vorzustellen, wie Nadjas Waisenkinder lebten, was sie brauchten. Zehntausend sind kein Vermögen, dachte er, können aber helfen.

Er würde nach Moskau fliegen und Nadja das Geld für ihr Waisenhaus übergeben. Er hatte Oleg nicht helfen können. Wiedergutmachung war nicht möglich, das wusste Rose, aber Gutes tun, mit Wörners schmutzigem Geld, wie Stillman mit seinen biblischen Worten meinte, das war nur gerecht. Er packte seinen Pappkoffer und stieg die Treppe zu Frau Schröder hinauf, um einen bitteren Kaffee zu trinken. Heute würde er Zucker nehmen.

Für Ines,
die mir durch ihr Gehen
die Augen schmerzhaft öffnete
Richard Rose